Elisabeth Dreisbach, Was dein Herz wünscht

ELISABETH DREISBACH

Was dein Herz wünscht

CHRISTLICHES VERLAGSHAUS GMBH
STUTTGART

Das vorliegende Buch ist die in sich abgeschlossene Fortsetzung der Erzählung „... und haschen nach Wind"

1971
16.—30. Tausend
Den Umschlag gestaltete Gotthold Ripp, Stuttgart
Gesamtherstellung: Druckhaus West GmbH, Stuttgart
ISBN 3 7675 0203 8

„Ich habe Ihr Buch gelesen, Herr Sternkranz."

Fragend blickt Werner seinen Vorgesetzten an. Er würde gerne wissen, wie Pfarrer Weilbronn sein Erstlingswerk beurteilt. Aber er kann doch nicht direkt danach fragen. Über das Gesicht des gepflegten, weißhaarigen Mannes meint er ein überlegenes Lächeln huschen zu sehen. Es ist kaum damit zu rechnen, daß ihm von dieser Seite Zustimmung entgegenkommt.

„Wann haben Sie die Sache denn geschrieben?"

„Gewöhnlich abends, Herr Pfarrer, oft bis tief in die Nachtstunden hinein."

„Eben, eben — ich weiß doch, daß Sie tagsüber sehr beschäftigt sind!"

Werner Sternkranz ist sich nicht ganz klar, ob er die letzten Worte ernst nehmen oder als eine Rüge auffassen soll. Meint der alte Herr etwa, er habe durch das Schreiben dieser Broschüre — denn mehr ist es nicht — seine Pflicht versäumt?

„Ich will Ihnen ein andermal gerne sagen, was ich über Ihre literarische Arbeit denke, Herr Sternkranz. Im Augenblick scheinen Sie es eilig zu haben."

„Ich bin auf dem Weg ins Gefängnis."

„Ach?"

„Ja, Günther Schneid ist dort. Er kam eine Zeitlang in unseren Jugendkreis."

„Gehört er etwa auch zu denen, die damals an der gemischten Freizeit im Gebirge teilnahmen?"

„Ja, er war auch dabei."

Der Pfarrer schüttelt den Kopf. „Also, da können Sie mir schon leid tun, Herr Sternkranz!"

„Wie meinen Sie das, Herr Pfarrer?"

„Na ja! Die Sache hat doch eine ganze Reihe übler Begleit- und Folgeerscheinungen."

Fragend blickt Werner Sternkranz den Mann an, der in gleichmäßiger Höflichkeit nach links und nach rechts grüßt. Er scheut sich auch nicht, immer wieder seinen breitrandigen Hut abzunehmen, obgleich heute ein rauher Wind weht. Sein Silberhaar ist schon ganz aus der Fasson geraten.

„Ich bin nicht für solche Experimente, Herr Sternkranz. Eine gemischte Freizeit ist für junge Leute immer eine Versuchung und darum mit Gefahren verbunden. Warum sollen wir uns dem unnötig aussetzen?"

„Wenn Sie gestatten, will ich Ihnen meine Ansicht dazu gerne sagen, wenn Sie sich Zeit nehmen können, mir Ihre Meinung über meine Broschüre mitzuteilen."

In wohlwollender Weise hebt Pfarrer Weilbronn die Hand. „Eine ganz stattliche Broschüre, Herr Sternkranz. Gut, wir werden miteinander sprechen." Nachdem er einige Schritte gegangen ist, dreht er sich um und ruft: „Sie sind ohne Hut besser dran. Dieses stetige Grüßen ist mühsam. Das hat man nun davon, daß man so bekannt ist!"

Werner Sternkranz beschleunigt seine Schritte. Wohl hat er den letzten Ausspruch seines Gemeindepfarrers mit einem Lächeln quittiert, aber irgendwie ist er doch verstimmt, auch wenn er es vor sich selbst nicht zugibt. Insgeheim hat er auf ein anerkennendes Wort über seine Arbeit gewartet. Aber es gibt — das hat sich längst herausgestellt — zwischen ihnen, dem Pfarrer und seinem Diakon, nicht nur Gemeinsames, sondern auch Trennendes. Der Pfarrer neigt immer stärker zur modernen Theologie. Doch — was heißt schon moderne Theologie? Besteht der Kampf um die Wahrheit nicht seit Menschengedenken? Und geht es nicht immer wieder um die eine Frage: Was denkt ihr von Christus? Werner Sternkranz will dem Gespräch mit dem Pfarrer keineswegs ausweichen. Und er wird mit seiner Überzeugung nicht zurückhalten.

Der Herbstwind treibt einen Haufen welker Blätter vor ihm her. Die Abschiedsworte von Pfarrer Weilbronn kommen ihm noch einmal in den Sinn. „Das hat man nun davon, daß man so bekannt ist!“ Es wundert ihn, daß er nicht gesagt hat: „so berühmt“. Es ist kein Geheimnis, daß der alte Herr, der zwei kirchengeschichtliche Bücher verfaßt hat, sich gern in diesem Ruhm sonnt. Ah, jetzt versteht er plötzlich die Spur eines ironischen Lächelns in des Pfarrers Augen! Gegen dessen wissenschaftlichen Werke ist sein Büchlein natürlich sehr unbedeutend. Aber Werner Sternkranz will und darf sich nicht beirren lassen, selbst wenn er nur einem einzigen Menschen durch seine Niederschrift helfen kann.

Und nun sind seine Gedanken wieder zu Günther zurückgekehrt, der um einen Besuch im Gefängnis gebeten hat. In drei Wochen ist seine Strafzeit zu Ende, und nun kommt die Angst über ihn: Was soll nach meiner Entlassung werden?

Werner ist möglichst an jedem Besuchstag bei diesem

Jungen gewesen, der vor Jahren in übelste Gesellschaft geriet und vollkommen herunterkam. Er weiß, daß er ihn jetzt nicht allein lassen darf, gerade jetzt nicht, da das Tor zur Freiheit ihm sich wieder öffnet. Was ist Günther doch für ein zwiespältiger Mensch, hin und her gerissen zwischen gut sein wollen und nicht können! Die Gebete seiner schlichten Eltern werden die Ursache dafür sein, daß er nicht noch tiefer gesunken ist. Und dann dieses Mädchen, die Hanny, um dessentwillen er trotz aller Verführungskünste seiner verkommenen Freunde auf intime Beziehungen zu anderen Mädchen verzichtete. Bei seiner Bindung an den Alkohol, bei der beinahe krankhaften Spielsucht — halbe Nächte brachte er an den Automaten zu — und seiner Arbeitsscheu — immer wieder war er arbeitslos — gibt es in ihm doch noch eine Stelle, die zum Guten strebt. Hier muß man ihn ansprechen, ihn ermutigen und fördern — das ist Werner klar.

Pfarrer Weilbronn hat ihn schon mehrfach in fast spöttischer Weise an die Fehlschläge der Jugendfreizeit vor zwei Jahren erinnert. Fehlschläge? Kann man es überhaupt so nennen? Muß man bei solch einer Arbeit nicht immer wieder mit unliebsamen Zwischenfällen rechnen, mit Enttäuschungen, und das ganz besonders dann, wenn es um eine gemischte Freizeit geht? Bewußt hat Werner damals Teilnehmer beiderlei Geschlechts mitgenommen. Dabei ist er sich klar gewesen, daß er und Kamilla, seine Frau, nicht imstande sein würden, die jungen Leute zu bewahren, die sich nicht führen lassen wollten. Jedoch sind die meisten von ihnen guten Willens gewesen, und der Einfluß der christlichen Freizeit hat sich mehrfach in positiver Weise bemerkbar gemacht.

Auch Günther ist damals mit guten Vorsätzen nach Hause gekommen. Werner wird die Unterredung, die er mit ihm an einem Freizeitabend hatte, niemals vergessen. Es war gewissermaßen eine Lebensbeichte. Günther war schon bedenklich weit auf die abschüssige Bahn geraten. Aus einem einfachen, aber doch ordentlichen christlichen Elternhaus kommend, hatte er den Boden unter den Füßen verloren und war von dem Strom der für unsere Zeit so typischen Oberflächlichkeit mitgerissen worden.

Werner Sternkranz war es damals ganz klar, daß Günther es ernst meinte und unbedingt neu anfangen und einen anderen Kurs einschlagen wollte. Aber schon am gleichen Abend begannen die Spötteleien derer, denen nichts heilig ist: „So, du warst also auch auf der Bußbank und gehörst nun zu den Neubekehrten dieser Tage?" Damals, im Schutz der Atmosphäre jener Freizeit, war es ihm nicht zu schwer geworden, sich tapfer zu halten. Über die Hälfte der Teilnehmer bekannte sich zu dem christlichen Geist dieser Freizeit. Als Günther aber wieder nach Hause zurückkehrte, setzten seine Kameraden alles dran, diesen „Irregeleiteten" schnellstens wieder in ihre Reihen zu bringen. Und es gelang ihnen auch.

Günther ist einfach zu leicht zu beeinflussen, denkt Werner Sternkranz, als er sich dem Jugendgefängnis nähert. Der Junge ist zu weich, er hat zu wenig Rückgrat. Schon die Frage, die Günther ihm an jenem Abend stellte, zeigte, daß er noch nicht begriffen hatte, wie notwendig und unumgänglich eine radikale Kehrtwendung ist.

„Muß ich mich nun von meinen bisherigen Freunden trennen?“ hatte er gefragt.

Darauf hatte Werner ihm erwidert: „Diese Frage kannst du dir selbst beantworten. Wie du mir erzählt hast, beeinflussen deine Freunde dich nicht zum Guten. Man kann aber nicht zwei Herren dienen, Günther! Deshalb rate ich dir: Trenne dich von ihnen! Die Entscheidung mußt du aber selbst treffen.“

Und bald darauf hatte Günther sich entschieden... Sein Schicksal und das einiger anderer hat Werner bewogen, ein Buch zu schreiben. Es ist keine erbauliche oder sentimentale Lektüre. Werner weiß zu genau, daß er so keinen einzigen jungen Menschen ansprechen kann. Er hat in schlichter Sprache Begegnungen und Situationen geschildert, wie er sie in seinem Dienst als Diakon und Jugendleiter erlebt. Er kennt die Probleme der Jungen — auch der sogenannten Halbstarken, von denen die Älteren oft so geringschätzig oder empört sprechen. Er weiß um die Seufzer, Drohungen und Empörungen mancher Väter und Mütter. Ebenso kennt er Eltern, denen es völlig gleichgültig ist, was aus ihren Sprößlingen wird.

Durch seinen Dienst hat Werner Sternkranz einen Einblick gewonnen in mancherlei menschliche Nöte und Schwächen, aber auch in ein oft verborgenes Heldentum und glaubensstarkes Leben. Von alledem berichtet er in seinem Buch. Dabei ist er von dem Wunsch ausgegangen, anderen durch die Schilderungen zu zeigen, daß sie in ihrem Ringen nicht allein stehen. Er hat versucht,

Wege der Hilfe aufzuzeigen. Um nichts anderes geht es ihm: er will helfen!

Ja, und nun wird er Günther Schneid sein Büchlein in die Hand drücken. In den drei noch vor ihm liegenden Wochen der Gefängniszeit hat er die Möglichkeit, sich damit zu befassen. Bei seinem ersten Besuch hatte Werner ihm eine Bibel mitgebracht. Günther hatte später erklärt, daß er darin lese, aber auch ehrlich hinzugefügt, daß er außer den erzählenden Geschichten wenig verstünde.

Während Werner Sternkranz sich mit diesen Gedanken beschäftigt, hat er das Gefängnis erreicht. Die üblichen Formalitäten wickeln sich schnell ab.

Als ein Beamter die Kontrolle der für den Gefangenen mitgebrachten Sachen vornehmen will, winkt der Aufseher ab. „Ist nicht nötig. Wir kennen Herrn Sternkranz doch! Na, Ihr Schützling wird ja bald entlassen! Oder besuchen Sie noch andere?"

„Nein, im Augenblick ist es nur Günther Schneid."

„Der Schneid führt sich hier ganz ordentlich. Aber die Kerle ertragen die Freiheit einfach nicht. Kaum sind sie draußen, geht der alte Schlamassel wieder los."

„Es muß nicht immer so sein, Herr Wachtmeister. Wir müssen ihnen zutrauen, daß sie irgendwann doch den Weg zum Guten einschlagen."

„Na ja, es gibt Ausnahmen, aber Sie dürfen mir glauben, Herr Pfarrer —"

„Ich bin nicht Pfarrer."

„Aber doch etwas Ähnliches. Herr Sternkranz, wenn man jahrelang Dienst im Gefängnis tut, dann geht einem der Glaube an die Menschheit verloren. — Doch nun kommen Sie! Wir wollen der Nummer 745 — ich meine den Schneid — die Besuchszeit nicht unnötig verkürzen."

Und dann sitzen sie sich gegenüber.

„Günther, wie geht es dir?" fragt Werner. „Nun hast du es ja bald überstanden."

„Aber was soll dann werden?"

„Ich habe eine Stelle für dich bei einem Bauern."

Günther fährt hoch. „Wieso bei einem Bauern? Ich verstehe doch nichts von der Landwirtschaft und will kein Knecht sein! Und dann auf dem Land — in irgendeinem abgelegenen Kaff — nee! Herr Sternkranz, das ist wirklich nichts für mich. Schließlich habe ich doch einen Beruf erlernt."

Werner Sternkranz unterbricht ihn nicht. Und gerade weil er abwartend schweigt, wird Günther unsicher. Er senkt die Augen.

„Entschuldigen Sie, Herr Sternkranz, ich — ich — aber verstehen Sie mich doch!"

Nun antwortet Werner. Seine ruhige, besonnene Art geht spürbar auf den jungen Gefangenen über. „Günther, es ist mein Bestreben, dir später in deinem Beruf einen neuen Arbeitsplatz zu verschaffen. Aber ohne Übergangszeit geht das nicht. Und glaube mir, es ist nicht ganz einfach, jemand, der aus dem Gefängnis kommt, irgendwo unterzubringen."

Eine steile Falte zeichnet sich auf der Stirn des Jungen ab.

„Du mußt das doch einsehen, Günther", fährt der andere fort.

„Ja, man traut mir nicht mehr! Es glaubt mir ja keiner, wenn ich sage, daß ich das alte Leben endgültig satt habe."

„Doch, ich glaube dir!"

Der Junge schaut ihn prüfend an. Denkt er jetzt an jenen Abend vor zwei Jahren im Gebirge? Was hat er sich damals alles vorgenommen! Und es ist ihm wirklich ernst gewesen mit seinem Vorhaben.

Werner fallen die Worte des Aufsehers ein: „Sie ertragen die Freiheit nicht — kaum sind sie draußen ..." Aber er, Werner, will und muß immer wieder neu dem vertrauen, der ihm die jungen Menschen anvertraut und in den Weg gestellt hat. Er möchte immer wieder in ihnen den Willen zum Guten stärken und ihnen von der Quelle jener Kraft sagen, die mächtiger ist als der eigene Wille und dazu befähigt, das Böse zu überwinden.

„Gut, ich werde zu dem Bauern gehen! — Und Hanny, Herr Sternkranz? Was sagt sie zu alledem? Als ich hier eingeliefert wurde, habe ich zunächst den Gedanken an sie völlig beiseite geschoben. Jetzt ist es endgültig aus, habe ich mir gesagt. Sie wissen ja, als ich damals aus der Freizeit kam, habe ich die abgebrochene Verbindung mit ihr wieder aufgenommen. Ich hatte Ihnen ja erzählt, daß wir Kindheitsgespielen sind. Aber — als ich, na ja! Sie wissen schon — halbe Nächte vor den Spielautomaten — dauernd betrunken — aus der Arbeit gelaufen — und dann bei so manchen schiefen Dingen mitgemacht — da hat sie sich von mir zurückgezogen. Kein Wunder, sie lebt ja in einer völlig anderen Welt. Aber ich — ich habe sie nicht vergessen können! Na ja, und dann sind wir eine Zeitlang wieder miteinander gegangen. Sie hat mich auch mitgenommen in ihren Blaukreuzverein. Sie wollte unbedingt, ich sollte mich verpflichten — von wegen keinen Alkohol mehr —, aber ich traute es mir selber nicht zu. Na — und dann hat es ja auch nicht mehr lange gedauert, da bin ich wieder in die alten Geschichten zurückgefallen. Und kurz bevor ich hier eingeliefert wurde, hat sie mir unter Tränen gesagt: ,Günther, ich glaube, es hat keinen Zweck mit uns zweien, um unserer Kinder willen.'

Da hab' ich sie blöd angesehen und gefragt: ,Wie meinst du das? Wir haben doch keine Kinder!' Und dann hat sie die Hände vors Gesicht gehalten, und die Tränen sind zwischen ihren Fingern heruntergelaufen. ,Aber wenn wir heiraten würden', hat sie gesagt, ,wollten wir doch Kinder haben. Und an die denke ich. Sie müßten ja die Achtung vor ihrem Vater verlieren. Sieh, darum geht es nicht mit uns beiden — so schmerzlich das auch für mich ist — denn ich habe dich lieb!' Und dann ist sie fortgelaufen. Ich aber konnte es fast nicht verkraften, daß sie so offen mit mir redete. — Unsere Kinder! — Das war ein ganz neuer Gedanke für mich.

Am nächsten Tag kam die Sache mit dem Einbruch in der Gartenlaube und dabei noch andere Dinge heraus. Na ja, das wissen Sie ja alles, Herr Sternkranz. Dann habe ich gemeint, mit Hanny fertig zu sein. Aber jetzt, wo die Entlassung immer näher rückt, ist der Gedanke an sie mein einziger Lichtblick. Wenn sie mich jedoch nicht mehr will ..."

„Und deine Eltern, Günther?"

„Das ist doch wieder etwas ganz anderes."

„Tag und Nacht betet deine Mutter für dich."

Günther sieht an Werner vorbei. Es ist, als suche er die bescheidene Wohnung im Hinterhaus, wo sein Vater eine Schusterwerkstatt hat. Er sieht vor sich die stille Mutter, der er so viel Herzeleid zugefügt hat.

„Ich weiß es, Herr Sternkranz."

„Wie es mit Hanny werden wird", fährt dieser fort, „kann ich dir heute nicht sagen. Ich weiß nur, daß sie keinen anderen Freund hat und — wie mir deine Mutter sagte — auch keinen anderen will. Aber zu heiraten gedenkt sie dich nicht, es sei denn..."

„Also glaubt sie auch nicht mehr an mich!" Bitter kommt es aus dem Munde des jungen Menschen.

„Hat sie nicht ein Recht darauf, zu prüfen, ob du dich bewährst und deinen gefaßten Vorsätzen wirklich treu bleibst? Nicht nur zwei, drei Wochen, sondern Monate, vielleicht sogar Jahre. Kannst du ihr das verargen?"

Günther schweigt und blickt zu Boden.

„Hier habe ich dir etwas mitgebracht." Werner entnimmt seiner Tasche das kleine Buch. „Ich habe darin von Menschen geschrieben, die ebenso wie du in Versuchungen standen. Etliche versagten immer wieder, andere haben ein Ja gefunden zu einem neuen Weg und sind Sieger in den Versuchungen geblieben."

„Haben die wirklich gelebt?" Zögernd greift Günther nach dem Buch. Was nützen ihm schöne Erzählungen, wenn sie nicht dem Leben entsprechen!

„Die meisten von ihnen leben heute noch. Ich habe natürlich ihre Namen verändert. Vielleicht können dir aber ihre Schicksale und Führungen eine Hilfe sein!"

„Danke, Herr Sternkranz! Und ich gehe zu dem Bauern."

„Gut so, Günther! Und wenn du entlassen wirst, bin ich pünktlich zur Stelle!“

Bereits in der darauffolgenden Woche ergibt sich für Werner eine Gelegenheit, mit Pfarrer Weilbronn zu sprechen. Das Winterprogramm für die Jugendarbeit muß aufgestellt werden. Jahrelang hat Pfarrer Weilbronn den Dienst in der großen, weitverzweigten Gemeinde nur mit Hilfe eines Vikars durchgeführt. Schließlich ist aber eine weitere Kraft erforderlich geworden. Und so ist Werner Sternkranz in die Paulus-Gemeinde gekommen, den Pfarrer Weilbronn ziemlich selbständig arbeiten läßt. Im großen ganzen kümmert er sich wenig um das, was Werner tut. Er läßt sich von ihm Pläne und Programme vorlegen und ist froh, wenn er damit nicht allzuviel zu tun hat. In den letzten Monaten ist es jedoch öfter zu kleinen oder auch größeren Meinungsverschiedenheiten gekommen. Und nun schreibt dieser junge Mensch noch ein Buch — denkt Pfarrer Weilbronn. Na ja, im Grunde ist es eine harmlose Erbauungslektüre. Mit einem fast mitleidigen Lächeln hat der Pfarrer schon ein paarmal darin geblättert, um das Buch dann kopfschüttelnd wieder wegzulegen. Was sich diese jungen Leute heute nur denken! Meint Sternkranz wirklich, damit bei irgend jemand Eindruck erwecken zu können?

Die dienstliche Besprechung ist beendet. Werner könnte jetzt gehen. Doch entspricht es nicht seiner Art, einer unangenehmen Sache auszuweichen. Außerdem empfindet er deutlich — auch ohne daß der Pfarrer bisher darüber gesprochen hat — die Geringschätzung ge-

gegenüber seiner Arbeit. Also soll Pfarrer Weilbronn sich äußern.

„Sie haben vor einigen Tagen, als wir uns auf der Straße begegneten, auf die Jugendfreizeit im Gebirge angespielt und unter anderem gesagt, daß Sie nicht für derartige Experimente seien. Soll ich das so verstehen, daß Sie dagegen sind, wenn wir im übernächsten Sommer wieder eine solche Freizeit durchführen wollen?" Erwartungsvoll blickt Werner seinen Vorgesetzten an.

Dieser antwortet nicht sogleich. Wohlgefällig betrachtet er seine schmale Hand mit den gepflegten Fingernägeln. Dann lächelt er Werner zu. „Dagegen, mein lieber Sternkranz? Nein, das wäre zuviel gesagt. Wenn Sie sich unbedingt noch einmal eine solche Last aufbürden wollen, bitte! Ich selbst hätte nach den Erfahrungen, die Sie dabei gemacht haben, wahrscheinlich genug und würde eine Wiederholung möglichst vermeiden. Außerdem könnte ich mir denken, daß es für Sie und Ihre Frau wahrhaftig kein leichtes Amt ist, so eine Horde unfertiger junger Menschen zu zügeln und im Auge zu behalten. Ganz abgesehen von den Versuchungen und sittlichen Gefahren, die eine gemischte Freizeit für die jungen Leute mit sich bringt. Nein, lieber Freund, ich würde meine Nerven nicht so strapazieren."

Werner weiß, daß hinter dem Ausdruck „lieber Freund" nichts zu suchen ist. Es ist eine Redensart, bei der sich sein wortgewandter Vorgesetzter nicht das Geringste denkt.

Pfarrer Weilbronn fährt fort: „Und was kommt schon dabei heraus — wenn Sie ehrlich sein wollen? Haben Sie irgendeinen Außenstehenden für die Kirche gewinnen können? Haben Sie nicht vielmehr einen Haufen Ärger gehabt mit diesem oft so widerspenstigen jungen Volk? Ich habe gehört, daß eines der Mädchen in jenen Tagen — es erwartete wohl ein Kind — einen Selbstmordversuch unternommen oder auch nur vorgetäuscht hat. Na, ich danke schön! Und dann hat man mir erzählt — aber darüber haben wir ja früher schon gesprochen —, daß ein junger Mann und ein junges Mädchen, die auf der Freizeit offenbar nicht auf ihre Kosten kamen, vorgaben, abreisen zu wollen und dann unten im Tal ihre restlichen Ferien gemeinsam in einem Hotel verbrachten. Also, mein lieber Sternkranz, ich weiß wirklich nicht, warum Sie sich eine solche Belastung noch einmal aufladen wollen?"

Werner hat den Pfarrer mit keinem Wort unterbrochen. Auch als dieser schweigt, antwortet er nicht sogleich. Es ist, als rufe er sich die verschiedenen Erlebnisse jener drei Wochen noch einmal ins Gedächtnis zurück.

In seinen sonst so fröhlichen Augen liegt ein tiefer Ernst, als er fragend wiederholt: „Was dabei herauskommt? Was wir bei solchem Tun erreichen? Herr Pfarrer, Sie könnten dem Alter nach mein Vater sein. Es ist ohne Zweifel, daß Sie über weit mehr Lebenserfahrung verfügen als ich. In zwei Jahren werden Sie pensioniert. Über dreißig Jahre waren Sie Pfarrer und Seelsorger. Betrachten Sie es bitte nicht als Vermessenheit, wenn ich Ihnen dieselbe Frage stelle: Was ist dabei herausgekommen? Das soll keineswegs eine Schmälerung Ihrer Arbeit und Ihres Verdienstes sein. Wenn ich nur an die beiden Bücher denke, die Sie geschrieben haben.

Aber, wissen Sie mit Sicherheit zu sagen, was dabei herausgekommen ist? Ist unser Tun nicht immer eine Saat auf Hoffnung? Keiner kann zugleich säen und auch ernten. Gewiß, ich würde auch gerne etwas von dem sehen, was ich versuchte, bei den jungen Leuten zu säen. Soeben kommt mir ein Gedanke: Ich werde nach Möglichkeit alle, die vor zwei Jahren dabei waren, aufsuchen. Einige von ihnen habe ich aus den Augen verloren, andere kommen regelmäßig in den Jugendkreis."

Er will gerade fortfahren, da dringt ein fürchterlicher Schrei aus einem der Nebenzimmer. Der Pfarrer fährt erschrocken auf.

„Entschuldigen Sie mich einen Augenblick!" Hochrot ist sein Gesicht. Er greift nach dem Herzen und verläßt eilig das Zimmer.

Betroffen bleibt Werner Sternkranz zurück. Gewiß geht es um den Enkelsohn des Pfarrers. Es ist seltsam: Nun arbeitet er schon einige Jahre in dieser Gemeinde und kommt fast jede Woche ins Pfarrhaus, aber noch nie hat er den von allerlei Geheimnissen umgebenen Enkel zu Gesicht bekommen. Ängstlich hütet der Pfarrer den Kranken vor jeder Begegnung. Durch den Vikar hat Werner einiges erfahren. Der jetzt fünfzehnjährige Junge, der Sohn der einzigen Tochter des Pfarrers, ist schwachsinnig und wird von epileptischen Anfällen heimgesucht. Die Tochter, ein bildschönes Mädchen, ist der Abgott ihres Vaters gewesen. Bei ihrer Geburt starb die Mutter. Die unverheiratete Schwester des Pfarrers hat das Kind großgezogen. Man sagt, sie habe einige gute Möglichkeiten gehabt, sich zu verheiraten. Um ihres Bruders und dessen Tochter willen habe sie darauf verzichtet. Mit zunehmender Sorge habe sie gesehen, wie der Vater das Mädchen verwöhnte und ihn immer wieder gewarnt. Jedoch habe er sich nicht dreinreden lassen. Kaum achtzehnjährig habe sie des Vaters Erlaubnis ertrotzt und einen viel älteren Schauspieler, der schon zweimal geschieden war, geheiratet. Aus dieser Ehe sei das kranke, entstellte Kind hervorgegangen. Zu jung, ihre Aufgabe als Mutter zu erfassen und noch völlig unreif, habe sie sich von diesem unglücklichen Geschöpf abgewandt und sei mit einem Freund ins Ausland gezogen, nachdem die Ehe mit dem Schauspieler ebenfalls zerbrochen war.

Niemand konnte sagen, ob es Scham, Enttäuschung, oder mit tiefem Mitleid gepaarte Liebe war, die den Pfarrer bewog, den Enkelsohn bei sich zu behalten. Seine Schwester opferte in selbstloser Weise wiederum Jahre ihres Lebens für dieses arme Geschöpf. Weder sie noch ihr Bruder dachten auch nur im entferntesten daran, es in eine Heil- und Pflegeanstalt zu tun.

Darüber denkt Werner Sternkranz nach, während er im Studierzimmer des Pfarrers sitzt und auf dessen Rückkehr wartet. Ängstlich hütet dieser das Geheimnis seines Enkelkindes. Auch seine Amtsbrüder wissen nur, was gerüchtweise darüber gemunkelt wird. Eine alte Hausgehilfin, die schon jahrelang den Pfarrhaushalt versorgt, ist ebenso schweigsam.

Nach außen hin versteht es der Pfarrer, beherrscht und gelassen zu scheinen. Daß es in seinem Innern jedoch anders aussieht, hat Werner genau wahrgenommen, als dieser fürchterliche Schrei und gleich darauf ein Geräusch an sein Ohr drang, das unzweideutig von dem Fallen eines Körpers oder schweren Gegenstandes herrührte.

Tiefes Mitleid mit diesem einsamen Mann im Pfarrhaus überkommt Werner Sternkranz. Er muß an sein Eheglück denken. Wie hat Gott ihn reich gemacht durch Kamilla, seine junge Frau, und Michaela, seine kleine Tochter. Seit zwei Monaten ist nun auch der Stammhalter da. Oft hat Werner sich an der — wie er meinte — selbstsicheren Art seines Vorgesetzten gestoßen. In seinem Innern hat er ihn sogar arrogant genannt. Maske, nichts als Maske ist es, hinter der er den Jammer seines Lebens verbirgt. Ob sein leidenschaftliches Arbeiten an seinen Büchern im Grunde genommen nicht eine Flucht gewesen ist, heraus aus dieser abgrundtiefen Not, die über ihn hereingebrochen war? Es heißt, er habe seine Frau sehr geliebt. Als der Tod sie ihm so plötzlich nahm, wurde die Tochter sein ein und alles. Und nun dieser Enkel, der sein Brot nie selbst verdienen und immer auf Hilfe angewiesen sein wird!

Merkwürdig, er, Werner, hat sich noch nie so intensiv mit dem Schicksal dieses Mannes beschäftigt wie heute. Mußte der Schrei des gepeinigten Jungen ihn erst wachrütteln?

Plötzlich ist es Werner, als halle die Welt wider von den Schreien angsterfüllter Menschen. Wer aber hört sie? Er nimmt sich vor, seinen Pfarrer und Vorgesetzten von jetzt an milder zu beurteilen und nicht länger als Hochmut und Überheblichkeit anzusehen, was aller Wahrscheinlichkeit nach nur ein krampfhaftes Bemühen ist, niemand hinter die Kulissen seines Lebens blicken zu lassen. Könnte er es ihm doch irgendwann einmal sagen: Warum verbirgst du deine wahren Gefühle? Laß mich, den jüngeren Bruder, doch teilhaben an deinem Leid und es mit dir tragen!

Als bald darauf Pfarrer Weilbronn das Studierzimmer wieder betritt, scheint er völlig gefaßt. Seine blaue Jacke hat er mit einer grauen vertauscht. Mit keinem Wort erwähnt er, daß sein Enkelsohn, von einem Anfall überrascht, unglücklich zu Boden gestürzt ist. So hat er ihn in einer Blutlache liegend gefunden. Zusammen mit seiner Schwester hat er ihn ins Bett getragen und die aufgeschlagene Platzwunde verbunden. Seine blutbefleckte Jacke wird man eben in die Reinigung bringen müssen. Wozu darüber noch Worte verlieren? Seit Jahren wiederholen sich solche Anfälle. Der Pfarrer nimmt zwar den mitfühlenden Blick seines Mitarbeiters wahr, aber er reagiert nicht darauf. Jedes Mitleid lehnt er als eine Einmischung in seine persönlichen Verhältnisse ab.

Als wäre nichts geschehen, läßt er sich wieder in dem Sessel nieder, aus dem er vor einer Viertelstunde hochgefahren ist. „Wo waren wir stehengeblieben? Richtig: Wir fragten uns, was dabei herauskommt. Natürlich haben Sie recht, lieber Freund: Saat auf Hoffnung." Und nun verrät die müde Handbewegung doch mehr, als der Pfarrer zugeben will. „Was wissen wir, ob sie überhaupt einmal aufgeht?"

„Aber, Herr Pfarrer, dann wäre ja all unser Tun umsonst, wenn wir nicht glauben dürften, daß Gott den Dienst, den wir in Schwachheit tun, segnen wird!"

„Lieber Sternkranz", unterbricht ihn der Pfarrer, „geben Sie acht, daß Sie nicht in Schwärmerei verfallen. Bei aller Liebe zum Beruf – das Leben ist nüchtern, sehr nüchtern. Traktatverkündigung findet heute keine Abnehmer mehr."

„Wie meinen Sie das, Herr Pfarrer?"

„Nun ja, Sie baten mich um meine Meinung über Ihr Buch. Bitte, fassen Sie es nicht als unfreundliche Kritik auf, wenn ich Ihnen sage, daß Ihre Schilderungen mir wie ein Klischee christlicher Frömmigkeit vorkommen. Gott malt nicht in Schwarz-Weiß, er benutzt viele Farben. Er kann sich so verbergen, daß wir ihn gar nicht mehr erkennen können."

Im ersten Augenblick möchte Werner auffahren. Diese Beurteilung seiner Arbeit findet er ungerecht. Gerade weil er aus dem Leben erzählt und nichts Wesentliches erfunden hat, kann von Schwarzweißmalerei überhaupt nicht die Rede sein. Natürlich ist es klar, daß bei demjenigen, der nach Gott fragt, nicht alles wunschgemäß geht. Im Gegenteil, oft müssen gerade solche Menschen durch unfaßliche Not hindurch. – Werner sieht den Pfarrer so offen an, daß dieser merken müßte: er denkt jetzt an ihn selber. Aber Pfarrer Weilbronns Gesicht bleibt unbeweglich. Er dämpft die Stimme, als er fragt: „Sagen Sie mal, Herr Sternkranz, sind Ihnen noch nie Gedanken gekommen wie etwa diese: Und wenn wir uns alle irrten? Wenn Gott ganz anders wäre? Wenn er gar nicht wäre?"

Werner richtet sich in seinem Sessel auf. „Herr Pfarrer", antwortet er mit fester Stimme. „Sie wissen so gut wie ich, daß in jedem Menschen Zweifel aufsteigen. Zweifeln ist noch nicht Sünde – aber im Zweifel verharren, das trennt von Gott. Weder Sie noch ich können

Gott beweisen. Aber erleben können wir ihn, das weiß ich!"

„Schon gut, schon gut", winkt Pfarrer Weilbronn ab. Er hat es doch nicht nötig, sich von seinem Diakon korrigieren oder belehren zu lassen. „Ich sage ja nicht, daß ich am Dasein Gottes zweifle, aber es könnte doch sein, daß wir eine falsche Vorstellung von Gott haben."

„Und die Bibel, Herr Pfarrer?"

„Nun, ich glaube, wir sind nicht zusammengekommen, um miteinander theologische Fragen zu erörtern. Sie haben jedenfalls Ihr Büchlein mit großer Liebe geschrieben, das empfindet man deutlich. Und Sie werden zweifellos auch eine gewisse Art von Menschen fesseln, zumal Sie recht flüssig geschrieben und Ihre Erlebnisse plastisch dargestellt haben. Anspruchsvolle Leser allerdings, die in Ihrer Lektüre geistige Anregung suchen, werden das Büchlein wahrscheinlich bald wieder aus der Hand legen. Abgearbeitete Frauen und Mädchen und vielleicht auch Männer, wie sie vor fünfzig Jahren christliche Kreise bevölkerten, werden es immerhin bejahen. Und das ist ja auch schon etwas. Aber Menschen mit moderner Anschauung . . .?"

Nun ist auch in Werners Gesicht die Röte gestiegen. Er könnte Pfarrer Weilbronn entgegenhalten, daß er bereits mancherlei Zuschriften bekommen hat, in denen ihm für seine Broschüre gedankt wird. Einer hat sich zu seiner großen Freude so geäußert: „Durch Ihre Schilderungen habe ich zu Gott zurückgefunden." Eine Frau schrieb: „Ihr Büchlein hat mich so sehr ermutigt, daß ich es Ihnen mitteilen muß. Es hat mir zweierlei gesagt: Einmal, daß ich nicht alleine stehe mit meinem Leid in einer Ehe voller Enttäuschungen, und dann, daß es einen Platz gibt, wohin man seine Lasten tragen kann." Aber Pfarrer Weilbronn würde ihn wahrscheinlich gar nicht verstehen. So sieht er davon ab, seine Arbeit zu verteidigen. Er erhebt sich.

„Ich habe Ihre Zeit bereits sehr lange in Anspruch genommen, Herr Pfarrer."

In diesem Augenblick klingelt das Telefon. Pfarrer Weilbronn nimmt den Hörer ab und meldet sich. Dann wiederholt er fragend: „Bitte, wer ist dort? Ah! Frau Brettnau. Was sagen Sie? Das kann doch nicht sein? Frau Brettnau, das ist ja entsetzlich! Wie war denn so etwas möglich? — Nein, ich selbst kann im Augenblick nicht, aber morgen komme ich. Ich schicke Ihnen meinen Vikar. Ach, das geht ja auch nicht, der ist an einer Grippe erkrankt. Aber der Jugendleiter, Herr Sternkranz, ist gerade bei mir. Soviel ich weiß, kannte er Ihren Sohn auch. Er wird so schnell wie möglich zu Ihnen kommen."

Das Gespräch ist beendet. Noch voller Entsetzen starrt Pfarrer Weilbronn vor sich hin.

„Was ist mit Horst Brettnau?" fragt Werner.

„Er hat sich das Leben genommen."

„Ich weiß, daß Sie zu einer Sitzung müssen. Ich gehe sofort in die Gartenstraße", sagt Werner tief erschüttert.

„Ist der Junge nicht auch einer von denen, die vor zwei Jahren . . .?" Pfarrer Weilbronn sieht, wie sein Mitarbeiter erbleicht. Er bricht ab.

„Ja", erwidert Werner fast tonlos. „Er ist auch auf der Freizeit im Gebirge mit dabeigewesen."

„Endlich, Vati! Wir warten schon so lange auf dich! Ich hab' solchen furchtbaren Hunger, und Mutti hat gesagt, ich darf nicht alleine anfangen."

Michaela, die kleine Tochter Werners, hat vom Fenster aus den Vater kommen sehen und ist ihm entgegengesprungen. Enttäuschung zeichnet sich auf ihrem Gesicht ab, als dieser ihr nur flüchtig über die Haare streicht und an ihr eilig vorübergeht.

„Wo ist Mutti?" fragt er nur.

Kamilla kommt gerade aus der Küche. Sie hat ihr kleines Söhnchen im Arm und lächelt ihrem Mann zu. „Heute hast du uns lange warten lassen, Liebster!" Sie hält ihm den Kleinen entgegen. „Matthias hat schon gefragt, wo der Papa nur so lange bleibt."

Werner geht auf ihren Scherz nicht ein.

„Kamilla, ich muß sofort wieder gehen."

Jetzt erst entdeckt sie sein verstörtes Aussehen. „Ist etwas passiert?"

Fast tonlos antwortet er: „Horst Brettnau hat sich das Leben genommen."

Nun erbleicht auch sie. „Horst Brettnau? — Das ist doch auch einer von denen, die —"

„Ja, er kam des öfteren in den Jugendkreis und nahm auch an der Freizeit teil. Bitte, gib mir schnell meinen schwarzen Anzug, die schwarze Krawatte — ach nein! Laß, das ist jetzt unwichtig. Ich muß sofort zu seinen Eltern."

„Wo kann ich dich telefonisch erreichen, wenn etwas Besonderes sein sollte?"

„Gartenstraße vier. Du findest die Nummer im Telefonbuch." Er küßt seine Frau flüchtig auf die Wange.

„Warte nicht auf mich. Unter Umständen wird es sehr spät."

Voller Sorge blickt sie ihm nach. Tieftraurig sind seine Augen gewesen. Es ist ja auch schrecklich. Ein noch nicht Zwanzigjähriger! Was mag die Ursache gewesen sein? Behutsam legt sie den Kleinen in sein Bettchen. Nein, der versteht noch nichts von all dem Argen, was die Welt erfüllt. Gott sei Dank! Früh genug wird er damit bekannt werden.

Als sie ins Wohnzimmer zurückkommt, sitzt Michaela bereits hinter dem Tisch in der Eßnische. „Ich habe schon angefangen, Mutti", sagt sie mit vollem Mund. „Auf die Männer ist kein Verlaß."

„Aber Kind, wie kommst du denn zu solcher Weisheit?"

„Das hat heute morgen Frau Miller zur Bäckersfrau gesagt, als ich Brot holte. Und bei Vati ist es auch so. Wir haben uns nun so darauf verlassen, daß er zum Abendessen kommt. Und nun ist er schon wieder fort."

„Vati wäre bestimmt lieber hiergeblieben", erwidert Kamilla, „aber er hat eine ganz traurige Aufgabe zu erfüllen."

„Eine traurige Aufgabe?" fragt Michaela interessiert zurück.

„Ja, er muß zu einem Vater und zu einer Mutter, deren Sohn — gestorben ist."

„Oh! war er krank?"

„Nein, Kind, aber nun komm, jetzt wollen wir beide zusammen essen."

„Ja, ich hab' solchen großen Hunger — und, Mutti, ich glaub', auf dich kann man sich immer verlassen!"

Indessen ist Werner mit dem Volkswagen in der Gartenstraße angelangt.

Die Hausgehilfin öffnet ihm die Eingangstür des erst kürzlich erstellten Bungalows. Sie hat verweinte Augen. Herr Sternkranz wird gebeten, kurz in der Diele Platz zu nehmen. Er ist zum ersten Mal hier. Seine Augen gleiten über die ausgesuchten Möbel, über die Ölgemälde an der holzgetäfelten Wand. In zwei mächtigen Bodenvasen stehen herrliche weiße Fliederzweige. Man sieht, hier muß nicht gespart werden. Aber irgendwie fehlt die persönliche Note. Es ist alles wie nach Maß gemacht, wie aus einem Katalog entnommen, denkt Werner.

In diesem Augenblick öffnet sich eine Tür. Im dunklen Anzug mit schwarzer Krawatte kommt ein untersetzter, korpulenter Herr auf ihn zu. Werner hat sich erhoben.

„Herr Brettnau?"

„Der bin ich. Mit wem habe ich die Ehre?"

„Werner Sternkranz. Ich bin Diakon und Jugendleiter in der Paulus-Gemeinde. Herr Pfarrer Weilbronn schickt mich zu Ihnen."

Herr Brettnau reicht Werner die Hand, die feucht und kalt ist.

„Bitte, treten Sie ein! Meine Frau ist, wie Sie sich vorstellen können, einem Nervenzusammenbruch nahe."

Er geht vor Werner her, zurück in das Zimmer, aus dem er soeben gekommen ist. Nur eine Stehlampe spendet dort gedämpftes Licht. In einem Sessel vor dem Kamin, in dem ein lebhaftes Feuer brennt, kauert Frau Brettnau, die beim Eintritt Werners aufs neue in lautes

Weinen ausbricht. Der Jugendleiter begrüßt sie und spricht ihr und ihrem Mann sein Beileid aus.

„Herr Pfarrer Weilbronn wird so bald wie möglich selber kommen. Heute abend muß er zu einer Sitzung."

Herr Brettnau zieht einen weiteren Sessel heran. Werner muß Platz nehmen. Dann fragt er: „Sie kannten unseren Sohn?"

„Ja, ich kannte Horst. Er besuchte längere Zeit regelmäßig unseren Jugendkreis."

„Was für einen Kreis?"

„Unseren kirchlichen Jugendkreis. Später ließ das leider nach."

„So, davon weiß ich nichts." Herr Brettnau zuckt die Schultern „Ich bin geschäftlich viel unterwegs. Deshalb hatte ich keine Zeit, mich darum zu kümmern, wo Horst die Abende zubrachte. Und junge Leute haben es ja auch nicht gern, wenn man hinter ihnen herschnüffelt."

„Aber daß er an unserer Jugendfreizeit im Gebirge teilgenommen hat, wissen Sie doch?"

„Wann war denn das?"

„Vor zwei Jahren."

„Das liegt lange zurück. Inzwischen war ich wiederholt in Spanien, in Rumänien, in Italien. Nein, davon habe ich auch nichts gewußt."

„Natürlich hast du es gewußt!" unterbricht ihn, noch immer schluchzend, seine Frau. „Du mußtest doch deine Erlaubnis dazu geben. Aber du hast dich ja um nichts gekümmert." Sie wirft ihm einen vorwurfsvollen Blick zu. „Er hat uns doch sogar zweimal innerhalb der drei Wochen eine Ansichtskarte geschickt. Anscheinend hast du sie nicht einmal gelesen."

„Es genügte ja, daß du es tatest.“ Gereizt antwortet Herr Brettnau seiner Frau.

In diesem Augenblick klopft die Hausgehilfin. „Die Polizei wünscht den Herrn noch einmal zu sprechen.“

„So geht das nun ununterbrochen“, begehrt dieser auf und verläßt das Zimmer.

Werner ist mit der Mutter von Horst allein. „Wenn es Sie nicht sehr mitnimmt, wäre ich Ihnen dankbar, wenn Sie mir erzählen würden, wie sich alles zugetragen hat.“

Nein, es ist ihr nicht zu anstrengend. Es ist ihr geradezu ein Bedürfnis, immer wieder davon zu sprechen. Wie ein Ventil ist es, das sie öffnen muß, um nicht an ihrem Jammer zu ersticken.

„Ich war zur Kur fort“, beginnt sie. „Das muß ich jedes Jahr ein-, zweimal. Einmal wegen meines Herzens, dann wegen meines Gallenleidens. Mein Mann befand sich auf einer Auslandsreise. Wir wollten am gleichen Tag heimkehren. Als wir das Haus betraten, sagte uns unser Mädchen, der junge Herr habe sich schon seit Stunden in seinem Zimmer eingeschlossen. Es wäre ihr schon ganz unheimlich.

‚Du hast bestimmt wieder bis tief in die Nacht hinein den Krimi im Fernsehen genossen‘, lachte mein Mann sie aus. Als wir aber lange Zeit gerufen und geklopft, ja beinahe die Türe eingeschlagen hatten und immer noch keine Antwort erhielten, bekamen auch wir es mit der Angst zu tun. Wir ließen einen Handwerker kommen, der die Zimmertür aufbrach und —“ wieder beginnt sie laut zu weinen — „da lag er, unser Junge — tot! Und denken Sie nur, er hat zuletzt noch auf ein

Tonband gesprochen. Es ist entsetzlich! Aber ich kann nicht anders, ich muß es trotzdem immer wieder hören — es ist doch seine Stimme, die Stimme meines Sohnes." Frau Brettnau ringt die Hände.

Erst jetzt bemerkt Werner ein Tonbandgerät auf einem kleinen Tischchen neben dem Sessel der verstörten Frau. Ehe er sich versieht, hat sie den Apparat bereits in Bewegung gesetzt, und jetzt vernimmt auch er laut und deutlich die Stimme des nun Toten. Ruhig, sachlich, wie die Stimme eines Menschen, der sich sehr wohl überlegt, was er zu sagen hat, füllt sie den Raum — nur unterbrochen von dem verzweifelten Weinen der Mutter.

Ein kalter Schauer überrieselt Werner Sternkranz, als er die Worte vernimmt:

„Ich halte dieses Leben nicht mehr aus. Es geht mir wie dem Jungen in Berlin, von dem die Illustrierte schrieb. Er ging auch aus dem Leben, weil er es nicht mehr ertrug. Ihr habt noch oberflächlich über dieses Geschehen am Tisch gesprochen. Wir saßen beisammen. Ihr merktet nicht, wie ich zu essen aufhörte. Ihr merktet nicht, wie mich gegenüber dieser Tat ein großes Verstehen erfüllte. Wir sind ja alle so übersättigt! Auch ihr glaubtet mir alles zu geben, was ein junger Mensch braucht, um glücklich zu sein. Ihr habt euch getäuscht. In mir ist alles leer, trotz des üppigen Lebens, das wir führen. Wochenlang habt ihr mich allein gelassen. Es mangelte ja an nichts, so meintet ihr. Ich hatte Geld genug, das ganze neue Haus stand mir zur Verfügung. Lore versorgte mich gut. Ich konnte gehen, wohin ich wollte, tun und lassen, was mir behagte. Hätte ich nicht glücklich sein müssen? Nein, ich war und bin es nicht! Ein solches Leben lohnt sich nicht. Wagte ich es einmal, mit euch über solche Gedanken zu sprechen, die mich bewegten — über Tod und Leben, über den Sinn des Daseins —, dann hast du, Vater, ironisch gefragt: ‚Von wem hat der Junge nur solche sentimentalen Anwandlungen?' Und du, Mutter, hast in deinen Modejournalen geblättert oder vor dem Fernsehapparat gesessen. Aber verstanden habt ihr mich nicht! — ‚Schaff dir ein Mädel an', hast du mir geraten, Vater. ‚In deinem Alter tut es nicht gut, wenn man noch keine intimen Beziehungen hat. Nur sei vorsichtig! Ich will nicht eines Tages etwas von einem unehelichen Kind hören!' Oh, wie hat mich das alles angewidert! — Und nun will ich nicht mehr. Ein solches Leben ist sinnlos. Es lohnt sich nicht. Ich mache Schluß! Ich weiß, es wird für euch zuerst ein Schock sein. Aber Mama wird sich in einem Bad erholen, und du, Vater, wirst es auf einer deiner Auslandsreisen vergessen. Ihr habt mich so viel alleingelassen. Nun lasse ich euch auch allein!"

Herr Brettnau war bei den letzten Worten wieder ins Zimmer getreten. „Machst du endlich den Kasten aus!" fährt er seine Frau an. Um den unangebrachten Ton ein wenig zu rechtfertigen, wendet er sich an Werner: „Das ist nämlich nicht zum Aushalten. Den ganzen Tag schon läßt sie das Gerät laufen. Ich kann die Stimme unseres Sohnes nicht mehr hören." Er wendet sich ab. Ein Stöhnen entringt sich seiner Brust.

Was soll ich sagen? fragt sich Werner Sternkranz. Was darf ich in dieser Stunde sagen? Spricht die Anklage des unglücklichen Sohnes nicht deutlich genug?

„Kommen Sie!“ Frau Brettnau faßt ihn beim Arm. Sie stützt sich auf ihn. „Kommen Sie! Sie müssen ihn sehen. Er liegt im Nebenzimmer. Ohne Abschied hat er uns verlassen, mein Sohn, mein ein und alles!“

„Nein, nicht ohne Abschied“, wagt Werner zu sagen. „Aber es ist ein erschütternder Abschied. Er hat Ihnen und mir, uns allen etwas zu bedeuten.“

Und dann steht er in tiefer Bewegung vor dem Toten, der, umgeben von einer Fülle von Blumen, wie schlafend daliegt.

Frau Monier steht vor der offenen Tür der Burgundenhütte und umfaßt das ganze Bild der sie umgebenden Berglandschaft mit ihren Blicken. Immer wieder ist es dasselbe, wenn sie aus ihrem Winterquartier im Tal hinaufsteigt. Es dünkt sie, nirgends in der Welt könnte es schöner sein.

Jetzt scheint es ihr unbegreiflich, daß sie als blutjunges Mädchen nur eine Sehnsucht kannte: fort von hier — so weit wie möglich fort. Alles in den heimatlichen Bergen war ihr zu eng gewesen. Das kleine Alpdorf schien ihr nicht die geringste Zukunftsmöglichkeit zu bieten. Und so hatte sie es von ihren Eltern ertrotzt, hatte die erste sich bietende Gelegenheit wahrgenommen und war nach Wien gegangen. Weit liegt das alles zurück, und vieles ist inzwischen geschehen! Seitdem sie ihre Lebenserinnerungen vor zwei Jahren niedergeschrieben hat — eigentlich nur, um sich selbst über ihr Tun Rechenschaft zu geben —, steht alles wieder lebendig vor ihr. Immer wieder kommt dann ein großes Staunen und Wundern über sie, wenn sie daran denkt, wie Gott alles wohlgemacht hat. Unwillkürlich spricht sie Worte aus dem 103. Psalm, als sie in dieser taufrischen Morgenstunde vor ihrem Sommerhaus steht: „Barmherzig und gnädig ist der Herr, geduldig und von großer Güte."

In ihre stille Besinnlichkeit hinein klingt das Jauchzen eines kleinen Kindes. Sie wendet sich um. Lieselotte kommt aus der offenen Haustür und trägt ihr Töchterchen, die kleine Benitta, auf dem Arm. Die Anderthalbjährige hat Frau Monier erkannt. Mit Händen und Füßen strebt sie zu ihr. „Omi — Omi!"

„Nimmst du sie solange, bis ich das Frühstück bereitet habe?" fragt die Mutter des Kindes.

„Aber natürlich, mit Freuden!"

Und dann stehen sie doch noch eine Weile beieinander, weil sie sich nicht satt sehen können an der strahlenden Schönheit dieses Frühlingsmorgens.

„Ach, Mutter, wie herrlich ist es hier oben!" beendet schließlich Lieselotte das Schweigen. „Ich werde wieder großes Heimweh bekommen nach diesem paradiesisch schönen Fleckchen Erde, aber natürlich auch nach dir und vor allem nach meinem kleinen Spatz hier. Nein, Mutter, nie, nie könnte ich mich auf die Dauer von Benitta trennen! So schwer die ganze Sache mit Benno auch ist, aber das kann kein Mensch von mir verlangen. Wenn schon alles so anders gegangen ist, als ich es mir früher vorgestellt hatte, aber Benitta in fremde Hände geben, mich von ihr lossagen, nein! Das hieße, neue Schuld auf mich laden."

„Du weißt, Benno würde es nie von dir verlangen. Hab' Geduld, Lilo! Traue es Gott zu, daß er auch dein

Leben und das deines Kindes lenkt. — Aber ich glaube, jetzt müssen wir hineingehen. Es ist für die Kleine doch noch zu frisch."

Und dann sitzen die beiden Frauen, die noch nicht ganz zwanzigjährige Lieselotte und Burgunda Monier, die an ihr seit zwei Jahren Mutterstelle vertritt, am sorgsam gedeckten Frühstückstisch. — Damals hatte Frau Monier das junge Mädchen davor bewahrt, eine Verzweiflungstat zu begehen. Lieselotte gehörte zu jener Freizeitgruppe, die Werner Sternkranz und seine Frau vor bald zwei Jahren hier oben in den Bergen geleitet hatte. In jenen Tagen hatte das junge Mädchen sich mit Benno befreundet — nein, mehr als das: sie erkannten in jener Zeit von Tag zu Tag deutlicher, daß sie sich von Herzen liebhatten. Aber es war, wie Lieselotte genau wußte, eine hoffnungslose Liebe. Das unglückliche Mädchen erwartete als Folge eines leichten Fastnachtserlebnisses ein Kind. Bis dahin hatte sie gemeint, der Vater ihres Kindes, den sie jedoch gar nicht näher kannte, müsse sie heiraten, damit das Kind seinen Namen und sie wieder ihre Ehre erlangten. Als sie aber den hochanständigen Benno kennen und lieben lernte und deutlich empfand, daß auch er sich immer mehr zu ihr hingezogen fühlte, war ihr in erschreckender Deutlichkeit klargeworden, daß sie Benno verlieren würde, sobald er von dem zu erwartenden Kind erführe. Ebenso war ihr klar, daß sie jenen Mann, der sie in der Fastnachtsnacht erst betrunken und dann sich gefügig gemacht hatte, niemals heiraten würde, nachdem sie Benno kennengelernt hatte. Lange hatte sie damals gezögert, ihm ihren Zustand zu offenbaren. Nächte hindurch hatte sie geweint und am Tage doch jeden Augenblick des Beisammenseins mit Benno wie ein Geschenk genossen. Schließlich, als sie glaubte, es ihm nicht länger verheimlichen zu dürfen, hatte sie Frau Sternkranz gebeten, Benno die bittere Wahrheit mitzuteilen. Es kam genau so, wie sie es befürchtet hatte. Er war zutiefst erschrocken, ja empört darüber, daß sie — wie er meinte — mit seinen Gefühlen gespielt hatte, weil sie ihm so lange verheimlichte, was er unbedingt hätte wissen müssen.

Über Lieselotte aber brach die Nacht der Verzweiflung herein. Sie hatte keinen anderen Ausweg zu sehen gemeint, als sich von einer Felswand in die Tiefe zu stürzen. Es war gewiß kein Zufall gewesen, daß damals Frau Burgunda dazukam und das Furchtbare verhüten konnte. Sie hatte Lilo einfach zu sich in ihr Berghaus genommen, weil sie erkannte, daß diese in einer solchen Verfassung nicht zu den anderen Freizeitteilnehmern zurückkehren konnte.

Und das war der Anfang des neuen Weges gewesen. Zwar konnte Frau Monier ihr die fast unerträgliche Last nicht abnehmen. Lilo hatte Benno verloren und sah mit der Geburt ihres Kindes einer ungewissen Zukunft entgegen. Doch war sie nicht verlassen. Sie, die keine wirkliche Heimat hatte, fand sie bei der Frau, die ihr seit jenem unglückseligen Tag zur Mutter geworden war, nachdem die leibliche Mutter sie und ihre Geschwister verlassen hatte, um mit einem Freund in die Fremde zu gehen.

Als die Freizeit zu Ende ging, hatte Lilo das Anerbieten Frau Moniers angenommen und war bei ihr in der

Burgundenhütte geblieben. Von diesem Tage an sagte sie Mutter zu ihr.

Zuerst hatte die Stille der Bergwelt sie bedrückt. Es war schon etwas anderes, Ferientage gemeinsam mit mehr als zwanzig jungen Menschen zu verleben, an Wanderungen und geselligen Abenden teilzunehmen, als die Einsamkeit zu ertragen. Doch diese mütterliche und zielbewußte Frau, die durch ihre vielfältigen Lebensführungen zu einer starken Persönlichkeit geworden war, erschloß ihr behutsam und mit viel Liebe eine neue Welt. Burgunda lehrte sie, die Stimmen der Stille zu vernehmen, hineinzulauschen in eine unberührte Morgenstunde, in der selbst die Kreatur noch den Atem anzuhalten schien, bis dann die Vögel als erste den neuen Morgen grüßten. Wann hätte Lieselotte, ein Stadtkind, je Gelegenheit gehabt, das wahrzunehmen?

Schon bald hatte sie das Empfinden, hier oben, fern von aller Hetze und dem Lärm des Stadtbetriebes, dem Himmel viel näher zu sein. Aber es gab auch Stunden, in denen der Sturm so mächtig zu heulen begann, daß die Bäume sich unter seiner Gewalt ächzend bogen, und Lieselotte bangte, mitsamt der Burgundenhütte hinunter ins Tal gefegt zu werden.

„Die sie bauten, wußten, warum sie diesen Platz wählten", hatte dann Frau Monier gesagt und ihre Heimstätte mit liebevollem Blick umfaßt. Der vorspringende Felsen sei ein sicherer Schutz, und Lawinengefahr bestehe hier nicht.

„Und doch war es dir hier oben zu eng, als du jung warst, und du strebtest mit allen Fasern deines Herzens in die Ferne", hatte Lieselotte sinnend erwidert.

„Wir wohnten damals nicht hier oben. Unsere eigentliche Wohnung war im Dorf, dort wo mein Bruder jetzt die Pension hat. Hier stand nur die Sennhütte. Wie alle Bauern, so trieben auch wir das Vieh im Frühjahr auf die Alp. Erst im Herbst kam es zurück in den Stall. Zu jener Zeit lebte die Schwester meines Vaters bei uns. Sie betreute während des Sommers unsere Kühe und brachte täglich die Milch hinunter ins Tal. Damals stand hier wirklich nur eine sehr bescheidene Hütte. Erst später, als ich, des lauten Treibens müde, wieder von Paris zurückkehrte, habe ich sie mir umbauen lassen."

„Von einer Hütte kann man nun wahrlich nicht mehr reden", hatte Lieselotte gemeint. „Aber, Mutter, für immer hier oben bleiben — ich weiß nicht, ob ich das könnte." Fast ängstlich waren ihre Augen auf Frau Monier gerichtet, als wollte sie bitten: Du wirst mir doch das nicht zumuten! Andererseits war darin zu lesen: Nimm es mir nicht übel, daß ich es dir so offen sage! Wo wäre ich überhaupt geblieben, wenn nicht du mich aufgenommen hättest?

Verständnisvoll hatte Burgunda ihr zugenickt. „Für immer? Das wäre wohl auch nicht das Richtige, aber im Augenblick scheint es mir der dir von Gott gewiesene Platz zu sein."

„Aber wie soll es weitergehen?" Wieder war das Gesicht des jungen Mädchens von Hoffnungslosigkeit gezeichnet gewesen. Nein, bei aller Hochachtung und Verehrung, die Lilo Frau Monier entgegenbrachte, ihre Zuversicht konnte sie nicht teilen. Außerdem schien es ihr völlig unverständlich, wie ein Mensch von Gott reden konnte, als kenne er ihn persönlich. Ob sich Frau Burgunda in der Tat ihrer Sache so sicher war? Hätte Frau Monier damals versucht, sie durch Worte zu überzeugen, Lieselotte wäre kaum zugänglich gewesen. Was sie jedoch beeindruckte, war die Lebensweise dieser Frau, ihre Gesinnung. Sie lebte ein Christentum der Tat.

Oft, wenn sie zu einem Kranken gerufen wurde und auch Nachtwache übernahm, blieb Lieselotte ganz allein in der Burgundenhütte zurück. Frau Monier hatte ihr zwar angeboten, während dieser Zeit im Hause ihres Bruders unten im Tal zu wohnen, aber Lilo hatte es abgelehnt. Was sollte sie bei den fremden Menschen? Neugierige Fragen konnte sie jetzt keineswegs ertragen. So blieb sie lieber allein in dem einsam gelegenen Berghaus, denn die nahe liegende Hirslhütte war seit der Freizeit nicht wieder bewohnt worden. Frau Monier versuchte, ihr alle Angst, die sie immer wieder beschlich, auszureden. „Du brauchst dich wirklich nicht zu fürchten, Lilo! Noch nie ist ein böser Mensch in unsere Bergeinsamkeit gekommen. In den Jahren meines Alleinseins hier oben habe ich mich sicherer gefühlt als in Paris oder Wien. Du darfst ganz beruhigt sein."

Eines Tages hatte Lieselotte im Schreibfach jene Manuskriptmappe entdeckt, aus der Werner Sternkranz den jungen Leuten während der Freizeit vorgelesen hatte. Darin beschrieb Frau Monier ihren Lebensweg.

Damals hatte Lieselotte dem Vorgelesenen gar nicht recht folgen können, weil sie in jenen Tagen so stark von ihrem Schicksal erfüllt und von Angst fast verzehrt gewesen war. Nun hatte sie es gewagt, Frau Monier um Erlaubnis zu bitten, sich in die Blätter ihrer Lebenserinnerungen vertiefen zu dürfen. Nach anfänglichem Zögern hatte Frau Burgunda es ihr gestattet.

Und so war Lieselotte den seltsamen, erschütternden und wiederum auch wundersamen Wegen des Schicksals dieser Frau noch einmal gefolgt. Wohin hatte deren Erlebnishunger und Eitelkeit sie nur getrieben! Wie gebannt las Lieselotte von Wien und Paris, von dem verderblichen Einfluß der leichtfertigen Freunde, die die Unwissenheit des Bergkindes ausnutzten, so daß sie verantwortungslosen Verführern in die Hände fiel und schließlich in einem Freudenhaus in Budapest landete. Mit Schaudern folgte Lieselotte den dortigen Erlebnissen, die Frau Burgunda sehr zurückhaltend erzählt hatte.

Wie furchtbar, daß Burgunda dann in die Hände dieses verbrecherischen Zuhälters geraten war. Zweifellos wäre sie da untergegangen, wenn nicht Gottes Hand sichtbar in ihr Leben eingegriffen und sie nach Paris in das Haus Monier geführt hätte.

Wenn Lieselotte hier oben in der Burgundenhütte nicht solch eine liebevolle Aufnahme gefunden und ihre Pflegemutter näher kennengelernt hätte, ihr wäre das alles unglaubwürdig erschienen. So etwas gab es doch sonst nur in spannenden Romanen zu lesen.

Lieselotte hatte in der Bergeinsamkeit Zeit und Stille gefunden, über alles nachdenken zu können. Das war die notwendige Vorschule gewesen. Das Entscheidende aber war in Frankreich geschehen. Nie hätte sie sich träumen lassen, daß sie einmal nach Paris kommen würde.

Eines Tages hatte Burgunda Monier Lieselotte von einem Brief erzählt, der aus dem Kinderheim gekommen war, das sie und ihr Mann vor dessen Tod in Lamorlaye gegründet hatten. „Ich muß dringend für einige Zeit dorthin, Besprechungen und wichtige Entscheidungen sind nötig. Du kannst aber unmöglich so lange hier oben alleine bleiben."

Angstvoll waren Lieselottes Augen auf Frau Burgunda gerichtet gewesen. Sie würde sie doch jetzt, da die Geburt ihres Kindes immer näher kam, nicht im Stich lassen!

„Hättest du Lust, mit mir zu kommen?"

Lieselotte hatte ihren Ohren nicht zu trauen gewagt. Nach Frankreich? Paris? Lamorlaye, von dem sie in Frau Moniers Berichten so viel gelesen hatte? Vor freudiger Erregung vergaß sie zu antworten.

„Nun, Lilo? Wie denkst du über meinen Vorschlag? Ich glaube, daß ich sechs bis acht Wochen dort zu tun habe. Das würde gerade noch gehen. Später möchte ich dir keine solche Reise mehr zumuten."

„Ist das wirklich dein Ernst, Mutter?" hatte Lieselotte gefragt. Noch immer konnte sie es nicht fassen.

„Ja, wir fahren nächste Woche."

So kam es, daß Lieselotte Lamorlaye kennenlernte. Wenn sie heute darüber nachdenkt, kommt es ihr in der Tat wie ein Traum vor. Mit welcher Herzlichkeit hatte man sie aufgenommen, so, als wäre sie die eigene Tochter der von allen geliebten und verehrten Frau Monier. Die Besprechungen nahmen mehr Zeit in Anspruch, als Burgunda gedacht hatte. Neues Personal mußte eingestellt werden, Umbauten waren nötig. Die Behörden hatten Interesse daran, daß das Kinderheim vergrößert wurde. Auch in Frankreich war die Not der unerwünschten Kinder groß. Frau Monier hatte an mancherlei Sitzungen teilzunehmen und mußte sogar mehrere Vorträge halten. Lieselotte war oft geradezu sprachlos. Wie gewandt bewegte sich ihre Pflegemutter hier in Frankreich! War das dieselbe Frau, die in den heimatlichen Bergen die Kranken besuchte, an den Sterbebetten saß und Nachtwache hielt?

Lieselotte hätte es nicht in Worte kleiden können, aber sie empfand: diese Frau war eine Persönlichkeit, die das Leben gereift hatte.

„Du mußt während unseres Hierseins natürlich irgendeine Beschäftigung haben", hatte Frau Monier zu Lieselotte gesagt, als es sich zeigte, daß sie nicht so bald zurückreisen konnten. „Ich meine, du solltest in der Säuglingsabteilung mithelfen." Zaghaft und ängstlich war Lilo an die Arbeit gegangen. Die Säuglingsschwester wußte sie jedoch mit einem so feinen Verständnis einzuführen, daß Lilo die Arbeit bald Freude machte und sie sich dort wohlfühlte. Nie wurden ihr neugierige Fragen gestellt. Sie galt einfach als die Pflegetochter Frau Moniers. Spielend lernte Lieselotte die französische Sprache. Manches Mal gab es ein fröhliches Gelächter, wenn sie damit nicht ganz zurechtkam und lustige Verwechslungen zustande brachte.

An einem Sonntagmorgen, es war noch zu Anfang ihres Dortseins, hatte Frau Monier Lilo gefragt, ob sie nicht Lust hätte, in eine nahe liegende Bibelschule mitzugehen, in der am Vormittag ein Gottesdienst stattfände.

Sie sagte freudig zu. In ihr war ein großer Erlebnishunger aufgebrochen.

So kam es, daß sie in das Institut „Biblique Europeen" eingeführt wurde, das in einem schloßähnlichen Gebäude, mitten in einem prächtigen Park gelegen, untergebracht war. Zu dem Gottesdienst kamen die Schüler und Schülerinnen der Bibelschule, aber auch die Lehrer und das Hauspersonal, sowie eine ganze Anzahl Gäste in einem schlichten Saal zusammen. Da nicht nur Franzosen, sondern auch Engländer und sogar einige Deutsche anwesend waren, wurden die Predigt und die Begrüßungsworte ins Englische und Deutsche übersetzt. Für Lieselotte war das ein einmaliges Erleben. Zuerst brauchte sie eine Weile, um sich zurechtzufinden. Dann aber folgte sie der Übersetzung ins Deutsche mit großem Interesse. Der Leiter der Schule sprach sehr lebendig über einen Predigttext. Aus seinen Worten drang eine so starke Überzeugungskraft, eine solche mitreißende Freude, wie Lieselotte es noch nie in einem Gottesdienst erlebt hatte.

Für Lieselotte war das alles ganz neu. Bis dahin hatte sie alles, was mit Kirche und Religion zusammenhing, als Nebensache angesehen, die man eben hinnahm, wenn man auf die üblichen Formen kirchlichen Lebens — auf Taufe, Konfirmation und kirchliche Trauung — nicht verzichten wollte. Die erste Begegnung mit solchen Menschen, die darüber anders dachten, hatte sie während der Freizeit im Gebirge gehabt. Damals konnte sie aber nicht über den Berg ihres Jammers hinaussehen. Daß jedoch junge Menschen eine Bibelschule besuchten, um sich für den Dienst Gottes am Menschen ausbilden zu lassen, das hörte und erlebte sie zum ersten Mal. Die Bibelschüler wirkten keineswegs weltfremd. Es waren moderne, aufgeschlossene junge Männer und Mädchen, die sich hier in die Botschaft der Bibel vertieften. Lieselotte konnte es kaum fassen.

Natürlich blieb es nicht bei jenem einen Besuch in dem Institut „Biblique Europeen“. Bald saß sie Sonntag für Sonntag unter den Teilnehmern des Gottesdienstes, freute sich an den frohen vierstimmigen Liedern des Schülerchores und verstand auch immer besser den Inhalt der Predigt.

Unter den Bibelschülerinnen waren auch einige deutsche Mädchen gewesen. Lieselotte war ihnen vorgestellt worden. Sie hatten sie zu sich eingeladen. Was Lieselotte in der Heimat nicht erlebt hatte, war hier in Frankreich geschehen. Ein Freundeskreis schloß sich um sie. Junge Menschen, die einen klaren, biblischen Standpunkt vertraten und als bewußte, fröhliche Christen lebten, ließen sie etwas ahnen vom Wert echter Christusnachfolge.

Hatte sie sich zuerst an der Verbindung mit den Schülerinnen gefreut, so war schon nach kurzer Zeit eine tiefe Niedergeschlagenheit über sie gekommen. „Mutter, warum konnte ich nicht vorher solchen Kreis junger Menschen kennenlernen?“ fragte sie. „Warum mußte ich zuerst unter falschen Einfluß geraten? Warum habe ich kein geordnetes Elternhaus gehabt?“

Burgunda Monier war in solchen Stunden neu aufbrechender Not stets geduldig und liebevoll auf sie eingegangen.

„Lilo, sieh doch nicht immer wieder zurück! Halte

dich nicht an dem auf, was du vermissen mußtest, sondern erkenne doch, daß Gott dir sichtbar in den Weg getreten ist und deinem Leben eine neue Richtung gegeben hat."

Manches Mal war es ihr gelungen, das Mädchen aus dem Irrgarten der vielen Warum-Fragen herauszuführen. Doch immer wieder hatte Lieselotte sich in das verzweifelte Sichwehren gegen ihr Schicksal verrannt.

„Es ist zu spät, Mutter! Wäre ich vor drei Jahren hierhergekommen, hätte ich damals diese jungen Menschen kennengelernt, ich wäre vor manchem bewahrt geblieben."

„Sage nicht, es ist zu spät!" war die Antwort Frau Moniers gewesen. „Damals wärst du kaum reif genug gewesen, um die Dinge so zu sehen, wie du sie jetzt erkennst. Vielleicht waren diese notvollen Umwege für dich nötig. Heute weißt du um den rechten Weg. Aber hättest du in jener unglücklichen Fastnachtszeit einen wohlgemeinten Rat angenommen?"

Liebevoll hatte sie ihren Arm um das weinende Mädchen gelegt.

„Lilo, du bist noch jung und stehst am Anfang deines Lebens. Nutze die Erkenntnisse, die dir inzwischen geworden sind, und mache das Beste aus deinem Leben. Du kannst auch jetzt noch, wenn die Geburt deines Kindes hinter dir liegt, eine Bibelschule besuchen. Auch einer Berufsausbildung steht nichts im Wege."

„Aber ich muß doch für mein Kind sorgen!"

„Du wirst deinen Weg noch erkennen!" war die kurze Antwort Frau Burgundas gewesen.

Kurz bevor Frau Monier mit ihrer Pflegetochter wieder nach Deutschland zurückreisen wollte, glitt Lieselotte auf einer Bananenschale aus, stürzte unglücklich und brach sich den Fuß. Die Folge war, daß ihr Kind verfrüht zur Welt kam.

In einer Mischung von Glück und Leid hatte sie damals ihre kleine Tochter in den Armen gehalten. Seltsam — der Gedanke an den Vater ihres Kindes war ihr in diesem Augenblick nicht gekommen. Die Feststellung dieser Tatsache hatte sie bewegt, war ihr aber ein Beweis dafür gewesen, daß die Verbindung mit ihm ein oberflächliches Erlebnis gewesen war. Doch an Benno hatte sie immer wieder gedacht und sich mit allen Fasern ihres Herzens nach ihm gesehnt — und dann war sie in bitterliches Weinen ausgebrochen. Ihre Tränen hatten das Köpfchen des neugeborenen Kindes genetzt. „Ich habe keinen Vater für dich. Meine Schuld ist es, daß dir das Allernatürlichste vorenthalten wird. Aber dir soll es nicht vergolten werden, was deine Mutter verschuldet hat. Das verspreche ich dir: nie, nie werde ich mich von dir trennen, und wenn ich mein Leben lang mit dir allein bleibe! Du sollst wenigstens von Mutterliebe umgeben sein, wenn du schon die Liebe deines Vaters entbehren mußt."

Lieselottes Zimmer in der kleinen Privatklinik, in die Mutter Burgunda sie brachte, hatte einem Blumengarten geglichen. Alle ihre Bekannten waren bemüht gewesen, sie zu erfreuen. Die Angestellten des Kinderheims waren gekommen, die Schülerinnen der Bibelschule hatten sie besucht. Eine eigene Mutter aber hätte nicht rührender um sie besorgt sein können, als Frau Monier es war.

Nie würde sie wohl jenen strahlenden Herbsttag vergessen. In dem kleinen Park, der die Klinik umgab, hatte sich eine spätsommerliche Farbenpracht entfaltet, wie sie sie bisher noch nie erlebt hatte: Gladiolen wie brennende Fackeln, späte Rosen, die die Luft mit ihrem verschwenderischen Duft erfüllten, Astern in allen Farbschattierungen, Amaryllis in ihrer hoheitsvollen Schönheit! Lieselottes Bett hatte so gestanden, daß sie den Blick in die Pracht des Gartens genießen konnte. Oft war ihr alles wie ein wundersames Märchen erschienen.

An diesem Tag hatte Frau Burgunda eine große Überraschung für sie gehabt. Ihre Posteingänge aus Deutschland wurden ihr nachgeschickt. Es war ihr klar gewesen, daß der Brief, der an Lieselotte adressiert war, unter Umständen eine heftige Erregung hervorrufen konnte, die dem Mädchen schaden würde. So hatte sie sich behutsam an Lieselottes Bett gesetzt und vorsichtig begonnen: „Lilo, es wartet heute noch eine Überraschung auf dich. Du hast einen Brief bekommen."

Fragend waren die Augen des jungen Mädchens auf sie gerichtet gewesen. Dann aber hatte brennende Röte ihr Gesicht überzogen. „Benno?" war es zögernd und zugleich hoffend über ihre Lippen gekommen.

Frau Monier hatte genickt, und schon war es um Lieselottes Fassung geschehen gewesen. Zwar hatte sie sich gewaltsam zu beherrschen versucht, aber ihr schmerzhaftes Weinen war für Burgunda doch Beweis genug dafür gewesen, wie wenig sie in den vergangenen Monaten mit ihrer großen Liebe und der damit verbundenen Enttäuschung fertig geworden war.

Als Lieselotte den Brief gelesen hatte — nicht nur einmal, sondern immer wieder —, lag ein Ausdruck so strahlenden Glücks über ihrem Gesicht, daß Frau Monier sich tief bewegt abwenden mußte. Der Brief hatte folgenden Inhalt:

Liebe Lilo!

Wenn ich Dir in den vergangenen Monaten nicht geschrieben habe, so nicht deshalb, weil ich Dich vergessen hätte oder nichts mehr von Dir wissen wollte. Ich mußte nur Abstand gewinnen von alledem, was über mich hereingebrochen war. Heute weiß ich, daß meine Gefühle Dir gegenüber unverändert geblieben sind. Noch sehe ich keinen Weg, der uns zusammenführt. Große Hindernisse müssen überwunden werden. Aber ich habe mich innerlich durchgerungen, den Weg zu gehen, den ich für den richtigen halte. Meines Wissens muß der Tag nicht mehr fern sein, an dem Dein Kind geboren wird. Ich wünsche Dir, daß alles gut verläuft und daß Du an ihm Freude haben mögest!

Heute kann ich Dir nicht mehr sagen, als daß ich Deiner in treuer Freundschaft gedenke. Vergiß nicht, was ich Dir beim Abschied nach Schluß unserer Freizeit sagte. Damals hatten wir vor der Burgundenhütte für Dich und Frau Monier, ja für uns alle gesungen: ‚Herr, wir stehen Hand in Hand, Wandrer nach dem Vaterland. Laß dein Antlitz mit uns gehn, bis wir ganz im Lichte stehn.‘

Damals befand ich mich am Anfang dieses Weges. Heute erkenne ich manches bedeutend klarer. Du wirst Dich erinnern, Lilo, daß ich Dir als letztes sagte: Auch wir stehn in Gottes Hand, Du und ich! Damals wagte ich nur scheu, daran zu glauben. Heute weiß ich es gewiß und bin darum auch überzeugt, daß es mit uns beiden recht wird. Wir müssen nur warten können. — Es denkt an Dich mit guten Wünschen Dein Benno

Seitdem sind nun anderthalb Jahre vergangen. Zum zweiten Mal während dieser Zeit ist Lieselotte mit ihrem Kind für einige Wochen in der Burgundenhütte. Immer inniger hat sie sich an Frau Monier angeschlossen, die ihr nicht nur Mutter, sondern auch Freundin geworden ist. Es drängt sie, ihre Dankbarkeit immer wieder auszudrücken.

„Mutter, nie kann ich dir genug danken für das, was du an mir getan hast. Was wäre aus mir geworden, wenn nicht du dich meiner angenommen hättest!"

„Dann hätte Gott einen anderen Weg für dich vorgesehen", antwortet Burgunda. „Glaubst du, er hätte dich im Stich gelassen? Das entspräche nicht seinem Wort."

„Aber daß er ausgerechnet dich gebraucht hat, mir zurechtzuhelfen, das ist für mich ein besonderer Grund, ihm mein Leben lang zu danken! Nie wäre ich sonst nach Frankreich gekommen. Nie hätte ich dort die Bibelschule besuchen und gleichzeitig Kinder- und Säuglingspflege erlernen können. Es ist einfach wunderbar, wie eins zum anderen kam!"

Frau Monier hebt den Kopf von ihrer Handarbeit. Sie strickt ein hellblaues Kleidchen für Benitta. Nun beginnt sie eine Melodie zu summen. In frohem Einvernehmen nickt die junge Mutter ihr zu. Lieselotte hat dieses Lied aus der Bibelstunde mitgebracht:

Mein Herr kennt den Weg, der vor mir liegt,
ich brauche nur zu folgen . . .

Der Gedanke an die Unterrichtsstunden in der Bibelschule weckt in Lilo immer besondere Freude. Auch heute schwelgt sie wieder in Erinnerungen.

„Ich konnte es gar nicht fassen, Mutter, daß es dein Ernst war, als du mir vorschlugst, mit Benitta in Frankreich zu bleiben, während du wieder nach Hause zurückfuhrst. Zwar wußte ich, daß ich Sehnsucht nach dir bekommen würde — aber die Aussicht, im Kinderheim den Beruf einer Säuglingsschwester erlernen zu können, ohne mich dabei von meinem Kinde trennen zu müssen und außerdem an den Abenden als Gastschülerin an den Bibelkursen teilnehmen zu dürfen — das alles beglückte mich derart, daß ich hoffte, die Trennung von dir überwinden zu können. Und wie hat Benno sich über meinen Entschluß gefreut! Mir half die Arbeit, das Lernen, über viel Schweres hinweg."

Eine Weile schweigt Lieselotte. So manches Erlebnis der vergangenen Monate zieht an ihr vorüber.

Dann fährt sie fort: „Weißt du noch, Mutter, wie du einen Tag vor deiner Abreise mit mir einen Spaziergang machtest? Wir gingen auf der breiten Straße in Richtung Paris. Benitta lag schlafend im Kinderwagen. Plötzlich hieltest du den Wagen an und wandtest mir dein Gesicht zu. Ich weiß es noch wie heute. ‚Dies ist für mich die Straße der Entscheidung!' sagtest du. Und dann erzähltest du mir noch einmal, was ich aus deiner Niederschrift bereits wußte: Wie du meintest, die Behandlung von Madame Monier nicht mehr ertragen zu können. Sie war so ungerecht zu dir gewesen, daß du glaubtest, sie hasse dich. Du aber wolltest alle diese Erniedrigungen nicht mehr über dich ergehen lassen und liefst fort. Und dann fuhr Jean-Pierre, ihr Sohn, dir nach. Gott hatte ihn dir in den Weg gestellt, und wie Schuppen fiel es dir von den Augen. Du wußtest, was du zu tun hattest. Deshalb warst du auch bereit, zurückzukehren und die Last aufs neue auf dich zu nehmen. Du hattest deine Entscheidung getroffen. — In der Bibelschule nahmen wir auch die Geschichte Abrahams durch, Mutter. Mich beeindruckte stark, wie Hagar vor Sara geflohen ist, weil sie glaubte, die Last nicht länger tragen zu können. Ich kannte diese Geschichte nicht, aber unwillkürlich mußte ich dabei an dich denken. Damals begegnete der Engel Gottes der Hagar in der Wüste und fragte sie: ‚Wo kommst du her, und wo willst du hin?' Und Hagar antwortete nur: ‚Ich bin von Sara, meiner Herrin, geflohen.' Da befahl ihr der Engel: ‚Kehre wieder um und demütige dich unter ihre Hand!' — Dazu warst auch du damals bereit, Mutter. Und wie hat Gott deinen Gehorsam gesegnet! Und sieh, die Zeit in Lamorlaye war für mich ebenfalls eine Zeit der inneren Entscheidung. Ich sah ganz klar, daß Gott mir hier eine Möglichkeit zur Rückkehr aus meinem fehlgeleiteten Leben gegeben hatte. Ich mußte nach Frankreich, in dein Kinderheim und von daher in die Bibelschule kommen, um meine Lebensentscheidung zu treffen. Nun will ich nichts anderes mehr, als mich von Gott führen lassen und in Gehorsam seine Wege gehen! — Ich hatte es kaum für möglich gehalten, daß mein Herz in bezug auf meine Liebe zu Benno einmal still werden könnte. Aber auch das ist geschehen. Nicht, daß ich die Trennung von ihm ganz verschmerzt hätte. Ich will es dir offen gestehen, Mutter, für mich wäre es die Erfüllung meines sehnlichsten Wunsches, seine Frau werden zu dürfen — aber nur dann, wenn ich Benitta mit in die Ehe bringen dürfte. Da jedoch seine Eltern gegen unsere Verbindung sind, muß ich mich wohl damit abfinden, daß sie niemals zustande kommen wird. Aber ich bin auch darüber ruhig geworden!"

Burgunda kann nicht anders, sie muß Lieselotte umarmen. Wenn sie durch ihre Niederschrift vor über zwei Jahren nur diesem einen jungen Menschen hat helfen können, so hat es sich gelohnt.

Lieselotte hat in Frankreich nicht nur die Sprache perfekt gelernt, sondern auch ihr Kinderkrankenpflegerinnenexamen bestanden. Sie hat sich biblische Kenntnisse erworben, und damit ein Fundament gelegt, auf dem Gott gewiß weiterbauen wird.

Jetzt ist sie zu Frau Monier zurückgekehrt, soll mit ihrem Kind den Sommer im Gebirge verbringen und will dann im Winter in einem Kinderkrankenhaus eine Stelle antreten — aber nur, wenn sie ihr Kind mitbringen darf.

„Kommt Zeit, kommt Rat", meint Burgunda. „Jetzt erleben wir erst einmal einige Wochen froher Ferien hier oben. Und dann sehen wir weiter."

Aus dem Nebenzimmer dringt Benittas Stimme.

„Die Kleine ist erwacht", sagt Frau Monier. „Wenn du sie schnell fertig machst, könnt ihr mich hinunter zum Bachbauern begleiten. Ich will nach seiner Tochter sehen. Die ist die Heubodenluke hinuntergestürzt und hat sich innere Verletzungen zugezogen."

Bald gehen sie miteinander talwärts. Die ersten Enziane blinzeln noch ein wenig zaghaft hervor. Doch in Kürze werden ihre tiefblauen Glocken zu Hunderten mit den Alpenrosen wetteifern, die in niedrigen Büschen zwischen den Felsblöcken und auf den Halden wachsen.

Lieselotte atmet die würzige Bergluft in langen Zügen ein.

„Das gibt es in Lamorlaye natürlich nicht, Mutter. Wie schön ist es, wieder daheim zu sein!"

Frau Kamilla hat Sorgen um ihren Mann. Er, der sonst so ausgeglichene, fröhliche Mensch, dem es nicht schwerfällt, allem die gute Seite abzugewinnen, ist seit Wochen in einem merkwürdigen Zustand. Halbe Nächte liegt er wach, wälzt sich unruhig hin und her; und schläft er endlich ein, dann wird er von wirren Angstträumen geplagt. Morgens fällt es ihm, dem Frühaufsteher, schwer, das Bett zu verlassen. Es ist, als fürchte er sich, die Last des Tages auf sich zu nehmen. Die frühen Morgenstunden sind am schlimmsten. Manches Mal blickt Werner seine Frau so fremd an, daß diese tief innerlich erschrickt. Er, der sonst so Unternehmungsfreudige, ist jetzt fast wie gelähmt. Sein Appetit läßt nach, und manchmal greift Werner unvermutet nach seinem Herzen, als setze dessen Schlag aus. Das Atmen fällt ihm schwer, und schon einige Male ist er früher als sonst aus dem Dienst heimgekommen. Dann sitzt er grübelnd umher.

„Kamilla, ich kann nicht mehr!"

Voller Besorgnis schaut sie ihn an. „Du bist krank, Werner. Bitte, geh zum Arzt."

Er winkt müde ab. „Der kann mir auch nicht helfen."

„Du bist überarbeitet, Werner. Setze eine Zeitlang aus. Fahre ins Gebirge. Dort in der guten Höhenluft wirst du dich erholen."

„Nicht ohne dich und die Kinder, und außerdem ist es jetzt ganz unmöglich. Du weißt, wie viele kirchliche Veranstaltungen geplant sind. Ich kann Pfarrer Weilbronn nicht alleine lassen."

„Wenn es aber doch nicht mehr geht?"

„Es muß gehen!"

„So sagst du schon seit Wochen." Kamillas Augen füllen sich mit Tränen. „Wenn du dich wenigstens einmal aussprechen würdest! Meinst du nicht, daß ich genau spüre, daß etwas an dir nagt? Du grämst und grämst dich. Warum läßt du mich nicht teilhaben an dem, was dich bedrückt?"

Sie ist nahe an Werner herangetreten, der in einem der blauen Sessel zusammengekauert sitzt, so, als verursache ihm die unsichtbare Last, die er trägt, sogar körperliche Not.

Kamilla setzt sich auf die Sessellehne und lehnt sich an ihn.

„Weißt du, was Michaela kürzlich gesagt hat? ‚Vati ist gar kein Frohmacher mehr.'" Ihre Stimme zittert und verrät die bange Sorge. Werner faßt nach ihrer Hand und legt sie sich über die Augen.

„O Kamilla!"

„Ich kann es eigentlich nicht verstehen", fährt sie bekümmert fort. „Vom ersten Tag an in unserer Ehe haben wir miteinander gebetet."

„Wir tun es doch auch jetzt noch", erwidert Werner.

Aber aus seinen Worten spricht eine grenzenlose Traurigkeit.

„Was nützt dich dein Beten", wagt sie zu sagen, „wenn du das, was dich zutiefst bekümmert, gar nicht zum Ausdruck bringst? Du tust gerade, als könntest du es Gott nicht zumuten, sich das anzuhören."

Werner hebt ihr sein von Not gezeichnetes Gesicht entgegen. „Weißt du, was Harry gesagt hat, als ich ihn besuchte? Beten sei eine Art geistlicher Schizophrenie."

Jetzt springt Kamilla energisch auf. „Werner, nun ist es aber genug! Nimmst du denn dieses dumme Geschwätz ernst? Hast du nicht genügend eigene Erfahrungen gesammelt? Wie oft hast du schon selbst bezeugt, daß Beten die stärkste Macht ist! Und nun bewegt dich das Gefasel eines unreifen jungen Menschen?" Ihre Stimme wird sehr ernst und beinahe beschwörend: „Werner, paß auf! Laß dich nicht vom Teufel in eine Falle locken!"

Aber sie kann ihn nicht herausreißen aus den ihn bedrängenden Gedanken. Er kommt ihr wirklich krank vor. Wenn er sich doch einmal richtig Luft machen würde, wie er es früher oft getan hat, und wie es seiner Wesensart entspricht! Es ist ihr, als sinke er immer tiefer in seine Not hinab. Die Augenblicke, in denen er sich ihr entgegenstreckt, werden immer seltener. Jetzt will auch ihr die Angst die Kehle zuschnüren. Was für ein Ende soll das nehmen? In diesem Zustand kann er doch keinem Menschen helfen! Und das ist schließlich seine erste Aufgabe. Mit wem könnte sie denn ihre Not besprechen? Bei wem könnte sie Rat erbitten?

Wann hat es eigentlich begonnen, diese Veränderung

bei Werner? War es jener Tag, an dem er aus dem Hause Brettnau zurückkam, nachdem Horst sich das Leben genommen hatte? Damals war er völlig niedergeschlagen, hatte nicht gegessen und war auch in der darauffolgenden Nacht kaum zur Ruhe gekommen. Als er meinte, daß sie schliefe, hatte sie ihn qualvoll reden gehört: Ist denn alles umsonst gewesen?

Seitdem war er fast fieberhaft darangegangen — so, als suche er nach einer Bestätigung seiner Arbeit —, die einzelnen jungen Leute aufzusuchen, die er vor zwei Jahren in jener Freizeit im Gebirge betreut hatte. Dabei hatte er manches angetroffen, was seinen Eindruck scheinbar nur bestätigte, daß sein Tun an diesen jungen Leuten vergeblich gewesen sei.

Kamilla denkt daran, wie er eines Abends von einem Besuch bei Joachim und Helga zurückkam. Kurz zuvor hatten die beiden geheiratet. Das Kind war schon ein halbes Jahr vorher dagewesen. Sie zählten zu denen, die sich Werner in der Freizeit am allermeisten widersetzt hatten. Die Ironie war unverkennbar, als Joachim ihn begrüßte.

„Ach, der Herr Freizeitleiter erweist uns die Ehre seines Besuches! War 'ne schöne Zeit damals im Gebirge! Eigentlich müssen wir Ihnen, Herr Sternkranz, ja besonders Dank sagen: ohne die Freizeit hätten wir beide uns wohl nicht kennengelernt. Und wenn wir damals auch früher abgebrochen haben —", mit vielsagendem Augenzwinkern hatten sich Joachim und Helga zugenickt, „schön war's ja doch!"

Werner wußte, daß sie damals nicht, wie sie vorgegeben hatten, nach Hause gefahren waren, sondern den

Rest ihrer Ferien unten im Tal gemeinsam in einem Hotel verbracht hatten. Nein, es schien nichts von dem eigentlichen Ziel der Freizeit bei ihnen haftengeblieben zu sein. Wie zwei unfertige Kinder, denen ein netter Streich gelungen war, so hatten sie Werner ins Gesicht gelacht.

Ob sie hin und her auch einen Gottesdienst besuchten, hatte Werner sie gefragt.

Nein! Am Sonntag wolle man ausschlafen, und dann sei ja das Kind auch noch da. Man könne es unmöglich alleine lassen. Und außerdem hätten sie sich ja nie — auch in der Freizeit nicht — als fromm ausgegeben. Man könne ja keinem anderen seine Meinung aufdrängen. Jeder müsse nach seiner Fasson selig werden.

Das gerade sei nicht möglich, hatte Werner eingewandt. Gott habe einen klaren, unausweichlichen Weg zur Seligkeit vorgezeichnet.

Da hatte der junge Mann brüsk abgewinkt. „Bemühen Sie sich nicht, Herr Sternkranz. Wir teilen nun mal Ihre Meinung nicht. Es war nett, daß Sie uns besuchten, aber mit Ihren frommen Redensarten verschonen Sie uns gefälligst!" Er war von seinem Stuhl aufgestanden, um zu zeigen, daß er das Gespräch für beendet hielt.

Damals war Werner sehr still nach Hause gekommen. Gewiß, er hatte sich mit Kamilla daran gefreut, daß Friedegart sie eines Tages besucht und ihnen mitgeteilt hatte, daß sie sich entschlossen habe, Diakonisse zu werden. Aber das war schließlich vorauszusehen. Friedegart hatte man gewissermaßen den guten Geist der Freizeit nennen können. Immer war sie hilfsbereit, immer freundlich und zuverlässig gewesen. Wie hatte sie sich Lieselottes angenommen! Welch eine treue Hilfe war sie Kamilla bei der Hausarbeit gewesen. Etliche hatten sie natürlich als Zielscheibe ihres Spottes ausersehen und eine Wette abgeschlossen, daß die bestimmt nie einen Mann bekommen würde. Nun würden sie natürlich triumphieren. „Na, seht ihr, der bleibt ja gar nichts anderes übrig, als sich unter die Haube zu verkriechen. Das ist der einzige Ausweg für dieses Mauerblümchen. So stellt sie dann wenigstens in der Schwesterntracht noch etwas vor."

Friedegart aber hatte noch nie viel nach dem Urteil und der Meinung ihrer Umgebung gefragt. Aufrecht und überzeugt ging sie ihren Weg und glaubte auch bei ihrem jetzigen Entschluß von einem klaren, inneren Auftrag zu wissen. „Siehst du", hatte Kamilla zu ihrem Mann gesagt und gehofft, ihn damit ermuntern zu können, „es ist nicht alles umsonst gewesen, was wir an den jungen Menschen getan haben. Bei Friedegart hat sich all unser Bemühen gelohnt."

„Sie kam bereits innerlich geprägt in unsere Freizeit", hatte Werner müde abgewinkt. „Ihre Entscheidung kommt nicht auf unser Konto und ist nicht dem Einfluß der Freizeit zu verdanken."

„Nein, dem Wirken Gottes", hatte Kamilla erwidert. „Aber vielleicht durftest du doch eines seiner Werkzeuge dazu sein."

Er sah ihr in die traurigen Augen. „Verzeih, Kamilla! Ich weiß, ich mache es dir in diesen Tagen wirklich nicht leicht."

„Wenn ich dich doch aus deiner Anfechtung herausreißen könnte! Wie gerne würde ich es tun. Ich kann nur für dich beten."

Eines Tages kommt ihr der Gedanke, Pfarrer Weilbronn aufzusuchen. Er ist doch Werners Vorgesetzter. Mit ihm will sie sprechen. Er muß ihren Mann für einige Wochen beurlauben. Wenn jetzt nicht bald etwas geschieht, wird Werner schwermütig. Es wäre nicht der erste Fall, den sie erlebt. Immer wieder kommen Menschen zur Aussprache, die Rat und Hilfe suchen, weil sie mit dem Leben nicht mehr fertig werden. Unter ihnen sind auffallend viele junge Menschen. Es muß eine Krankheit unserer Zeit sein, denkt Kamilla. Kaum noch einer findet zu sich selbst. Er wird getrieben vom Lärm und Tempo unserer Tage. Irgendwo hat sie gelesen, daß keine Krankheit so sehr um sich greife wie die verschiedenen Gemütsleiden. Nicht einmal der Krebs fordert so viele Opfer wie diese Krankheit. Die Nervenkliniken sind überfüllt. Die Selbstmordziffer steigt unaufhörlich. Eine fürchterliche Angst überfällt Kamilla. Gleich morgen will sie Pfarrer Weilbronn aufsuchen. Er muß ihr raten.

Erregt geht Benno Stark durch das Wohnzimmer seiner Eltern. Wie schon oft hat er auch heute wieder versucht, sie umzustimmen. Aber alle Bemühungen sind vergeblich. Auf keinen seiner Gedankengänge gehen sie ein. Sie bleiben bei ihrem einmal gefaßten Vorurteil gegenüber Lieselotte.

Benno hat Mühe, seiner Erregung Herr zu sein. Vor dem großen Ölgemälde an der breiten Zimmerwand bleibt er stehen. Das Bild zeigt den Ostseestrand bei

Pillau. Dorthin hatten seine Eltern ihre Hochzeitsreise unternommen. Von Kind an hat Benno dieses Bild geliebt. Immer hat es Fernweh in ihm wachgerufen. Jetzt aber wecken die wogenden, schaumgekrönten Wellen, die unermeßliche Weite der Ostsee, der Flug der Möwen, in ihm Wünsche eigener Art. Ach, könnte er doch mit dem Mädchen, das er liebt, weit fort! Könnte er dem Vorurteil und dem Standesdünkel, der Lieblosigkeit und der Selbstverherrlichung, die er bei seinen Eltern zu sehen meint, doch entfliehen! Sie sind unansprechbar. Ihr Ruf, ihr Geschäft, das Ansehen der Firma — das größte Herrenbekleidungshaus am Platz — bedeuten ihnen alles. Immer wieder hat er in den zwei Jahren, seitdem er Lilo in der Freizeit begegnet ist, versucht, die Eltern von ihrer Vorstellung abzubringen.

„Wenn ihr sie wenigstens einmal kommen lassen würdet", sagt er jetzt voller Bitterkeit. „Aber es liegt euch ja gar nicht daran, Lieselotte kennenzulernen."

„Was soll das auch für einen Sinn haben?"

„Ich begreife dein Reden nicht, Vater. Du weißt, daß ich sie liebe und keine andere Frau heiraten werde."

Herr Stark wird nun auch erregt. „Wie oft soll ich es dir denn noch sagen, daß das keine standesgemäße Partie für dich ist."

Die Mutter versucht einzulenken. Sie ist diese Auseinandersetzungen so müde.

„Benno, versuche doch auch deinen Vater zu verstehen. Du bist nun einmal unser einziges Kind, du sollst das Geschäft übernehmen, dem ganzen Betrieb vorstehen. Ist es dann nicht selbstverständlich, daß du eine Frau wählen mußt, die repräsentabel ist?"

„Herrschaft nochmal, geht es um das Geschäft oder um mich? Ich habe euch ja den Willen getan und meine Augen offengehalten. Glaubt ihr etwa, ich hätte nicht gemerkt, warum ihr in den beiden letzten Jahren so viele Einladungen gabt und warum ich zu solchen immer mitgeschleppt wurde? Wenn ich nur an einige heiratsfähige Töchter eurer Geschäftsfreunde denke, die reinsten Grasaffen! Aber das wäre euch ja gleich, wenn es nur eine Partie nach euren Wünschen zum Wohle des Geschäfts —"

Benno unterbrach sich selbst. Er fährt sich mit der Hand über das Gesicht, als müsse er etwas wegwischen. Nun ist er wieder so heftig geworden, obwohl er sich doch vorgenommen hatte, nur noch beherrscht über dieses Thema mit seinen Eltern zu sprechen. Warum auch können sie ihn nicht verstehen?

„Daß das Mädchen ein Kind hat, würde mich nicht einmal stören", fährt Herr Stark fort. „Liebe Zeit, es hat eben Pech gehabt!"

„Aber Egon!" entrüstet sich seine Frau. „Ist das deine ganze Auffassung von Moral? Haben wir nicht auch Benno gegenüber klar ausgesprochen, daß wir der Meinung sind, er habe vor der Ehe keine intimen Beziehungen zu einem Mädchen zu pflegen?"

„So was kann doch passieren! Heute denkt man anders darüber! Aber das Kind könnte das Mädchen schließlich in ein Kinderheim geben oder adoptieren lassen."

„Nie wird Lieselotte sich von ihrem Kind trennen. Und ich meine, das spricht gerade für sie."

„Schon gut, schon gut! Aber, Benno, du selbst hast

mir gesagt, daß sie aus sehr — wie soll ich mich ausdrücken, um dich nicht schon wieder zu beleidigen —"

„Sprich dich nur aus, Papa. Ja, es stimmt, sie kommt aus einer gewöhnlichen Familie. Ihr Vater ist Hilfsarbeiter in einer Maschinenfabrik und ihre Mutter hat ihn mit vier Kindern im Stich gelassen und ist mit ihrem Freund auf und davon gegangen. Das stimmt alles — aber was kann das Mädchen dafür? Sie hat genug unter ihren häuslichen Verhältnissen gelitten und trägt heute noch schwer daran."

„Und doch hat sie sich mit einem Mann eingelassen, der sie dann sitzenließ."

„Ach, was wißt ihr denn!"

„Benno, mir jedenfalls wäre es nicht gleich, wenn die Leute darüber reden würden, daß mein einziger Sohn eine Frau hätte, die von einem anderen Mann ein uneheliches Kind mit in die Ehe gebracht hat."

„Ach, Mama! Euer Ruf ist euch mehr wert als das Glück eures Sohnes."

„Glück ist ein dehnbarer Begriff", meint Herr Stark. „Dieses Mädchen paßt einfach nicht in unser Haus."

„Ich bin schon einige Zeit mündig, Vater."

„Stimmt! Aber schließlich wirst du einmal das Geschäft weiterführen, das dein Großvater aus kleinsten Anfängen zur beachtlichen Größe gebracht hat und das ich nun zu dem ansehnlichen Herren-Konfektionsgeschäft gemacht habe."

„Du erinnerst mich an deinen Vater, Papa. Kam er nicht auch aus einer sehr einfachen Familie, und begann er nicht als kleiner Schneiderlehrling im Nachbarhaus? Mußte er nicht seinen ganzen Lohn zu Hause abgeben, damit die vielen Geschwister satt wurden, weil seines Vaters Geld nicht ausreichte? Wenn ich nicht irre, ging der in eine Fabrik. Ist das etwa eine Schande?"

„Was hat das mit unserem Problem zu tun?"

„So viel, daß auch wir von einfachen Leuten abstammen. Und ich meine, unter meinen Vorfahren sei auch einer gewesen, der mehrere uneheliche Kinder hatte und sogar mit dem Gesetz in Konflikt geriet. Über diesen Bruder deines Vaters wird jedoch nicht gesprochen."

„Glaubst du, du könntest mich mit dem Aufzählen solcher Dinge umstimmen?"

„Nein, Papa, aber dir vielleicht zeigen, daß man mit dem Urteil einem anderen gegenüber vorsichtig sein sollte. Sieh, ich könnte jetzt meinen Willen durchsetzen — und der Tag wird kommen, an dem ich Lilo heirate —, aber ich möchte meine Ehe mit eurer Einwilligung beginnen. Andererseits kann ich der Frau, die ich liebe, nicht zumuten, in ein Haus zu ziehen, in dem man sie von vornherein fühlen läßt, daß man sie nicht will."

„Es ist edel von dir, so zu denken. Darum lasse sie, wo sie jetzt ist."

„Soll ich das als dein letztes Wort auffassen, Papa?"

„Letztes oder vorletztes, du kennst meine Meinung. Ich habe nicht vor, sie zu ändern. Aber ein anderer Gedanke ist mir gekommen. Mama und ich haben diese Nacht darüber gesprochen. Wir sind dafür, daß du dich noch ein wenig in der Welt umsiehst. Du solltest die Pariser Modehäuser kennenlernen. Ich habe da einige Verbindungen und werde nähere Erkundigungen einziehen. Ich könnte mir vorstellen, daß du für ein Jahr als Volontär nach Paris gehst."

Benno antwortet nicht gleich. Wieder starrt er wie gebannt auf das Ölgemälde. Diesmal aber ist es nicht die Ostsee, die ihn fesselt, sondern das Wort Paris. Er fürchtet, der Vater könnte ihm seine Gedanken von der Stirn ablesen. Paris — Lamorlaye — das Kinderheim von Frau Monier — warum sollte Lieselotte, die jetzt noch im Gebirge in der Burgundenhütte ist, nicht dorthin zurückkehren, anstatt in Deutschland eine Stelle anzunehmen?

„Nun", fragt der Vater, „was sagst du zu meinem Vorschlag?"

„Muß ich mich gleich entscheiden?"

„Was heißt entscheiden? Wir warten nur noch die Antwort aus Paris ab, und dann fährst du los!"

„Egon! Schließlich muß Benno ja erst einmal zusagen. Er ist doch mündig."

„Ach was, dummes Gerede!" fährt Herr Stark hoch. „Du bangst nur schon wieder davor, daß du dich von deinem Abgott trennen mußt. Aber es ist höchste Zeit, daß der Junge sich einmal frischen Wind um die Ohren blasen läßt, und warum sollte er in Paris nicht eine hübsche Frau finden? Ha! Wär doch gar nicht so übel, eine schicke Pariserin in unserem Geschäft!"

„Immer nur das Geschäft! Wie mir das zum Hals heraushängt!" begehrt Benno auf und verläßt das Zimmer. In seinem Innern aber hat er sich bereits entschlossen, nach Paris zu gehen.

Kamilla fährt den Kinderwagen mit ihrem kleinen Sohn in den Vorgarten des Pfarrhauses. Dann wendet sie sich an Michaela. „Du bleibst nun schön hier draußen beim Brüderlein. Ich komme bald wieder. Nicht wahr, du bist doch meine große Tochter und machst keine Dummheiten? Komme ja nicht auf den Gedanken, den Kleinen aus dem Wagen zu nehmen."

„Auch nicht, wenn er schreit?"

„Um alles in der Welt, nein! Unter keinen Umständen. Er schläft jetzt auch fest. Du brauchst nur auf ihn aufzupassen. Sieh, hier unter dem Baum ist eine Bank. Da setzt du dich hin, und ich schiebe den Wagen nahe an dich heran."

„Vielleicht darf ich inzwischen einen Strauß für den Vati pflücken. Hier sind so schöne Tulpen. Und wie heißen die Blumen dort?" Sie deutet mit ihrer Hand auf weiße Narzissen und gelbe Osterglocken.

„Aber Michaela!" Frau Sternkranz ist entsetzt über die Ideen ihrer Tochter. „Daß du dich nicht unterstehst! Der Garten gehört doch dem Herrn Pfarrer. Da kannst du nicht einfach Blumen pflücken."

„Der soll nur nicht so geizig sein, wo doch unser Vati krank ist!"

„Du bist ein unmögliches Kind. Merke dir: Man darf nie in fremden Gärten unerlaubterweise Blumen pflükken."

„Wieso ist das ein fremder Garten, wenn wir doch wissen, daß er dem Herrn Pfarrer gehört?"

„Jetzt frage nicht soviel und tue, was ich dir gesagt habe. Du bist doch nun wirklich kein so kleines Dummerle mehr. Ich hoffe, ich kann mich auf dich schon verlassen!"

Vielleicht hätte ich die Kinder doch zu Hause lassen sollen, denkt Kamilla. Aber Werner ist so ruhebedürftig. Sie drückt auf den Klingelknopf. Pfarrer Weilbronn öffnet ihr selbst die Tür.

„Ach, Frau Sternkranz! Guten Tag!"

„Guten Tag, Herr Pfarrer! Haben Sie wohl einige Minuten Zeit für mich?"

„Bitte, treten Sie ein!"

„Ich darf doch meinen Kinderwagen im Garten stehenlassen und meine Tochter daneben setzen?"

„Aber natürlich!"

Einige Augenblicke später sitzt sie dem Pfarrer in seinem Arbeitszimmer gegenüber. Nur einmal war sie mit ihrem Mann hier, als dieser sich um den Dienst in der Gemeinde bewarb. Heimlich hatte sie gehofft, daß man auch einmal privat zusammenkommen würde. Aber nie war eine Einladung erfolgt, und als sie einmal den schüchternen Versuch wagte, wußte der Pfarrer sie davon zu überzeugen, daß er zu beschäftigt sei, um persönlichen Einladungen zu folgen.

Kamillas Blick umfaßte die Einrichtung, die Atmosphäre des Raumes. Alte, gediegene, etwas steife Möbel füllen ihn. Eine ganze Anzahl in schwarzes Holz gerahmte Photographien hängen an den Wänden. Eine Wandseite ist bis zur Decke mit Büchern zugestellt. Es riecht irgendwie alt und modrig.

Ob sein kranker Enkelsohn sich wohl in freundlicheren Räumen aufhält? fragt sich die junge Frau. Aber sie ist schließlich nicht gekommen, solche Gedankengänge zu erwägen. Die Stimme des Pfarrers weckt sie aus ihrem Sinnen.

„Was führt Sie zu mir, Frau Sternkranz?"

„Die Sorge um meinen Mann, Herr Pfarrer. Es muß

etwas geschehen. Der Arzt meint, er sei überarbeitet. Ich aber glaube, daß er unter einem seelischen Druck leidet. Er trägt schwer an einer Reihe von Erlebnissen, die in ihm die Befürchtung geweckt haben, daß seine bisherige Arbeit umsonst gewesen sei. Diese Art entspricht gar nicht seinem Wesen. Sie wissen ja, wie froh und optimistisch er immer war und wie stark und zugleich kindlich sein Glaube ist. Vergeblich habe ich bisher versucht, ihn aus seinen dunklen Gedankengängen herauszureißen. Deshalb habe ich ernstliche Befürchtungen. Wir müssen alles tun, um ihn vor Schwermut zu bewahren."

Der Pfarrer hat Kamilla mit keinem Wort unterbrochen. Er besitzt Menschenkenntnis und Erfahrung genug, daß er seine Besucher aussprechen lassen muß, was sich ihnen aufs Herz gelegt hat. Doch — wie denkt sie sich das: wir müssen alles tun! Wir?

Was kann ich tun? fragt sich der alte Mann, der doch mit seiner eigenen Last kaum fertig wird. Gleichzeitig aber steigt ein Schuldbewußtsein in ihm auf. Er weiß, daß er sich zu wenig um seinen jungen Mitarbeiter gekümmert hat. Ganz selbstverständlich hat er seinen Dienst, seinen Eifer, seine Hingabe an die Sache der Kirche hingenommen. Sternkranz würde jetzt sagen: an die Sache Gottes, korrigiert er sich selbst. Aber die weiche Regung im Innern des Pfarrers geht rasch vorüber. Er ist kein Mann, der sich mit sentimentalen Anwandlungen abgibt.

„Ja, liebe Frau Sternkranz, wenn es so steht, dann müssen Sie eben ein ärztliches Attest besorgen, und ihr Mann muß ein paar Wochen aussetzen. Ich werde ihn zwar sehr vermissen und weiß nicht, wie ich mit all der Arbeit ohne ihn fertig werden soll. Aber es muß dann auch einmal ohne ihn gehen!"

„Das ärztliche Attest kann ich Ihnen gleich morgen bringen, Herr Pfarrer, aber —"

Die junge Frau zögert.

„Aber?" wiederholt der alte Herr fragend. Was will sie denn jetzt noch von ihm?

„Ich meine — ich dachte —" Kamilla errötete wie ein junges Mädchen. „Wenn Sie einmal mit Werner sprechen und ihn ermutigen würden. Sie sind doch nicht nur sein Vorgesetzter. Ich glaube, was Werner jetzt brauchen könnte, das wäre ein Seelsorger, ein väterlicher Freund." Nun ist es heraus. Schon längere Zeit hat Kamilla es notvoll empfunden, daß Pfarrer Weilbronn nicht einmal nach Werner gesehen und sich um ihn gekümmert hat. Nun blickt sie ihn erwartungsvoll an.

„Hm!" erwidert er — und Kamilla meint, ihm eine gewisse Verlegenheit anzumerken. „Sie sagen: ermutigen! Ich war bisher der Meinung, daß ihr Mann in seiner Frömmigkeit so sicher ist, daß er keiner Ermutigung bedürfe!"

Fragend und zugleich erstaunt blickt Kamilla ihn an.

„In seiner Frömmigkeit, Herr Pfarrer? Wer von uns könnte da sicher sein? Seines Glaubens an den auferstandenen Herrn, ja! Keinen Augenblick hat Werner daran gezweifelt. Aber er beginnt an sich selbst, an seinem eigenen Tun zu zweifeln und zu verzagen. Die Frage nach dem Sinn seines Tuns quält ihn, weil bisher so wenig Positives sichtbar geworden ist."

„Was hat er erwartet?"

„Nichts anderes, als daß er die jungen Menschen, mit denen er zu tun hat, zu Christus führen könnte. Ja, das ist der tiefste Wunsch seines Herzens."

Pfarrer Weilbronn beugt sich in seinem Stuhl ein wenig vor. Klingt nicht ein kleiner Ton von Ironie aus seinen Worten, als er erwidert: „Ja, liebe Frau Sternkranz, der Herr gibt uns nicht alles, was unser Herz wünscht."

Was bist du für ein seltsamer Mensch, denkt Kamilla. Kannst du überhaupt seelsorgerlichen Trost vermitteln?

Das stellt sie nicht in Empörung oder Ablehnung ihm gegenüber fest. Nein! Sie ist erfüllt von einem plötzlich in ihr aufsteigenden Mitleid zu diesem alten Mann, der immer beherrscht wirken und keinem Menschen Einblick in sein Innerstes gewähren will.

Kein Wort hat er davon angedeutet, daß er einfach nicht damit fertig wird, daß seine Frau ihn nach so kurzer Zeit glücklicher Ehe bei der Geburt des Kindes allein zurückließ.

„Was unser Herz wünscht" — hat er gesagt — „Der Herr gibt uns nicht alles, was unser Herz wünscht." Was mag dieses alte Menschenherz sich wohl noch wünschen? fragt sich Kamilla. Vielleicht, daß seine einzige Tochter zu ihm zurückkehrt und die Last von seinen müden Schultern nimmt, die Last des unheilbar kranken Enkelsohnes?

Fragend und voll Mitgefühl sind die Augen der jungen Frau auf den Pfarrer gerichtet. Nein, er kann weder sie noch ihren Mann trösten, das wird ihr plötzlich klar. Er ist selbst ein Ungetrösteter. Er wird mit seinem Schicksal nicht fertig. Er hadert mit Gott. Was muß es ihm bedeuten, sonntäglich auf der Kanzel zu stehen und zu den Menschen von einer Liebe zu sprechen, an die er selbst nicht glaubt, auf einen Trost hinzuweisen, dessen er selbst nicht teilhaftig wurde!

Und nun geschieht es, daß Kamilla ihr eigenes Leid, beziehungsweise das Leid ihres Mannes zurückstellen kann und darauf bedacht ist, Trost zu vermitteln. Sie richtet ihren klaren Blick auf den Mann, der eben in beinahe herausfordernder Weise ein Wort aus dem 37. Psalm zitiert hat. Dieses Wort greift sie auf.

„Sie haben soeben gesagt, Herr Pfarrer, der Herr gibt uns nicht alles, was unser Herz wünscht. Sicher denken Sie dabei an das Wort im siebenunddreißigsten Psalm: ‚Habe deine Lust an dem Herrn, der wird dir geben, was dein Herz wünscht!' Mir kommt gerade der Gedanke — bitte, seien Sie mir nicht böse, Herr Pfarrer, es soll keine Belehrung sein —: Vielleicht haben wir unsere Lust nicht genügend am Herrn. Wir lassen ihn gelten, wir wollen keineswegs gottlos sein, aber wir betrachten ihn gewissermaßen als einen Gepäckträger, den wir herbeirufen und von dem wir fordern, daß er unsere Last abnimmt. Und ist das geschehen, kann er wieder gehen. Mein Mann hat manchmal auch den Vergleich mit dem Automaten angeführt. Er sagt, wir Menschen denken oftmals, Gott sei ein Automat, in den wir oben unsere Gebete einwerfen, und aus dem wir unten die Erhörung in Empfang nehmen können. Oder wir räumen Gott noch einen Herrgottswinkel ein, in den wir uns flüchten, wenn wir nicht mehr aus noch ein wissen. Aber das alles ist nicht, glaube ich — ‚seine Lust an dem Herrn haben'. Ich meine, das hieße, sich an Gott freuen, ihn von ganzem Herzen lieben und seine Führungen bejahen. Und ich denke, Herr Pfarrer, wenn wir unsere Lust am Herrn haben, dann beginnen wir die Dinge anders zu sehen, dann wünscht auch unser Herz anders".

Kamilla erschrickt plötzlich vor sich selbst. Was tut sie? Pfarrer Weilbronn ist immerhin der Vorgesetzte ihres Mannes. Sie kann ihm doch keine Vorschriften machen!

„Entschuldigen Sie, Herr Pfarrer!" stammelt sie und steht, über sich selbst bestürzt, auf. „Ich weiß gar nicht, wie ich dazu komme . . ."

Zu ihrem Erstaunen sieht Pfarrer Weilbronn sie plötzlich mit einem freundlichen, wenn auch traurigen Blick an. „Nein, gehen Sie noch nicht." sagt er und legt seine Hand auf ihren Arm. „Ich könnte zwar Ihr Vater sein und bin Ihr Pfarrer, aber vielleicht war es gut, daß wir für einen Augenblick die Rollen getauscht und nicht ich Ihnen, sondern Sie mir eine Predigt gehalten haben. Es mußte wohl so sein."

Kamilla hat sich zögernd noch einmal gesetzt. Kurz streift sie der Gedanke: Hoffentlich stellt Michaela nichts an, wenn ich so lange fortbleibe. Aber jetzt kann sie nicht einfach gehen — das ist ihr klar. Nur gut, daß der Pfarrer nicht beleidigt zu sein scheint. Liebe Zeit, sie weiß gar nicht, wie sie dazu gekommen ist, ihm das alles zu sagen. Aber da fährt er auch schon fort: „Frau Sternkranz, es mag Ihnen seltsam erscheinen, wenn ich sage: für mich selbst wünscht mein Herz nichts mehr. Ich habe sozusagen mit dem Leben abgeschlossen. Aber wenn ich — wenn ich —", der sonst so redegewandte

Mann sucht nach Worten, „wenn ich an meinen unglücklichen Enkelsohn denke und daran, was aus ihm werden soll, wenn ich nicht mehr da bin, nachdem seine Mutter ..." Er bricht ab, steht auf und geht zum Fenster hinüber, blickt eine Weile hinaus, als benötige er Zeit, seiner Bewegung Herr zu werden. Dann aber wendet er sich wieder Kamilla zu und fährt fort: „... dann fällt es mir schwer, meine Lust an dem Herrn zu haben, der solches zugelassen hat."

Er steht vor der jungen Frau, und auf seinem Gesicht brennen rote Flecken der Erregung. Auch Kamilla hat sich erhoben. Bittend sieht sie ihn an.

„Herr Pfarrer, es steht mir nicht zu, Ihnen Ratschläge zu erteilen, und ich bin besorgt, mir mit meinen Worten etwas angemaßt zu haben. Ich habe sie mir selbst zur Besinnung und zur Ermahnung zugesprochen. Aber erlauben Sie mir, daß ich Ihnen noch ein Letztes sage, bevor ich gehe: Vielleicht ist es nötig, daß wir die Lektionen in der Schule des Leides lernen, damit wir etwas werden zum Lobe Gottes. Vielleicht müssen auch wir, mein Mann und ich, diese schweren Wege gehen. Werners Herz wünscht sich Erfolg in seiner Arbeit, vielleicht auch Anerkennung und eine gewisse Selbstbestätigung. Während ich hier bei Ihnen sitze, ist mir die Antwort auf meine ungelösten Fragen klargeworden. Unser Herz wünscht anders, wenn wir unsere Lust an dem Herrn haben. Vielleicht, ja, sicher haben auch wir es daran fehlen lassen."

Der Pfarrer ist wieder ans Fenster getreten. Als er einen Blick in den Garten wirft, stößt er einen leichten Schrei aus: „Frau Sternkranz, um alles in der Welt!

Wie kommt der Junge dazu? Schnell, schnell, ehe ein Unglück passiert!"

Mit ein paar Schritten steht Kamilla neben ihm. Sie erbleicht, das Herz klopft ihr wie rasend. Sie folgt dem Pfarrer, der voller Schrecken das Zimmer verläßt und in den Garten eilt. Dort sitzt sein fallsüchtiger Enkelsohn auf der Bank und hält Kamillas kleinen Jungen in seinen Armen, auf den er mit seinem entstellten Gesicht glückselig herniederblickt. Strahlend ruft er dem Pfarrer zu: „Opa, Kind schreit, nun lacht!"

„Aber Junge, wie kannst du nur!"

„Mädchen gebt! Kind schreit!" lallt der Kranke und scheint den Eindruck zu haben, als sei es seinen wiegenden Armen zu verdanken, daß der Kleine sich beruhigt hat. Entsetzt will der Pfarrer ihm das Kind abnehmen. Undenkbar, wenn der Junge jetzt einen Anfall bekäme und den Kleinen fallen ließe!

„Bitte, nicht!" sagt Kamilla. „Sehen Sie doch, wie er sich freut! Ich setze mich neben ihn und passe auf."

Ihrer Tochter aber wirft sie einen vorwurfsvollen Blick zu. Diese verteidigt sich temperamentvoll: „Mutti, ich habe ihn ja gar nicht aus dem Wagen genommen. Du hast es doch verboten. Aber er hat so arg geschrien, und du kamst und kamst nicht. Da ist auf einmal der Junge gekommen und hat in den Kinderwagen gesehen und immer: oh, oh, oh! gesagt. Dann habe ich gedacht, du hast es ja nur mir verboten, den Matthias aus dem Wagen zu nehmen. Deshalb habe ich den Jungen gefragt, ob er ihn mal eben 'rausnehmen will, bis er nicht mehr weint. Das hat er dann getan. Und Matthias hat auch bald aufgehört zu weinen."

Eigentlicher Ungehorsam ist es in der Tat nicht gewesen, denkt Kamilla und rückt dem Enkelsohn des Pfarrers noch ein wenig näher, um ihren Arm schützend unter den Kleinen legen zu können, sobald der Junge unsicher wird. Nachher muß sie noch ein ernstes Wort mit ihrer Tochter reden. Die hat doch nie Mühe, eine Ausrede zu finden!

Mit einer Mischung von Sorge und Rührung blickt der Pfarrer auf den Jungen, der zum ersten Mal in seinem Leben ein kleines Kind auf den Armen hält, ja wahrscheinlich überhaupt zum ersten Mal mit einem solchen in nähere Berührung kommt. Plötzlich steigt in ihm die Frage auf, ob es wohl ganz richtig war, Peter so isoliert aufwachsen zu lassen. Bewußt hat er ihn anderen Kindern ferngehalten. Er konnte den Gedanken nicht ertragen, daß diese ihn seines mißgestalteten Aussehens wegen verspotten würden. Ebenso hat er es vermieden, ihn Erwachsenen zu Gesicht zu bringen. Wie einen Gefangenen hatte er ihn im Pfarrhaus verborgen. Im hinteren Garten, hinter einer Einzäunung, durfte sich der Junge aufhalten. Seiner ausgesprochenen geistigen Schwäche wegen war er nicht schulpflichtig. Heute muß er wohl einen Augenblick, in dem er unbeaufsichtigt war, benutzt haben, um in den vorderen Garten zu gelangen. Gewiß war das Gartentürchen, seiner Anordnung entgegen, nicht verschlossen gewesen. Und nun legt sich wieder neu die augenblickliche Sorge auf sein Herz. Seit einigen Tagen ist seine Schwester erkrankt, und der Arzt hat nun sogar die Überführung ins Krankenhaus angeordnet. Sie muß sich operieren lassen. Was aber soll dann mit Peter geschehen, für den seine, des Pfarrers Schwester, in selbstloser Treue gesorgt hat?

Aus seinem Sinnen wird Pfarrer Weilbronn durch Michaelas Stimme gerissen: „Herr Pfarrer, ist es wahr, daß man bei dir im Garten keine Blumen pflücken darf?"

Er beugt sich zu dem Kind hernieder. „Wer sagt das?"

„Die Mutti. Ich wollte so gern dem Vati einen Strauß mitbringen, wo es ihm doch gar nicht gut geht."

Der alte Herr nimmt das kleine Mädchen bei der Hand und pflückt mit diesem gemeinsam einen Frühlingsstrauß.

„So, den trägst du nun nach Hause und sagst dem Vati einen Gruß von mir. Er soll jetzt ins Gebirge fahren und gesund wieder zurückkommen!"

„Du bist ja gar nicht geizig!" stellt Michaela glücklich fest. „Sag mal, darf ich wiederkommen und mit dem großen Jungen spielen? Gehört er dir? Er hat sich so gefreut, daß er den Matthias auf den Arm nehmen durfte. Hat er kein Brüderlein oder keine kleine Schwester?"

„Nein, er hat keine Geschwister."

„Oh, der Arme, dann ist er ganz allein." Nachdenklich fügt sie hinzu: „Warum kommt er denn nicht in den Kindergottesdienst?"

„Er ist krank."

Michaela hätte sich ohne jede Hemmung noch länger mit dem Pfarrer unterhalten. Aber nun hat die Mutter den kleinen Bruder in den Wagen gelegt und ruft: „Michaela, komm! Wir müssen jetzt nach Hause gehen."

Jauchzend streckt die Kleine ihr den Strauß entgegen. „Sieh nur, Mutti, der Herr Pfarrer ist doch nett! Er hat mir alle diese Blumen für Vati geschenkt."

Was noch nie dagewesen ist, geschieht: der Großvater nimmt seinen Enkel bei der Hand und begleitet Kamilla und ihre Kinder bis zum Gartentor.

„Sollte Ihnen irgendein Gedanke kommen, wer für meine Schwester während deren Krankenhausaufenthalt für Peters Betreuung in Frage kommen könnte, so lassen Sie es mich bitte wissen. Es ist mir dies eine große Sorge." Mit diesen Worten verabschiedet sich Pfarrer Weilbronn.

Kamilla nickt ihm verstehend zu. „Ich will darüber nachdenken. Ihre Sorge kann ich gut begreifen."

Für Werner hat er mir keinen Gruß mitgegeben, denkt sie, während sie mit dem Kinderwagen und Michaela behutsam die Straße überquert. Wie sehr muß ihn die Sache mit dem kranken Enkelsohn beschäftigen. Er macht es falsch, daß er niemand an seinem Kummer teilnehmen läßt. Wieviel leichter trägt sich doch eine Last, wenn man sich damit nicht alleine abschleppt. Im Gedanken an diesen epileptischen, entstellten Jungen erscheint ihr die Sorge um Werner um etliches geringer. Er wird sich in der Stille der Bergwelt sicher erholen. Gemeinsam werden sie die reine Höhenluft genießen und sich dort oben des Frühlings erfreuen. Noch heute will sie an den Hirsl schreiben. Burgunda Monier wird ihre Nachbarin sein. Und sie werden Lieselotte treffen, die mit ihrem Töchterchen gerade oben weilt. Plötzlich streift sie der Gedanke: Hat Lieselotte in Paris nicht die Kinderkrankenpflege erlernt? Sie sucht doch eine Stelle.

Allerdings, ihr Kind wird sie nicht ins Pfarrhaus mitbringen können. Aber da es sich ja nur um eine Aushilfe handelt, könnte sie selbst, Kamilla, Lieselottes Töchterchen zu sich nehmen, solange diese den Enkelsohn des Pfarrers betreut. Während der Zeit im Gebirge kann das Kind vielleicht bei Frau Burgunda bleiben.

Kamilla vergißt ganz, daß sie ihre vorwitzige Tochter zurechtweisen wollte, so ist sie erfüllt von ihren Plänen. Der Besuch im Pfarrhaus hat sie innerlich stark bewegt. Wie leid tut ihr der Mann, der nach außen hin so sicher und beherrscht wirkt und hinter dieser Kulisse ein so großes Leid verbirgt. Sie muß ihm helfen! Keinen Augenblick zweifelt sie daran, daß Lieselotte sich bereit erklären wird, wenigstens während der Zeit der Abwesenheit der Schwester des Pfarrers einzuspringen und den kranken Jungen zu betreuen. Wird ihr damit nicht auch Gelegenheit gegeben, an ihren freien Tagen Benno zu treffen. Kamilla weiß durch Frau Monier, mit der sie im Briefwechsel steht, von den wieder neu geknüpften Beziehungen zwischen den zwei jungen Leuten. Sie denkt mit keinem Gedanken daran, irgend etwas zu unternehmen, um die beiden jungen Menschen einander näher zu bringen. Aber sie freut sich darüber, daß Lieselotte nun Gelegenheit bekommt, dann und wann mit Benno zusammenzusein.

„Ob sie sich entschließen kann, ins Pfarrhaus zu gehen?" dämpft Werner ihr eifriges Pläneschmieden, nachdem sie ihm freudig erregt ihre Gedankengänge vorgelegt hat. „Das alles ist gut und schön ausgedacht, aber du kannst ja nicht über den Kopf des Mädchens hinweg mit ihr deine Pläne machen."

„Das will ich auch nicht", erwidert Kamilla und errötet wie ein getadeltes Schulmädchen. Werner ist immer so sachlich und nüchtern, wo ihre Phantasie schon mal mit ihr durchgeht.

„Aber vorschlagen kann ich es Lieselotte doch, und vielleicht ist sie glücklich über diese Möglichkeit." Von ihrem Plan, während dieser Zeit die kleine Benitta zu sich zu nehmen, verrät Kamilla ihrem Mann noch nichts. Ihm sind bei seinem jetzigen Zustand die beiden eigenen Kinder schon fast zuviel. Sie will ihn nicht unnötig beschweren.

Dankbar ist Werner über die Aussicht, für einige Wochen ausruhen zu dürfen. Er freut sich auf die Bergwelt, auf die Stille, die die Hirslhütte umgibt. Er hofft, dort oben wieder sein inneres Gleichgewicht zu finden und von Herzen froh zu werden.

Lieselotte ist ein Stück hinauf zum Felsvorsprung gestiegen. Sie kann diesen Weg nie gehen, ohne sich des Tages zu erinnern, an dem sie den unglückseligen Vorsatz gefaßt hat, ihr Leben einfach wegzuwerfen, sich von der Felswand in die Tiefe zu stürzen. Damals ist ihr Frau Burgunda entgegengetreten, die ihr, der völlig Verstörten, einfach den Arm um die Schultern legte und ganz selbstverständlich sagte: „Komm, Kind! Es ist kein Grund zum Verzweifeln." — Von diesem Augenblick an hat Lilo sich von der mütterlichen Liebe dieser Frau getragen gefühlt. Bei den verschiedenartigsten Entscheidungen hat sie ihr stets umsichtig Rat gegeben. Nie aber wollte sie ihre Meinung aufzwingen. Lieselotte hat es immer wieder sehr deutlich empfunden, daß kein Mensch ihr liebevoller und wohlwollender hätte raten können als diese Frau.

Heute aber ist sie wirklich in inneren Zwiespalt geraten. Fast wünscht sie, Frau Monier hätte ihr die Entscheidung abgenommen. Diese hat jedoch nur gesagt: „Du selbst mußt entscheiden, Lilo. Aber vergiß nicht: Der bequemste oder uns angenehmste Weg ist nicht immer der richtige!"

Lieselotte läßt sich an einem sonnigen Platz nieder. Um sie her ist es still. Nur das Läuten der Kuhglocken ist vernehmbar. Tiefblaue Enziane wetteifern in ihrer Blütenpracht mit den leuchtendroten Alpenrosen. Da und dort stehen noch die großblumigen weißen Berganemonen. Und um die Farbenskala fast vollkommen zu machen, erheben leuchtendgelbe Trollblumen über den Gräsern ihre Häupter.

Wärst du doch hier, Benno! denkt Lieselotte. Dann könnten wir alles miteinander besprechen. Zum ersten Mal, seit wir uns kennen, rufst du mich, und ich zögere, diesem Ruf zu folgen, obgleich mein ganzes Herz sich nach dir sehnt. Was ist das Richtige? Was soll ich tun?

Sie legt sich zurück ins Gras, verschränkt die Arme unter dem Kopf und schließt ihre Augen. Weit und breit ist kein Mensch, doch hat diese Einsamkeit nichts Beängstigendes für sie.

Lieselotte lauscht in sich selbst hinein. Voller Dankbarkeit stellt sie fest, daß die Erlebnisse der hinter ihr liegenden Jahre, so schwer sie auch waren, sie gelehrt haben, nicht allein auf das Sichtbare zu blicken. Hätte man ihr so etwas vor zwei Jahren gesagt, sie hätte damit nichts anzufangen gewußt und wahrscheinlich –

wie viele andere — spöttisch darüber gelächelt. Unwillkürlich fällt ihr ein Wort ein, über das in Lamorlaye einmal gesprochen wurde: „Der natürliche Mensch vernimmt nichts vom Geiste Gottes." Lilo weiß, daß sie sich innerlich leiten lassen muß, um die rechte Entscheidung zu treffen.

Gestern hat sie einen Brief von Benno bekommen. Darin heißt es: „... Denk Dir, Lilo, ich fahre nach Paris. Mein Vater hofft zwar, daß ich dort bei den vielen Gelegenheiten, mit anderen jungen Menschen, natürlich auch mit Mädchen, zusammenzukommen, Dich vergessen werde. Aber das wird nicht der Fall sein. Im Gegenteil, ich habe einen wunderbaren Gedanken. Du hast mir doch geschrieben, daß Du jederzeit zurück nach Lamorlaye in das Kinderheim kommen könntest. Die dortige Leiterin habe Dir schon einige Male mitgeteilt, sie wolle Dir die Verantwortung für eine Säuglingsstation übertragen. Du konntest Dich bisher dazu nicht entschließen, weil Du lieber einen Platz in meiner Nähe annehmen wolltest. Näher können wir uns dann ja kaum noch sein. Stell Dir vor, Du in Lamorlaye und ich in Paris. In einer starken Viertelstunde kann ich mit meinem Wagen bei Dir sein. An Deinen freien Tagen wirst Du mir alle die Plätze zeigen, die Du kennenlerntest. Du wirst in Paris mein Fremdenführer sein und mich in die Geheimnisse dieser märchenhaften Stadt einführen. Natürlich werden wir auch Deine Bibelschule besuchen. Ich möchte all die Menschen kennenlernen, die Dir Liebes getan haben. — Oh, Lilo, es ist gar nicht auszudenken — wir beide zusammen in Paris! Meinem Vater darf ich das natürlich nicht sagen. Aber schließlich bin ich ja mündig. Ich durchschaue seine Gedanken genau. Zwar gibt er vor, daß ich einige französische Modehäuser kennenlernen, aber der Hauptgrund ist natürlich der, daß ich Dich vergessen soll. Das wird ihm nie gelingen. — Ich reise schon übermorgen. Mein Vater duldet keinen Aufschub, und warum sollte ich einen solchen wünschen? Je eher wir uns in Paris treffen, desto besser ist es. Ich kann es kaum noch erwarten. Nun weißt Du, was Du zu tun hast, nicht wahr? Schreibe sofort an die Heimleiterin in Lamorlaye, packe Deine Koffer, nimm Deine kleine Tochter — ich bin so gespannt, sie zu sehen — und kommt so rasch wie möglich. Ich hole Euch am Zug mit dem Auto ab und bringe Euch an Ort und Stelle . . ."

So steht es in dem Brief, den Lieselotte jetzt noch einmal gelesen hat.

Ihr Blick senkt sich hinab ins Tal, das sich vor ihr im Schmuck frühsommerlicher Schönheit ausbreitet, umgeben von gewaltigen Bergen, auf deren Häuptern der Schnee leuchtet. Aber Lieselotte nimmt das alles jetzt nicht wahr. Sie sieht Benno vor sich, und ihr Herz nimmt seine frohe Erwartung in sich auf. Endlich bietet sich eine Möglichkeit des Zusammentreffens, sie könnten miteinander reden über alles, was sie bewegt, könnten Pläne schmieden und — Lieselotte empfindet es beglückt — Benno würde sich wundern, wie ganz anders sie heute das Leben sieht.

Ach, in welche Richtung verirren sich ihre Gedanken? Sie kann ja gar nicht nach Frankreich. Sie muß Benno enttäuschen. Gestern hat sie sich durch ein Telegramm verpflichtet, zurückzukehren in ihren ehemaligen Heimatort. Dort will sie die Betreuung des epileptischen Enkelsohnes von Pfarrer Weilbronn übernehmen. Zwar hat sie bisher noch keine so schwere Aufgabe zu erfüllen gehabt, aber sie hofft, damit fertig zu werden. Den Pfarrer kennt sie nicht, aber Frau Kamilla hat von ihm erzählt und sie davon zu überzeugen versucht, daß sie dort eine Aufgabe zu erfüllen habe. Dieser dürfe sie sich nicht entziehen.

Daß sie ihre kleine Tochter nicht mitbringen darf, ist ihr zwar schmerzlich, aber verständlich. Dem Auge des noch so kleinen Kindes darf der Anblick eines Fallsüchtigen nicht zugemutet werden. Kamilla wird zu ihren beiden Kindern auch noch ihre kleine Benitta nehmen. Wie dankt Lilo es ihr! Solange Kamilla mit ihrer Familie hier im Gebirge ist, wird Mutter Burgunda die Kleine betreuen. Auch bei ihr weiß sie das Kind in den besten Händen. — Es soll sich im Pfarrhaus ja nicht um eine Dauerstelle handeln, sondern nur um die Vertretung der erkrankten Schwester des Pfarrers, die bisher dessen Enkel betreut hat. Lieselotte rechnet mit einigen Wochen.

Sie hat nach kurzem Zögern auch deshalb zugesagt, weil sie sich freute, dadurch mit Benno in der gleichen Stadt zu sein. Daß auch ihr eigener Vater am selben Ort lebte, hat für sie nicht mehr die geringste Zugkraft. Zu weit haben sie sich innerlich voneinander entfernt. In ihren freien Stunden wollte sie sich mit Benno treffen. Und nun ist alles so ganz anders gekommen.

Wieder blickt sie auf den Brief in ihrer Hand. Jetzt ist Benno bereits unterwegs nach Paris. Dort wartet er auf sie. Was soll sie nur tun? Was ist das Richtige? Sie weiß, der Pfarrer rechnet mit ihr. Er wünscht, daß sie so schnell wie möglich kommt. Lilo wird hin und her gerissen von ihren Wünschen und Erwägungen. Doch plötzlich stellt sie fest, daß ein neues Denken in ihr mitschwingt, nämlich die Frage: Was ist der Wille Gottes in diesem Fall? So zu fragen hat man sie in der Bibelschule gelehrt. Dabei meint sie Mutter Burgundas Stimme zu hören: Der uns angenehmste Weg muß nicht unbedingt der richtige sein!

Gewiß: Ihr Herz zieht sie mit aller Gewalt nach Frankreich. Ist es ein Wunder, nachdem sie Benno so lange nicht gesehen hat und von ihm weiß, daß er sich ebenso nach ihr sehnt? Aber noch etwas anderes ist da, das ist stärker als die Empfindungen ihres Herzens. Da ist einfach ein inneres Muß, dem sie nicht ausweichen kann. Sie erinnert sich eines Ausspruches, den sie in Mutter Burgundas Aufzeichnungen gelesen hat: Erfülltes Leben ist nicht abhängig von erfüllten Wünschen, sondern von der Bereitschaft zum Gehorsam Gott gegenüber. Sollte ihre Entscheidung jetzt wirklich etwas mit einer Forderung Gottes an sie zu tun haben?

Sie springt auf, streicht sich die Haare zurück, faltet Bennos Brief zusammen und steckt ihn in die Tasche ihres Dirndlkleides. Ihr Gesichtsausdruck zeigt Entschlossenheit. Sie ist gewillt, das dem Pfarrer gegebene Wort einzulösen, ihn nicht im Stich zu lassen. Sie muß jetzt entgegen dem Verlangen ihres Herzens die Reise nach Paris und zu Benno auf unbestimmte Zeit verschieben. Ihr ist klar, daß auch das zu den Führungen Gottes in ihrem Leben gehört, auch wenn es mit persönlichem Verzicht verbunden ist.

Wird Benno die Beweggründe ihres Handelns bejahen — begreifen? Wenn er sie liebt — und daran zweifelt Lilo nicht —, dann wird er versuchen, sie zu verstehen. Und ist die Aushilfezeit im Pfarrhaus vorüber, wird sie sofort nach Paris reisen, in Lamorlaye die Station im Säuglingsheim übernehmen und bei Benno sein. Ihre Augen füllen sich mit Tränen. Der augenblickliche Verzicht tut weh. Aber sie hat ein klares Ja dazu gefunden und ist bereit, diesen Weg mit Gottes Hilfe zu gehen.

Langsam steigt sie zur Burgundenhütte hinab. Frau Monier steht mit Benitta auf dem Arm vor der Tür des Hauses.

„Ich fahre morgen zu dem kranken Jungen ins Pfarrhaus", sagt Lieselotte. „Und jetzt gib mir bitte meine Tochter. Die Trennung von ihr wird das Schwerste für mich sein." —

Paris im Regen — genauso trüb und trostlos wie alle anderen Großstädte bei solchem Wetter, nur daß die schmalen, schmutzigen Winkel und Gassen, in denen die Armut haust, fast noch abstoßender wirken als sonst. Über die Weltstadt hat sich ein graues, undurchdringliches Wolkentuch gebreitet, das seine Regenfluten seit zwei Stunden ausschüttet.

Benno schlendert, die Hände in den Taschen, den Kragen des Mantels hochgeschlagen, den breitrandigen Regenhut tief in die Stirn gezogen über den Foire à la Ferraile, der heute fast menschenleer ist. Unlustig stehen die Geschirrhändler neben ihren Waren oder schreiten die paar Meter Straße auf und ab, wo sie ihre Krüge,

Teller, Tassen, Schüsseln und Platten auf dem Pflaster aufgebaut haben. Der Regen hat die meisten Gefäße gefüllt, etliche laufen bereits über.

Immer wieder spricht einer der Geschirrverkäufer Benno an, hebt ihm einen Krug oder eine Schüssel in aufdringlicher Weise entgegen, dabei deren besondere Schönheit laut preisend. Benno schüttelt nur den Kopf und hat Mühe, sich der Lästigen zu erwehren. An der Seine geht er an den Buden mit antiquarischen Büchern, verschiedensten Zeitschriften, alten Stichen und kitschigen Gemälden vorbei. Auch hier zeigen sich nur einzelne Interessenten. Fröstelnd stehen die Händler herum und warten auf Kundschaft. Sie sehen mich so bissig an, denkt Benno, als ob ich an dem Wetter schuld sei.

Er findet kaum einen Sitzplatz in dem Café, das er nun betritt. Hier geht es lebhaft zu. Solange es genügend Restaurationsbetriebe gibt, fühlt sich der Pariser durch den Regen nicht gestört. Unablässig wirft der Musikautomat seine heißen Melodien aus. Laut und ohne Rücksicht auf andere sprechen Franzosen, Spanier und Italiener aufeinander ein, dabei wild mit den Händen gestikulierend. Man hat den Eindruck, es müßte jeden Augenblick ein wilder Streit zwischen ihnen losbrechen. Doch daran denken sie gar nicht. Lärm ist ihr Umgangston und hat in den meisten Fällen nichts mit Streit zu tun. Am Nebentisch sitzt ein junges Paar, das unbekümmert um seine Zuschauer, völlig in sich selbst versunken, Zärtlichkeiten austauscht. Kaum einer nimmt davon Kenntnis, denn solche Bilder sind alltäglich. Der Pariser sieht sich nicht nach einem kosenden Liebespaar um. Das gehört zum Straßenbild.

Benno trinkt in Eile seinen schwarzen Kaffee, zahlt und verläßt das Lokal. Er ärgert sich, weil die beiden jungen Leute seine Gedanken aufs neue dem zuführen, was er doch wenigstens heute vergessen wollte.

Er ist ernsthaft böse auf Lieselotte. Mehr noch, Zweifel steigen in ihm hoch. Er begreift sie einfach nicht. Ihm wäre es nicht im Traum eingefallen, das Angebot des Vaters anzunehmen und nach Paris zu reisen, wenn er nicht im Hintergrund die Möglichkeit gesehen hätte, hier mit Lilo zusammenzukommen. In den schönsten Farben hat er sich alles ausgemalt. Jede freie Stunde würde er mit Lilo teilen, die Sehenswürdigkeiten von Paris gemeinsam mit ihr kennenlernen, Zukunftspläne schmieden! Ja, er hat geplant, sich einfach zu verloben, um die Eltern vor die vollendete Tatsache zu stellen. Keinen Augenblick hat er daran gedacht, daß Lieselotte seine Pläne über den Haufen werfen und nicht nach Paris kommen würde. Über zwei Jahre haben sie sich nicht mehr gesehen, aber in den letzten Monaten in regelmäßigem Briefwechsel gestanden. Dabei ist es Benno je länger desto mehr deutlich geworden, daß er Lieselotte und kein anderes Mädchen heiraten würde. Längst schon hat er seine anfängliche Befürchtung, sie sei leichtfertig, korrigiert und erkannt, daß sie vielmehr das Opfer ihrer notvollen Verhältnisse gewesen ist.

Warum tut sie ihm nun das an und nimmt ausgerechnet jetzt die Stelle in diesem Pfarrhaus an? Welche Vorteile verspricht sie sich davon? Benno begreift Lieselotte nicht. Ist sie seiner so sicher, daß sie sich keinerlei Gedanken macht über die Versuchungen, die eine Stadt wie Paris mit sich bringt? Oder setzt sie ein so unbedingtes Vertrauen in ihn, daß sie nicht dem geringsten Zweifel in sich Raum gibt? Oder aber ist es ihr gar nicht so wichtig, mit ihm zusammenzusein? Wenn er das wüßte! – Liebe Zeit – Paris bietet genug Gelegenheiten – und sicher ist es kein Zufall, daß sein Vater ihm bei einer reizenden Dame ein Zimmer bestellt hat. Sie ist zwar geschieden, hat aber ein entzückendes Töchterchen, erst achtzehn Jahre alt, das sich mit echt französischem Charme bemüht, ihn tiefer in die französische Sprache einzuführen. Französisch war ihm in der Schule verhaßt gewesen. Nun machen sich die Lücken seiner Kenntnisse bemerkbar. Blanche jedoch, die Tochter seiner Zimmerwirtin, findet es reizend und amüsant, wenn er immer wieder englische Brocken in sein französisches Kauderwelsch mischt.

Graziös hatte sie sich ihm am ersten Tag auf ihren Stöckelschuhen genähert: „Bonjour, Monsieur! Vous êtes Allemand?"

Und errötend, wie ein Schuljunge, hatte Benno gestottert: „Oui, Mademoiselle, je suis Allemand."

Seitdem hat er sich schon einige Sprachkenntnisse erwerben können. Blanche läßt nicht locker. Sobald er auftaucht, zwitschert sie auf französisch drauflos. Er muß mitmachen, ob er will oder nicht. Ha! es würde ihm gewiß nicht schwerfallen, die zierliche Pariserin für sich einzunehmen, für einen kleinen Flirt auf jeden Fall. Wenn er sich jedoch vorstellt, daß sie als seine Frau im väterlichen Geschäft ihren Platz einnehmen sollte, nein, unmöglich. Doch was ist das überhaupt für eine Torheit, sich mit solchen Gedanken abzugeben! Keine andere kommt in Frage als Lilo. Aber wenn sie ihn doch einfach ganz alleine hier im Regen in Paris herumlaufen läßt!

Ärgerlich schreitet Benno schneller aus, um dem ihn verfolgenden aufregenden Kreislauf seiner Gedanken zu entfliehen. Aber — sie lassen ihn nicht los. Sein ganzes Hiersein kommt ihm ohne Lieselotte sinnlos vor. Er soll sich in den Pariser Modehäusern für Herrenkonfektion umsehen. Dazu benötigt er wahrhaft kein ganzes Jahr. Sein Vater hat mit einigen Firmen ausgemacht, daß sie ihn als Volontär halbtags beschäftigen. Die Herren sind äußerst höflich, lächeln nachsichtig über sein ungenügendes Französisch und weisen ihm liebenswürdig geringfügige Aufgaben zu. Um im Verkauf tätig sein zu können, spricht er die Sprache nicht fließend genug. In ihre geschäftlichen Verbindungen gewähren sie ihm nur ungern Einblick. Was soll der Deutsche auch bei ihnen herumschnüffeln! Und außerdem kommt es Benno vor, als reißen sie sich bei der Arbeit alle kein Bein aus. Es geht überall sehr lässig und gemütlich zu. Jedenfalls merkt er nichts von der Hetze, die seinen Vater im Geschäft umtreibt.

Benno hat viel freie Zeit. Er interessiert sich wohl für die Sehenswürdigkeiten der Riesenstadt, hat auch schon einige Male den Louvre besucht, ist auch schon auf dem Eifelturm gewesen und natürlich im Dome des Invalides, wo Napoleon beigesetzt ist. Auch andere historische Stätten hat er aufgesucht, aber ein Jahr würde er nie benötigen, um alle Sehenswürdigkeiten dieser Stadt zu besichtigen. Ja, wenn Lilo hier wäre!

Und damit ist er schon wieder mittendrin im Rad seiner Gedanken. Nein, er versteht Lieselottes Handlungsweise nicht, und er denkt gar nicht daran, ein ganzes Jahr hier in Paris zu bleiben. Aber was soll dann werden? Nach Hause zurückkehren und keine Aussicht, mit Lieselotte vereint zu werden? Nie wird der Vater dazu seine Erlaubnis geben. Aber schließlich ist er darauf ja gar nicht mehr angewiesen. Wenn die Eltern sich weiterhin so abweisend verhalten, dann wird er eine Stelle in einem anderen Konfektionshaus annehmen und mit Lilo ein eigenes Leben leben. Also doch mit Lilo!

Kennt er sie denn wirklich so gut, um zu wissen, daß sie miteinander glücklich werden? Wird es nicht noch allerlei Komplikationen mit sich bringen, wenn er ihr Kind aufnimmt, das Kind des Mannes, den er im Grunde seines Herzens verachtet, weil er eine schwache Stunde des Mädchens ausgenutzt hat, um sie sich gefügig zu machen? Haben die Eltern nicht recht, wenn sie ihn warnen, sich solcher Unannehmlichkeiten auszusetzen? Ist es wirklich nicht besser, die Finger davon zu lassen und einen bequemeren Weg zu wählen?

In diesem Augenblick kommt sich Benno Lieselotte gegenüber wie ein Verräter vor. Ach, warum versteht sie nicht, daß es nötig gewesen wäre, jetzt einmal über alles zu sprechen! Ob sie sich ihrer Liebe zu ihm nicht mehr sicher ist? Benno befindet sich in einem fürchterlichen inneren Aufruhr. Wenn er nur mit einem einzigen Menschen darüber sprechen könnte! Aber hier in dieser Millionenstadt fühlt er sich einsamer als je in seinem Leben. Plötzlich kommt ihm Werner Sternkranz in den Sinn. Ja, der würde ihn verstehen. Ob er an ihn schrieb? Aber was sollte das für einen Sinn haben? Lilo käme deswegen doch nicht nach Paris.

Benno spürt, wie ihm der Regen hinter dem Kragen den Rücken herunterläuft. Er muß dieses sinnlose Dahinstürmen bei solchem Wetter beenden, sonst holt er sich noch eine Krankheit. Doch wenn er daran denkt, daß ihm die zwitschernde Blanche wieder die Tür öffnet und dabei mit einem französischen Wortschwall empfängt — nein, dann läuft er lieber noch eine Stunde im Regen herum.

Inzwischen ist er an der Rue de Rivoli angelangt. Lächerlich, die leeren Tische und Stühle vor den Caféhäusern, auf denen der Regen sein Trommelfeuer vollführt. Benno ärgert sich heute über alles.

An eine Häuserwand gedrückt, dicht neben dem Eingangsportal eines Cafés, steht mit ziemlich durchnäßten Kleidern ein junges Mädchen. Lange, schwarze, strähnige Haare hängen ihm in die Stirn und tief herunter auf den Rücken. Sein Blick scheint sich an Benno festzusaugen. Schon öfter ist er von einem Straßenmädchen angesprochen worden, aber kaum einmal am hellichten Tag. Nun, dieser Regennachmittag kann kaum darauf Anspruch erheben, so benannt zu werden.

Irgendwie tut das Mädchen ihm leid. Es friert, hat vielleicht Hunger. „Möchten Sie eine Tasse Kaffee?" fragt er.

„Oh oui, s'il vous plaît!" erwidert sie leise. Benno will ihr ein Geldstück in die Hand drücken, aber sie schüttelt den Kopf. „Nicht alleine, mit Ihnen."

Es ist ihm zwar peinlich, mit diesem nicht sehr vertrauenerweckenden jungen Ding ein Lokal zu betreten. Dann tut er es aber doch. Keiner sieht sich nach ihm und seiner Begleiterin um. Sie finden Platz. Gierig trinkt sie den Kaffee. „Noch einen, bitte!“ bettelt sie. Er läßt ihr etwas zu essen bringen. Als sie sich aber wie eine schnurrende Katze an ihn schmiegen will, besteht für ihn kein Zweifel über ihre Absichten. Unwirsch schiebt er sie zur Seite und verläßt das Lokal, von ihrem höhnischen Lachen verfolgt.

In diesem Augenblick widert ihn Paris an.

Nun ist Lieselotte schon einige Tage im Pfarrhaus. Sie hat das Befremden in den Augen des Mannes, dessen Enkel sie betreuen soll, wohl gesehen. Sie erscheint ihm viel zu jung und unreif für diese wahrhaftig nicht leichte Aufgabe. Beinahe hilflos hat der Pfarrer vor ihr gestanden: „Ich weiß nicht — meine Schwester, die Peter bisher versorgt hat —“

„— ist viel älter als ich“, hat Lieselotte ihm weitergeholfen. Es war nicht schwer für sie, seine Bedenken zu erraten. „Ich bin bisher zwar nur bei kleinen Kindern gewesen, Herr Pfarrer, aber ich will mir alle Mühe geben, um mit Peter fertig zu werden. Und im großen ganzen haben die Kinder Vertrauen zu mir. Vielleicht geht es besser, als Sie im Augenblick denken. Ich werde mein Bestes tun, Herr Pfarrer!“ Als Zeichen ihres guten Willens streckt sie ihm die Hand hin, die er fast bittend ergreift.

„Ich danke Ihnen Fräulein — wie war doch gleich Ihr Name?“ erwidert der Pfarrer gerührt.

„Sagen Sie bitte Schwester Lieselotte zu mir.“

Und nun steht sie schon mit beiden Füßen, vor allem aber mit einem willigen Herzen in ihrer Arbeit. Sogar die alte Haushälterin, die dem jungen Ding — wie sie

Lieselotte nannte — zuerst offensichtlich Mißtrauen entgegengebracht hat, beginnt ihr Dasein zu bejahen. Sie hat sich davon überzeugt, daß Schwester Lieselotte wirklich mit dem armen Peter umzugehen versteht.

Dieser ist der einzige, der der neuen Hausgenossin völlig unvoreingenommen entgegentritt. Beinahe instinktiv empfindet der Schwachsinnige, daß ihm mit ihr ein liebevolles Herz entgegengebracht wird.

Peter kann nicht richtig sprechen. Seine lallenden Laute werden nur mühsam verstanden. Aber Lieselotte hat schon nach wenigen Tagen Kontakt mit ihm. Ihren vollen Namen auszusprechen, vermag er nicht. So nennt er sie Otte. Nach kurzer Zeit sucht er eine Zärtlichkeitsform. Er scheint seine neue Pflegerin bereits ins Herz geschlossen zu haben. So wird aus Otte Otti. Und bald spricht jedermann im Pfarrhaus von Schwester Otti.

In freudiger Verwunderung nimmt Pfarrer Weilbronn wahr, wie sein Enkel sich bereits in kürzester Zeit an seine Pflegerin angeschlossen hat. Wie ein kleiner Hund folgt er ihr auf Schritt und Tritt. Als Lieselotte den ersten epileptischen Anfall miterlebt, erschrickt sie heftig. In unaussprechlichen Qualen windet der Junge sich, geschüttelt von Krämpfen. Ihre Augen sind mit Tränen gefüllt. Sie kniet neben dem zu Boden gestürzten Jungen und bettet seinen Kopf in ihrem Schoß. Hilflos hebt sie die Augen zu dem Pfarrer empor, der nun schon unzählige Male diesen notvollen Anblick vor sich gehabt hat.

Er sieht die fragenden Augen der jungen Schwester und schüttelt den Kopf. „Man kann nichts tun als abwarten, bis der Anfall vorüber ist. Oft stürzt er so unglücklich, daß er sich eine Platzwunde zuzieht und in einer Blutlache liegt."

„Und es gibt keinen Weg der Hilfe?" Der Großvater verneint es. Er hat resigniert. Über Lieselottes Gesicht laufen Tränen. Sie kann es nicht fassen, daß es ausgerechnet für diesen Jammer keine Hilfe geben soll.

Pfarrer Weilbronn muß sich in tiefer Bewegung abwenden. Da kniet ein junges Menschenkind neben seinem leidenden Enkelsohn und vergießt Tränen des Mitleids und der Teilnahme, während die eigene Mutter nicht nach ihm fragt. Aus dem Herzen des alten, vom Leben enttäuschten Mannes flutet eine Welle der Dankbarkeit dem jungen Mädchen entgegen. Noch weiß er nicht, daß sie selbst bereits Mutter ist und daher vielleicht noch mehr und tiefer wie eine andere Schwester die Not des vor ihr liegenden Kindes empfindet.

Am Abend dieses Tages liegt Lieselotte lange schlaflos in ihrem Bett. Immer wieder vermeint sie die Stimme des Pfarrers zu hören: „Man kann nichts machen!" — Hat er sich wirklich damit abgefunden, daß der Zustand des geplagten Jungen so bleibt? Es gibt doch so viele neue Erkenntnisse auf medizinischem Gebiet. Der Gedanke, daß nichts versucht wird, um dem Kranken wenigstens die Not zu lindern, quält sie so sehr, daß sie keine Ruhe findet. Und plötzlich steigt ein Gefühl tiefer Dankbarkeit in ihr auf, daß sie ein gesundes und normales Kind hat. Nein, das ist keineswegs selbstverständlich. In diesem Augenblick fühlt sie aus der Dankesschuld eine Verpflichtung erwachsen. Ich muß nach Wegen der Hilfe suchen, denkt sie, es muß mir gelingen, den Pfarrer zu überzeugen.

Irgend etwas ist anders geworden, seit die junge Schwester im Pfarrhaus ist. Täglich steht eine Vase mit frischen Blumen aus dem Garten auf dem Schreibtisch des Pfarrers. Das buntgeblümte Wachstuch auf dem Tisch des Speisezimmers muß einem der schönen Leinentischdecken aus der Aussteuer der längst verstorbenen Pfarrfrau weichen. Zwar bringt die alte Haushälterin Kathi ihren Unwillen darüber heftig zum Ausdruck, aber ändern kann sie es damit nicht. Bisher habe das Wachstuch genügt, und nun komme so ein junges Frauenzimmer und werfe die ganze Hausordnung um. Wer solle denn die viele Wäsche waschen? Als dann aber am nächsten Wäschetag Schwester Otti mit einer Plastikschürze schon am frühen Morgen unaufgefordert in der Waschküche erscheint, um Kathi bei der Wäsche zu helfen, ist diese doch gerührt und sagt, so habe sie es nun auch wieder nicht gemeint.

Lieselotte weiß den Pfarrer davon zu überzeugen, daß es höchste Zeit sei, eine Waschmaschine anzuschaffen. Er könne der alten Kathi doch nicht mehr zumuten, die Wäsche so zu waschen, wie man dies vor hundert Jahren getan habe.

Als die Waschmaschine geliefert wird, entfacht sie aufs neue einen Proteststurm bei Kathi. „Was soll ich mit dem neumodischen Kram?"

Aber schon nach kurzer Zeit hat Lieselotte sie davon überzeugt, daß es in keiner Weise um eine unnütze Anschaffung, sondern um ihre Entlastung geht.

Pfarrer Weilbronn ist glücklich, Schwester Otti im Haus zu haben. Mit diesem jungen Menschenkind fällt ein Stück Frühling in die alten Räume. Wie lange ist es her, daß darin ein fröhliches Lied gesungen wurde! Wann ist je so herzlich gelacht worden, wie man es jetzt immer wieder einmal vernimmt? Diese zierliche, blauäugige Schwester mit der Fülle blonden Haares unter ihrem Häubchen schafft eine völlig neue Atmosphäre. Nicht, daß des Pfarrers Schwester, die schon viele Jahre dem Haus vorsteht, nicht auch ihr Bestes getan hätte. Aber manchmal schien es, als sei sie im Verzicht auf ihr eigenes Glück früh gealtert und müde geworden. Sicher war es für sie nicht leicht gewesen, die besten Jahre ihres Lebens dem Bruder zu opfern, der mit den Enttäuschungen seines Lebens nicht fertig wurde und es fast als selbstverständlich hinnahm, daß sie sich ganz seinem hilflosen Enkel widmete.

Die Nachrichten aus dem Krankenhaus sind übrigens sehr besorgniserregend. Es geht der Schwester des Pfarrers nicht gut. Pfarrer Weilbronn befürchtet, daß sie an Krebs leidet. Was aber soll geschehen, wenn sie nicht mehr gesund wird? Wer wird sich dann um ihn und um Peter kümmern? Mit Kathi ist nicht mehr viel zu rechnen. Er muß froh sein, wenn sie noch eine Zeitlang den Haushalt führt, für ihn kocht und wäscht. Ja, wenn Schwester Otti bleiben würde! Aber sie hat von vornherein nur von Aushilfe gesprochen.

Es ist ein schöner, warmer Sommerabend. Pfarrer Weilbronn sitzt mit Lieselotte auf der Terrasse hinter dem Eßzimmer. Am Nachmittag hat ein Gewitterregen den Garten erquickt. Jetzt duften die Rosen und Lilien so stark, daß es bis auf die Terrasse zu spüren ist.

Sonst hat der Pfarrer sich immer gleich nach dem Abendessen zurückgezogen. Heute aber hat Lieselotte ihn so selbstverständlich aufgefordert, sich noch ins Freie zu setzen, daß er nicht widerstehen konnte.

„Herr Pfarrer, es ist ein so schöner Abend, Kathi geht immer früh zu Bett. Ich werde hier im Pfarrhaus noch zum Einsiedler. Wollen Sie sich nicht noch ein Stündchen zu mir auf die Terrasse setzen und die frische Luft einatmen?"

„So ein junges Menschenkind wie Sie darf doch nicht zum Einsiedler werden!" antwortet er. „Ich will daran jedenfalls nicht schuld sein. Wenn Sie also mit meiner Gesellschaft vorliebnehmen?"

Ganz kindlich ist ihre Freude.

„Au fein, wir machen uns einen gemütlichen Abend."

Pfarrer Weilbronn zieht sich einen der Gartensessel an den Tisch heran, an dem Lieselotte sitzt, und auf den sie ihren Nähkorb gestellt hat.

„Sie sticken?" fragt der Pfarrer. „Meine Frau hat viel und gerne gehandarbeitet."

„Handarbeiten?" fragt sie lachend zurück. „Nun ja, so kann man es auch nennen." Sie hebt ihm die Arbeit entgegen. „Ich versuche, die sehr zerrissene Jacke Ihres Enkelsohnes zu flicken, Herr Pfarrer. Sehr tüchtig bin ich auf diesem Gebiet nicht. Aber ich kann Peter ja schließlich nicht mit ausgefransten Ärmeln und Knopflöchern herumlaufen lassen."

Pfarrer Weilbronn errötet. „Aber ich bin der Meinung — ich dachte, Peter habe ausreichend anzuziehen?"

„Entschuldigen Sie, wenn ich Ihnen widerspreche. Was ich bisher an Kleidern und Wäsche von dem Jungen gesehen habe, ist sehr kümmerlich."

Der alte Herr errötet verlegen.

„Kathi meint, Sie seien der Ansicht, daß Ihr Enkelsohn doch nirgends hinkomme, und für zu Hause seien die alten Sachen noch gut genug."

„Na, ganz so wörtlich dürfen Sie das nicht nehmen, Schwester Otti. Ich habe mich nie groß um Peters Kleidung gekümmert, sondern dies meiner Schwester überlassen. Ich gebe zu, sie hat schon lange keine Neuanschaffungen mehr für den Jungen gemacht. Und es ist ja wahr — darin hat Kathi recht — Peter kommt nirgends hin."

„Halten Sie das für ganz richtig?"

Pfarrer Weilbronn wirft einen erstaunt fragenden Blick über seine Brille hinweg auf das junge Mädchen. Eigentlich nimmt sie sich ein bißchen viel heraus.

Kommt es Lilo nur so vor, oder ist es wirklich so, daß der Ton recht reserviert klingt, als Pfarrer Weilbronn antwortet: „Wir, meine Schwester und ich, haben es für richtig gehalten, den Jungen vor neugierigen oder auch nur mitleidigen Blicken zu schützen. Es genügt, wenn wir den Anblick des armen Geschöpfes seit fünfzehn Jahren täglich vor Augen haben. Die Menschen sind roh und lieblos. Davor wollen wir Peter bewahren."

Lieselotte antwortet nicht sogleich. Dann aber wagt sie es doch, Widerspruch zu erheben. „Ich weiß nicht, ob das unbedingt zu vertreten ist, Herr Pfarrer. Sie halten Peter bewußt fern von allem Außenleben. Er sieht und hört nichts außer dem, was sich in Ihrem Hause abspielt. Keinerlei Eindrücke wirken auf ihn ein. Wie soll sich dann sein Geist bilden können?"

„Nach Ansicht der Ärzte, die wir gefragt haben, ist

auf diesem Gebiet nichts mehr zu erwarten. Peter wird den Intelligenzgrad eines Siebenjährigen, den er bis heute nicht einmal erreicht hat, nie übersteigen. Er ist nicht bildungsfähig."

„Da bin ich anderer Meinung. Ich habe einige kleine Versuche mit ihm gemacht, seitdem ich hier bin. Es stimmt, er ist geistig weit zurückgeblieben, aber er ist nicht unansprechbar, er zeigt Interesse. Ich habe ihm einige Male einen Bleistift und dann Farbstifte in die Hand gegeben. Zuerst kritzelte er völlig sinnlos herum. Dann aber versuchte er, ein Osterei oder eine Blume nachzuzeichnen. Ganz ungeschickt und formlos tat er es. Aber als ich ihn lobte und ermutigte, wurde er so eifrig, daß ich meine Freude an ihm hatte. Und er selbst war überglücklich bei seiner Leistung. Hier ist das Blatt."

Lieselotte steht auf und holt aus ihrer Schreibmappe die Zeichnung. Pfarrer Weilbronn betrachtet sie.

„Das soll Peter gemacht haben?" fragt er schließlich.

„Ja, das hat Peter gezeichnet. Wohl stehen seine Striche noch kunterbunt im Raum, aber sehen Sie, hier hat er schon einen Blumenstengel gemalt mit einer zwar viel zu großen und reichlich exotischen Blume. Aber man sieht doch, daß er sich Mühe gibt."

Der Pfarrer hebt das Blatt immer wieder nahe an seine Augen. „Wenn Sie es nicht selbst gesehen hätten, Schwester Otti, ich könnte es nicht glauben."

Nun wird sie eifrig. „Herr Pfarrer, Sie müssen etwas tun, um Peters Geist zu wecken. Nie wird er das Niveau eines normalen Kindes erreichen, aber es darf nichts versäumt werden, dem Jungen das zugänglich zu machen, was seinen Fähigkeiten entspricht."

„Meine Schwester hat für Peter getan, was sie konnte."

„Das bezweifle ich nicht, Herr Pfarrer. Ich bewundere sie, daß sie all die Jahre hindurch sich restlos für Ihren Enkelsohn hingab. Schließlich wäre es die Pflicht der Mutter gewesen." Nun ist sie, ohne es zu wollen, doch zu weit gegangen. Sie hat den Pfarrer an seiner empfindlichsten Stelle getroffen, indem sie seine Tochter antastete. Er will sich erheben, um ins Haus zu gehen.

„Nein, bitte nicht!" Ganz erschrocken sagt es Lieselotte. „Ich bin taktlos gewesen. Verzeihen Sie mir! Bitte, bleiben Sie noch. Wir müssen doch einmal über Peters Zukunft reden. Und tagsüber sind Sie so beschäftigt. Ich bin überzeugt, daß Ihre Schwester getan hat, was sie konnte, zumal sie doch sicher nicht viel jünger ist als Sie selbst."

„Meine Schwester ist zwei Jahre älter", erwidert der Pfarrer und bleibt tatsächlich sitzen.

Lieselotte fährt eifrig fort: „Es ist aber nicht alles getan worden, was durch die heutigen Erkenntnisse über diese Krankheit möglich ist. Bitte, fassen Sie das nicht als Vorwurf auf, sondern als eine einfache Feststellung. Ich habe in Paris während meiner Ausbildungszeit mit meinen Mitschülerinnen einige Anstalten besichtigt, in denen epileptische Kinder untergebracht waren, darunter auch manche Schwachsinnige. Es war erstaunlich, wozu diese Kinder fähig waren, wenn man sie anleitete. Herr Pfarrer, es muß etwas für Peters Zukunft geschehen. Sie selbst werden nicht immer dasein, und Ihre Schwester ist krank."

„Es geht ihr gar nicht gut."

„Haben Sie schon einmal an die Möglichkeit gedacht, daß sie nicht mehr gesund werden könnte?"

Nun hat er wieder den hilflosen Blick, dieser Mann, der vor anderen so selbstsicher wirkt. Er zuckt die Achseln. „Daran darf ich einfach nicht denken, Schwester Otti."

„Verzeihen Sie, Herr Pfarrer, aber ist das nicht eine gewisse Vogel-Strauß-Politik, die Sie treiben? Stimmt es eigentlich, daß der Strauß seinen Kopf in den Sand steckt, wenn er eine Gefahr auf sich zukommen sieht, und sich dadurch einbildet, sie bestehe nicht?"

Lieselotte entwaffnet ihn einfach in ihrer natürlichen Art. Er kann ihr nicht böse sein.

„Sie haben sich erstaunlich schnell und gut in Ihr Amt eingelebt, Schwester Otti. Wenn meine Schwester wirklich nicht mehr zu uns zurückkehren sollte, sähe ich nur einen einzigen Ausweg, nämlich den, daß Sie bei uns bleiben." Bittend sieht der Pfarrer die junge Schwester an.

Lieselotte hätte keinen Augenblick mit der Antwort zögern dürfen. Sie weiß, ihr Bleiben kann nicht von langer Dauer sein. Aber der hilflose Mann tut ihr in der Seele leid. Sie selbst sieht nur einen Weg, der für Peter gangbar wäre. Aber wie soll sie diesen dem Pfarrer klarmachen. Nach einigen Sekunden des Schweigens, in denen Pfarrer Weilbronn hoffend und zugleich bangend auf eine Zusage wartet, antwortet sie ihm: „Es ist wirklich schmerzlich, daß ich Sie enttäuschen muß. Aber ich kann nicht bei Ihnen bleiben. Man hat zu mir von vornherein nur von einer Aushilfsstelle gesprochen."

„Ist es Ihnen zu schwer, Peter zu betreuen?"

„Nein, gewiß nicht! Außerdem ist er ein lieber Junge."

„Genügt Ihnen Ihr Gehalt nicht?"

„Doch, ich bin mit allem zufrieden. Sie sind gütig und zuvorkommend zu mir, Herr Pfarrer. Ich habe ein schönes Zimmer, ausreichende Verpflegung und werde auch gut bezahlt. Das alles ist es nicht, was mich nicht länger bleiben ließe. Aber — ich habe ein Kind, eine kleine Tochter. Um ihretwillen kann ich nicht hierbleiben!"

Pfarrer Weilbronn weiß in diesem Augenblick nicht, was er sagen soll. Schwester Otti hat ein Kind? Ein uneheliches Kind? An diese Möglichkeit hätte er zuletzt gedacht. Will sie etwa heiraten? Das wäre in diesem Fall schließlich das Nächstliegende. Kurz streifen seine Augen ihre Hand. Nein, sie trägt keinen Verlobungsring.

Lieselotte ahnt seine Gedanken. Sie schüttelt den Kopf. „Nein, Herr Pfarrer, ich gehe nicht, weil ich zu heiraten gedenke, wenigstens vorerst noch nicht. Und ob überhaupt, das ist noch völlig unklar; ganz gewiß jedoch nicht den Vater meines Kindes."

Das Verhältnis zwischen Lieselotte und Pfarrer Weilbronn ist ein so herzliches geworden, daß sie spürt, er ist ihres Vertrauens würdig. Irgendwie wäre ihr auch der Gedanke unerträglich, daß er meinen könnte, sie habe ein leichtfertiges Leben geführt und nähme ihre Mutterschaft nicht ernst. So beginnt sie ihm zu erzählen. Sie tut es keineswegs in sentimentaler Weise. Sie will nicht Mitleid erwecken. Aber irgendwie ist es ihr ein Bedürfnis, diesem Mann aus ihrem Leben zu berichten, und sie möchte, daß er versteht, warum sie zu ihrem Kinde zurückkehren muß.

Vor den Augen des Pfarrers ersteht das trostlose Familienleben, in dem die junge Schwester aufgewachsen ist. Nur zögernd und zurückhaltend spricht sie von der Mutter, die ihre vier Kinder im Stich gelassen hat und mit ihrem Freund losgezogen ist. Zu ihrer Stiefmutter hat Lilo keinen Kontakt gefunden. Törichterweise hat sie in Zerstreuungen und Vergnügungen mancherlei Art Ersatz zu finden gesucht für das, wonach sie sich in der Familie gesehnt, und was sie dort nicht gefunden hat: Liebe und Geborgenheit. So hat sie jenem Mann geglaubt, der ihr Treue, Versorgung und ein eigenes Heim versprach. Ihre vermeintliche Liebe hat sich in Verachtung, ja in Haß verwandelt, als sie erkennen mußte, daß seine Versprechungen nur darauf ausgegangen waren, sie sich gefügig zu machen. Nein, sie hat nicht vermocht, ihn zu heiraten. Lieber ist sie mit ihrem Kind allein geblieben. Und dann erzählt Lieselotte von der Freizeit...

Pfarrer Weilbronn horcht auf. Er erinnert sich noch sehr genau, wie er Werner Sternkranz gesagt hatte: „Aber Sie werden sich doch eine solche Last nicht aufbürden. Was kommt überhaupt dabei heraus?"

Und nun sitzt hier ein junges Mädchen vor ihm, das an dieser Freizeit teilgenommen und dort die ersten Eindrücke davon gewonnen hat, daß sein Leben vielleicht doch noch einen Sinn bekommen könnte und nicht ganz verfehlt sei.

In scheuer Zurückhaltung erzählt Lieselotte von Benno, ohne jedoch seinen Namen zu nennen. Der Pfarrer empfindet deutlich, daß ihre Stimme dabei einen anderen Klang hat.

„Und dieser junge Mann ist jetzt in Paris?" fragt er, nachdem Lilo ihren Bericht beendet hat.

„Ja, und er kann es nicht verstehen, daß ich nicht auch dorthin gekommen bin, obgleich ich in dem Kinderheim, von dem ich erzählte, eine Station hätte übernehmen können. Er ist so enttäuscht, daß er nur noch ganz selten schreibt."

„Und warum sind Sie nicht nach Paris gefahren und statt dessen zu uns gekommen?" fragt der Pfarrer, dem es nicht ganz behaglich ist bei dem Gedanken, das Verhältnis zwischen dem jungen Mann und Schwester Otti könnte durch ihr Hiersein gestört werden.

„Warum ich nicht nach Paris gefahren bin?" wiederholt Lieselotte. Es rührt den Pfarrer geradezu, als sie errötend fortfährt: „Wenn ich mein Herz gefragt hätte, wäre ich selbstverständlich zu ihm gefahren. Aber ich hatte bereits versprochen, während der Abwesenheit Ihrer Schwester Peter zu betreuen. So mußte ich mein Wort halten. Und außerdem habe ich in der Bibelschule in Lamorlaye gelernt zu fragen: Was willst du, Herr, das ich tun soll? Ich meinte zu erkennen, daß Gott mich hierher gerufen hat."

„Nun verstehe ich, daß Sie nicht länger als nötig bei uns bleiben können", beendet Pfarrer Weilbronn das abendliche Gespräch. „Ich bin Ihnen zu großem Dank verpflichtet, daß Sie überhaupt gekommen sind. Sie bringen in der Tat ein Opfer für Peter. Wenn ich nur wüßte, wie es ohne Sie weitergeht, sollte meine Schwester nicht mehr gesund werden."

„Herr Pfarrer, auch ich habe schon viel darüber nachgedacht, seitdem ich hier bin. Peter sollte unter seinesgleichen sein. Haben Sie sich noch nie mit dem Gedanken befaßt, ihn in eine Heil- und Pflegeanstalt zu tun, etwa nach Bethel?"

Fast heftig antwortet der Pfarrer: „Unter gar keinen Umständen. Dazu würde ich nie meine Einwilligung geben."

Lieselotte hat die zerrissene Jacke des Jungen fertig geflickt. Sie legt sie zusammen und steht auf. „Es ist höchste Zeit, daß ich nach Peter sehe. Durch unser Gespräch habe ich versäumt, auf ihn zu achten. Sicher ist er längst naß." Sie reicht dem Pfarrer die Hand. „Gute Nacht! Vielleicht können wir den zuletzt besprochenen Gedanken doch noch ein andermal erwägen."

„Gute Nacht, Schwester Otti! Ich danke Ihnen für Ihr Vertrauen. Sie haben mir Einblick gewährt in Ihr Schicksal, und ich freue mich, zu sehen, wie tapfer Sie Ihren Weg gehen."

„Ich bin nicht tapfer, aber ich habe ein Ziel, und Gott hat mir die Augen für den Sinn meines Lebens geöffnet."

Werner Sternkranz erholt sich zusehends. Kamilla hat recht gehabt. Die gute Gebirgsluft, das einfache Leben ohne jegliches Gehetztwerden, vor allem die unbeschreibliche köstliche Stille, die sie hier oben umgibt — das alles ist mehr, als ärztliche Kunst vermag, und wirkt stärker als jede Medizin. Am Anfang hat Frau Kamilla ihm die Kinder möglichst ferngehalten, was bei Michaela wahre Protestkundgebungen hervorrief.

„Haben wir eigentlich noch einen Vati, oder haben wir keinen mehr?" hat sie ihre Mutter gefragt. „Ich bin ein halbes Waisenkind. Vati kümmert sich überhaupt nicht mehr um uns!"

„So darfst du nicht reden, Michaela!" hat die Mutter sie getadelt. „Du weißt doch, daß Vati krank ist."

„Aber er hat doch gar keine Schmerzen. Ich habe ihn selbst gefragt."

„Michaela, es gibt Schmerzen, ganz tief im Herzen, so tief, daß man darüber gar nicht sprechen kann."

„Sind sie bei Vati so tief unten?"

„Ja, aber ich meine, es geht ihm schon ein wenig besser."

Am nächsten Tag ist die Kleine zu ihrem Vater gekommen und hat mit ihren Händen dort, wo sie sein Herz vermutete, herumgetastet.

„Wo sitzen sie, Vati, hier oder da? Oder noch tiefer unten?"

„Was meinst du denn, Michaela?"

„Die Schmerzen, über die du nicht sprechen kannst, weil sie zu tief unten sind."

Verständnislos sieht Werner das Kind an. „Was meint sie denn, Kamilla?"

Lachend erklärt sie es ihrem Mann. Der aber nimmt seine kleine Tochter in die Arme. „Du armes Halbwaislein! Hat dich dein Vater so vernachlässigt? Es geht mir schon besser, Michaela. Und bald machen wir miteinander eine Bergtour."

„O ja, Vati! Ich glaube, jetzt wirst du langsam wieder richtig."

Werner und Kamilla genießen es sehr, in diesen Wochen öfter mit Burgunda zusammensein zu können. Mit ihrem erfahrenen Blick hat sie bereits in den ersten Tagen erkannt, daß Werners Gemüt krank ist, weil er die Fülle der ungelösten Probleme innerhalb seines Aufgabengebiets in letzter Zeit einfach nicht mehr bewältigen konnte.

Burgunda ist froh darüber, daß Werner die Stille sucht. Er braucht sie dringend. Sie fragt und forscht nicht nach dem Grund seiner Erschöpfung. Sie weiß, daß er ganz von selbst kommen wird, wenn es ihm besser geht. Oft ist sie mit Kamilla und den drei Kindern stundenlang unterwegs. Dann lagern sich die beiden Frauen auf einer Höhenwiese, während die Kinder im Schatten der alten Wettertannen spielen, Mooshäuser bauen und Beeren suchen. Werner soll ungestört sein, soll in Ruhe wieder zu sich selbst finden und genesen. Beide Frauen sind glücklich, zu beobachten, wie von Tag zu Tag der müde, gequälte Ausdruck aus seinen Augen schwindet.

Nach und nach löst sich auch wieder seine starre Verschlossenheit, die ja gar nicht seiner Veranlagung entspricht. Stets war Werner ein mitteilsamer, gemeinschaftsfreudiger Mensch gewesen. Unter der Veränderung seines Wesens hat Kamilla besonders gelitten. Wochenlang hat es ihr geschienen, als lebe Werner in einem verschlossenen Raum, eingesponnen in die dunkle Welt seiner schwermütigen Gedankengänge.

Langsam beginnt er sich davon zu lösen, wagt wieder erste, zagende Schritte in das gemeinschaftliche Leben hinein und geht auch wieder auf seine Umgebung ein.

Viel trägt Burgunda dazu bei. Sie vermeidet es, mit Werner über seinen kranken Zustand zu sprechen. Bewußt übergeht sie sein Leiden. Und so geschieht es, daß er einfach zu erzählen beginnt, ohne daß sie Fragen stellt. Er berichtet von einem Jungen, der regelmäßig die wöchentlichen Zusammenkünfte im Gemeindehaus besucht hat. Dort kommt ein froher, lebendiger Kreis junger Leute zusammen. Eines Tages erscheint Kurt, der sich schon länger innerlich angesprochen weiß und den Gedanken geäußert hat, Theologie zu studieren und erzählt ihm von einem Gespräch mit dem jungen Vikar. Der hat behauptet, daß Beten nichts anderes sei als ein Selbstgespräch, der Ausdruck einer nicht überwundenen Kindheitsstufe, ein für einen Erwachsenen recht unwürdiges Beruhigungsmittel ohne jeglichen Wert.

„Diese Behauptung wirft alles über den Haufen, was mich meine Mutter lehrte und was Sie, Herr Sternkranz, uns sagten", äußerte der junge Mensch. Er fuhr dann fort: Erst durch sein Studium sei der Vikar an seinem Kindheitsglauben irre geworden. Vorher habe er nicht an der Macht des Gebetes gezweifelt. Er, Kurt, wolle nun doch lieber auf das Theologiestudium verzichten. Es sei ihm auch völlig unklar, was er einmal von der Kanzel predigen solle, wenn das Gebet nichts anderes sei als ein Selbstbetrug.

„Und was haben Sie ihm geantwortet, Werner?" fragt Burgunda. „Haben Sie ihm helfen oder wenigstens raten können?"

„Das ist es ja gerade", klagt Werner sich an. „Nicht, daß ich selbst an der Macht des Gebets zweifle, aber wie kann ich ankommen gegen derartig starke Stimmungen? Es ist ja nicht nur dieser eine Vikar, der eine solche Meinung offen ausspricht."

„Aber es gibt doch auch noch andere", wendet Frau Monier ein.

„Gewiß", erwidert Werner, „aber es ist grausam, was im Innern mancher jungen Menschen für Schaden angerichtet wird. So machten mir eines Abends einige junge Leute im Jugendkreis den Vorwurf, die Gestaltung unserer Zusammenkünfte, aber auch meine Bibelauslegung seien nicht mehr zeitgemäß. Sie zitierten dabei Aussprüche bekannter Theologen, wie etwa: Man kann dem modernen Menschen nicht mehr zumuten, an Wunder zu glauben. Selbst Gott verlange dies nicht von seinen Geschöpfen. Nur was mit dem Verstand faßbar sei, könne bejaht werden."

„Damit wäre ja das Wesentlichste in der Bibel in Frage gestellt", fügt Kamilla hinzu, die voller Interesse dem Gespräch gefolgt ist. „Die jungfräuliche Geburt Jesu, sein Wunderwirken während seines Erdenlebens, seine Auferstehung und Himmelfahrt — das alles wäre dann ja unglaubwürdig?"

„Nicht nur das", fährt Werner in sichtlicher Erregung fort. „Das Erlösungswerk Christi am Kreuz, das Wirken des Heiligen Geistes im Menschen, der Glaube an die Wiederkunft Jesu — das alles wird damit hinfällig!" Fast leidenschaftlich spricht er weiter: „Werden die jungen Menschen von der Woge dieser antichristlichen Lehre ergriffen, dann ist die Bibel für sie bald ohne jede Bedeutung, dann betrachten sie uns, die wir ihre Botschaft verkündigen, als Phantasten, Schwärmer oder gar Lügner. Was aber bleibt dann noch?"

„Schließlich haben wir den Menschen unserer Umgebung doch die Erfahrungen entgegenzuhalten, die wir ganz persönlich mit Gott gemacht haben und täglich erneuern dürfen!“ Burgunda sagt es.

Werner blickt erschrocken zu Boden, als fühle er sich durch diese Worte getadelt. Nein, er selbst zweifelt bisher nicht. Aber weiß er denn, ob er standhalten kann, wenn die Woge der Gottlosigkeit wie eine Überschwemmung um sich greift? Hat er in den letzten Wochen nicht erlebt, in welchen Abgrund von Verlassenheit man geraten kann?

Burgunda scheint seinen Gedankengängen zu folgen. Sie sagt: „Gott läßt wohl sinken, aber nicht versinken! Werner, es geht hier einfach um den Kampf zwischen der Macht Gottes und der Macht der Finsternis. Dabei scheiden sich die Geister. Ich kann Ihre innere Not gut verstehen. Aber ich könnte nicht begreifen, wenn Sie darin steckenblieben. Als ein Mann, der sich in seiner Bibel auskennt, müssen Sie ja wissen, daß dies alles vorausgesagt ist. Wie können wir erwarten, daß die Menschen die Wahrheit erkennen, wenn sie nicht an die Wirkung des Heiligen Geistes glauben, weil es das menschliche Fassungsvermögen übersteigt? Wo steht doch das Wort: ‚Niemand kann Jesus den Herrn heißen ohne durch den Heiligen Geist?“

„Ersten Korinther zwölf, Vers drei!“ gibt Werner zur Antwort.

„Da ist mir kürzlich ein Kalenderblatt in die Hände gekommen“, fährt Burgunda fort: „Warten Sie, ich habe es beiseite gelegt, weil es mir wichtig schien. Hier ist es. Darf ich es Ihnen einmal vorlesen?“

Und sie liest: „Jünger hören Gottes Wort anders, weil ihnen der Herr das Ohr geöffnet hat. Deshalb erkennen sie die feinen Unterschiede, auf die es so oft ankommt. — Die Bibel stellt der menschlichen Klugheit die göttliche Weisheit gegenüber. Die Klugheit kann den Menschen zum Narren machen, aber in der Weisheit liegt das Heil Gottes. Die Klugheit rechnet mit dem Verstand der Menschen, die Weisheit mit der Allmacht Gottes."

„Ja, das stimmt!" Kamilla ist glücklich über den Verlauf des Gespräches. Wie gut, daß Burgunda es so fein versteht, auf Werners Gedankengänge einzugehen, ohne ihn belehren zu wollen.

„Es geht noch weiter", fährt Frau Monier fort: „Unser Jahrhundert ist reich an Klugheit und arm an Weisheit, erfüllt von Explosionen menschlicher Gefühle, leer an Beweisen göttlichen Geistes. — Wahrhaft weise sein heißt, auf Gott, nicht auf das eigene Ich und die Ansicht anderer zu bauen."

Burgunda läßt das Blatt in ihrer Hand sinken und blickt Werner an. „Warum quälen Sie sich eigentlich unnötig? Glauben Sie nicht, daß Gott an den jungen Menschen ein noch weit größeres Interesse hat als Sie? Und meinen Sie nicht, daß er auch mit denen fertig wird und die überzeugen kann, die heute so vermessen sind, ihre Klugheit über die göttliche Weisheit zu stellen? Wissen wir nicht alle, wer der endgültige Sieger ist?"

Eine ganze Weile ist es still zwischen den dreien. Unwillkürlich denken Kamilla und Werner dasselbe. Welche Wandlung hat sich im Dasein dieser Frau zugetragen! Gleich einem Film, der vor ihren Augen abläuft, sehen sie deren Lebensweg vor sich, wie er ihnen in Burgundas Niederschrift zugänglich gemacht wurde. Welche reife Erkenntnis spricht aus ihren Worten! Die Saat ist aufgegangen, die ihr Mann, der Gelähmte, ausgestreut hat. Ja, bei Gott gibt es keinen hoffnungslosen Fall!

Nach einigen Wochen ist Werner Sternkranz wieder soweit hergestellt, daß er sich auf seine Arbeit freut. Die Zeit der Stille und der inneren Einkehr hat ihn wieder frei gemacht. Gemeinsamer Gedankenaustausch, vor allem aber das gemeinsame Gebet, zu dem es die drei Menschen immer wieder trieb, haben ihn gestärkt und herausgerissen aus den Wolken der Schwermut. Nun sieht er wieder klar. Werner weiß, daß er einen Auftrag zu erfüllen hat, zu dem Gott Kraft und Vollmacht schenkt.

Der Tag der Abreise ist gekommen. Gemeinsam steigen sie hinunter ins Tal. Frau Monier gibt ihnen das Geleit, zumal ihr die Trennung von Benitta nicht leicht wird. Am liebsten hätte sie die Kleine bei sich in der Burgundenhütte behalten, aber Lieselotte will nicht länger ohne ihr Kind sein.

„Wenigstens an meinen freien Nachmittagen möchte ich es sehen", hat sie geschrieben. „Ich halte es nicht aus, noch länger von Benitta getrennt zu sein, und im Augenblick sehe ich noch keine Möglichkeit, von hier fortzukommen. Ich kann Herrn Pfarrer Weilbronn nicht einfach mit seinem kranken Enkelsohn allein lassen. Ich hoffe, daß es mir gelingt, ihn zu überzeugen, daß Peter in eine Heil- und Pflegeanstalt gehört. Es steht jetzt fest, daß der Schwester des Pfarrers nicht mehr geholfen werden kann. Sie leidet an Krebs, und es ist nur noch eine Frage der Zeit, wann sie erlöst wird. Meine Aufgabe hier ist nicht leicht, aber ich glaube — je länger desto mehr —, daß ich von Gott an diesen Platz gestellt worden bin. Manches wird besser für mich zu ertragen sein, wenn ich wenigstens jede Woche einmal Benitta sehen kann. Ich bin von Herzen dankbar, daß Frau Kamilla sie eine Zeitlang zu sich nehmen will.

Meinen großen Kummer um Benno muß ich in Gottes Hände legen. Er schreibt kaum noch. Er zürnt mir, daß ich nicht nach Paris komme und will es einfach nicht begreifen, daß ich den armen Peter und seinen hilflosen Großvater jetzt nicht im Stich lassen kann! Als ob ich nicht viel, viel lieber bei Benno wäre! Manchmal steigt ein leises Bangen in mir auf, ob er an meiner Liebe zu zweifeln beginnt. Ich selbst wüßte in der Tat nicht, wie ich es ertragen würde, wenn ich ihn wieder verlieren müßte, nachdem unsere Wege sich nach der notvollen Zeit in so wunderbarer Weise wieder näherten. Doch kann ich jetzt einfach nicht anders handeln. Ich habe versucht, Benno meine Gründe zu erklären, aber mit keiner Silbe läßt er mich wissen, ob er mich versteht. Ich kann die ganze Sache nur Gott hinlegen und hoffen, daß er sich ihrer annimmt." —

„Wie reif Lieselotte geworden ist", stellt Kamilla fest, als sie auf dem gemeinsamen Weg ins Tal noch einmal auf den letzten Brief des Mädchens zu sprechen kommen. „Eine spürbare und beglückende Veränderung ist in ihr vorgegangen."

„Und den ersten Anstoß dazu bekam sie durch Sie,

Werner", fügt Burgunda hinzu, darum bemüht, ihm zum Abschied noch etwa Ermutigendes zu sagen.

„Mag sein, daß ich ihr auf einer kurzen Wegstrecke etwas mitgeben durfte, aber ganz offensichtlich hat der Besuch der Bibelschule ihr zu der neuen Lebenshaltung verholfen."

Schon am Ton seiner Stimme erkennen die beiden Frauen, daß er am Gesunden ist. Nicht die kleinste Spur von Resignation ist herauszuhören. Er hat wieder Vertrauen gefaßt und weiß um seinen ihm von Gott gegebenen Auftrag.

Benno hat sich mit der Tatsache nicht abgefunden, daß Lieselotte nicht nach Paris gekommen ist. Am liebsten hätte er selbst dieser Millionenstadt längst den Rücken gekehrt. Doch kann er die Abmachungen seines Vaters mit den hiesigen Geschäftsleuten nicht einfach umstoßen, und andererseits soll Lilo nicht denken, er reise ihr nach. Was soll er von ihrem Benehmen nur halten? Ist da etwa ein anderer aufgetaucht, der dem Mädchen mehr imponiert als er? Heiß steigt die Eifersucht in ihm auf. Doch dann verwirft er einen solchen Gedanken sofort wieder. Nein, belügen würde Lilo ihn nicht! Sie hat ihm geschrieben, daß sie in der augenblicklichen Situation ihren Platz nicht einfach verlassen kann. Sobald sich aber eine Änderung ergibt, sei es, daß der Pfarrer sich entschließen könne, seinen Enkelsohn in ein Heim zu bringen, oder aber, daß für den Jungen eine zuverlässige Pflegerin gefunden worden sei, käme sie unverzüglich nach Paris. In dem Kinderheim habe man den Platz einer Stationsschwester für sie freigehalten und behelfe sich solange mit einer anderen Pflegerin.

Eigentlich müßte Benno das genügen. Aber er lebt in einem inneren Aufruhr. Dunkle Gedanken greifen nach ihm: Was glaubt Lilo denn, mich so lange hinzuhalten! Muß sie nicht froh sein, wenn ich sie nehme? Ob die Meinung der Eltern nicht doch richtig ist, daß ich mich in Paris nach einer passenden Frau umsehe? Bisher hat er sich dazu nicht entschließen können. Keines der Mädchen, die seinen Weg kreuzten, vermag er sich als seine Frau vorzustellen. Er weiß auch, wie wichtig es seinen Eltern erscheint, ein Mädchen zu wählen, das einmal dem Geschäft gut vorstehen kann. — Ach, dieser ewige Kreislauf seiner Gedanken macht ihn ganz mürbe! Immer wieder endet er jedoch bei Lieselotte. Sie und keine andere will er als seine Frau nach Hause bringen. Und sie, ausgerechnet sie, macht es ihm so schwer, indem sie sich um seine Wünsche nicht kümmert.

Blanche zwitschert noch immer, ja noch viel intensiver um ihn herum. Gewiß, er hat es zum großen Teil ihr zu verdanken, daß er jetzt ein gutes Französisch spricht. Aber geflissentlich übersieht er, daß sie ihm öfter ein Schmollmündchen zieht, wenn er auf ihre verliebten Schäkereien nicht im geringsten eingeht. Auch der vorwurfsvolle Augenaufschlag seiner Zimmervermieterin, ihrer Mutter, rührt ihn nicht. Sie sollen ihn gefälligst in Ruhe lassen!

Schon anders ist es, wenn seine französischen Geschäftskollegen ihn necken, weil er nie mit einem Mädchen ausgeht. Sie halten ihn für einen naiven Deutschen.

Der Ausdruck „deutscher Michel" ist schon mehrfach gefallen und bringt ihn beinahe zum Rasen.

Eines Tages beschließt er, ihnen zu beweisen, daß er weder naiv ist noch als „deutscher Michel" bezeichnet werden kann. Er willigt ein, mit ihnen einen nächtlichen Bummel durch das Vergnügungsviertel von Paris zu machen. Natürlich verraten sie nicht, daß sie unter sich eine Wette abgeschlossen haben, daß sie ihn mit einem der vielen Mädchen hereinlegen würden, die in jenem Viertel an allen Ecken zu finden sind und deren Beruf völlig eindeutig ist.

Es geht sehr lustig und ausgelassen zu. Die Witze werden immer gewagter. Der Alkohol tut das übrige. Sie schleppen Benno von einem Nachtlokal ins andere. Sie lachen über ihn, wenn er beim Anblick der kaum bekleideten Tänzerinnen errötet. Benno empfindet immer noch deutlich, daß ihn eine Atmosphäre umgibt, die mit seinen Lebensgrundsätzen nicht übereinstimmt. Das Warnungssignal in ihm ist unüberhörbar. Wird er darauf reagieren? Oder wird es seinen übermütigen Begleitern gelingen, ihn so weit zu bringen, daß er nicht mehr Herr seiner Sinne ist?

Sie verlieren ihre Wette. Mitten in der schwülen, sinnlich getränkten Atmosphäre einer Kabarettvorstellung erinnert sich Benno alles dessen, was Werner Sternkranz den Freizeitteilnehmern aus der Niederschrift Frau Moniers vorgelesen hat. Den französischen Geschäftskollegen, die dem Alkohol schon reichlich zugesprochen haben, entgeht die Veränderung nicht, die sich auf dem Gesicht des jungen Deutschen abzeichnet. Sie befürchten, ihre Wette zu verlieren, nötigen ihn, weiter zu trinken und winken eines der Amüsiermädchen herbei, das in herausfordernder Bekleidung zur Verfügung steht. Benno erkennt plötzlich völlig klar die Situation und durchschaut das Vorhaben seiner Geschäftskollegen. Diese brechen in ein schallendes Gelächter aus, als er das Mädchen, das sich ihm auf den Schoß setzt, energisch von seinen Knien wegschiebt, ihm einen größeren Geldbetrag in die Hand drückt und sagt: „Armes Ding, hör auf mit diesem elenden Leben, ehe es zu spät ist!" Bennos Begleiter gröhlen und krümmen sich vor Lachen. Sie halten Benno für betrunken.

Aber Benno ist völlig nüchtern. Klarer als zuvor erkennt Benno die Gefahr, in der er sich befindet. Eine unbeschreibliche Sehnsucht nach Einsamkeit und Stille erfüllt ihn. Wäre er jetzt doch in den Bergen, könnte er mit Frau Burgunda sprechen. Nein! Nein! Er will nicht in diesem Sumpf untergehen, an dessen Rand ihn seine Begleiter geschleppt haben. Über die Bühne rollt ein neues Programm, noch verwegener, noch herausfordernder. Junge Mädchen bieten ihre Körper den gierigen Blicken alkoholgetränkter Männer zur Schau. Ein unbeschreiblicher Ekel erfaßt Benno. Nein, lieber will er als naiv und rückständig gelten, als eine Minute länger hier bleiben. Er winkt dem Kellner, zahlt und verläßt fast fluchtartig das Lokal, verfolgt von dem Hohngelächter seiner Geschäftskollegen.

Auf den hellerleuchteten Straßen des Vergnügungsviertels, in dem die Menschen erst zur nächtlichen Stunde nach ihrer Meinung recht zu leben beginnen, hastet er vorwärts. Sinnliche Musik dringt aus den Nachtlokalen an sein Ohr und scheint ihn einsaugen zu wollen in den Schlund des Lasters. In ihrem Rhythmus wiegen sich die Menschenscharen. Bunte Lichtreklame wirft in grell herausfordernder Weise ihre Strahlen nach allen Seiten und lockt verführerisch und aufreizend, in den zahllosen Angeboten der Weltstadt Paris unterzutauchen.

Benno wird von einigen Straßenmädchen angesprochen. Er hastet wie gepeitscht weiter. Die dritte, fast noch ein Kind, weckt in ihm ein solches Erbarmen, daß er stehenbleibt und ihr begreiflich zu machen versucht, daß es für sie doch noch andere Möglichkeiten gibt, sich den Lebensunterhalt zu verdienen.

„Was sagt denn deine Mutter zu solch einem Tun?" Zuerst sieht sie Benno an, als sei er vollkommen irre. Dann lacht sie ihm herausfordernd ins Gesicht: „Die geht doch selber auf die Straße!" und hängt sich bei einem anderen Mann ein.

Auf einer der Steintreppen, die herunter zur Seine führen, liegt lang hingestreckt ein alter Mann in zerlumpten Kleidern und schläft. Beim Café Quick Elysées versucht Benno, die breite Straße zu überqueren, um zur Station de Métro zu gelangen. Lange ist es wegen der vielen Autos, die auch zu dieser nächtlichen Stunde die Straßen beherrschen, nicht möglich. Endlich befindet er sich in einem der Bahnhöfe der Untergrundbahn. Auch hier pulsiert um diese Zeit lautes Leben. Kreischen und aufreizendes Lachen junger Mädchen ist zu vernehmen. Sie umringen einen langhaarigen Gitarrenspieler, der zweifelhafte Chansons zum besten gibt. Auf den Bänken sitzen engumschlungene Liebespaare, aber auch eine betrunkene Frau, die sich ekelerregend benimmt.

Bunt, verlockend und gleichzeitig bedrückend und abstoßend sind die Bilder, die sich Benno bieten. Während die Untergrundbahn im rasenden Tempo dahinbraust, muß er unwillkürlich an die vielen Kirchen denken, die er gerade hier in Paris besucht hat. — Notre Dame, St. Michel, St. Etienne-du Mont, Sacré-Coeur. Überall wird gebetet, überall wird Gottes Wort verkündet. Und doch scheint die Welt um ihn her im Morast von Laster, Sucht und Sittenlosigkeit zu stecken. Hat die Kirche überhaupt noch einen Einfluß auf diese irregeleiteten Menschen? Ist nicht all ihr Tun umsonst?

Und plötzlich ist es ihm, als werde er gefragt: Und du? Was tust du für sie? Hast du dir damals in jener Freizeit nicht vorgenommen, dich auch einzusetzen, um jungen Menschen zu helfen? Eine große Niedergeschlagenheit kommt über Benno. Was für einen Sinn hat sein Leben eigentlich? Gewiß, er hat einen Beruf erlernt, er wird einmal das Geschäft seines Vaters übernehmen, er hofft Lieselotte zu heiraten, er hat keine finanziellen Sorgen — aber ist das alles? Sieht so ein erfülltes Leben aus? Darf er sich sorglos dem allem hingeben, während Tausende verblendeter Menschen im Morast der Sünde steckenbleiben und versinken? Aber was kann er als einzelner überhaupt tun?

Ihm kommt plötzlich alles so sinnlos und hoffnungslos vor. Am liebsten würde er noch in dieser Nacht seine Koffer packen und nach Hause fahren. Aber was erwartet ihn dort? Gewiß, Lilo lebt augenblicklich in der gleichen Stadt. Das Zusammensein mit ihr könnte ihm vielleicht sein inneres Gleichgewicht zurückgeben. Doch im selben Augenblick verwirft er diesen Gedanken. Irgendwie scheint ihm die Zeit in Paris bisher völlig nutzlos verbracht zu sein. Oder etwa sogar sein ganzes bisheriges Leben?

Was ist es nur, das in dieser Nacht über ihn kommt? Hätte er doch jetzt einen einzigen, wahren Freund, der ihm raten und die zwiespältigen Gefühle seines Herzens ihm erklären könnte! Und plötzlich klingt es in ihm: Lamorlaye! Die Bibelschule! Wie kommt es, daß er sie bisher nicht aufgesucht hat? Ihm ist doch nicht verborgen geblieben, daß Lieselotte durch ihren Einfluß reifer und umsichtiger geworden ist. Sie hat ihm sogar geschrieben, daß ihr Leben dort eine völlig neue Ausrichtung gefunden hat.

Als Benno in den frühen Morgenstunden todmüde und doch hellwach auf sein Bett sinkt, ist es ihm klar, daß er bereits am nächsten Tag die Bibelschule aufsuchen wird.

„Was meinst du, wer soeben bei mir anrief?" Egon Stark hat seine Frau in der großen Wohnung eine Weile vergeblich gesucht. Jetzt findet er sie in der Küche, wo sie mit der Hausangestellten den Speisezettel bespricht.

„Wie soll ich das wissen, wo doch täglich eine Unmenge Telefongespräche bei uns geführt werden? Warte bitte noch fünf Minuten. Wir sind gleich fertig, dann komme ich ins Wohnzimmer."

Als sie ihm später dorthin folgt, hat Herr Stark sich eine Zigarre angezündet und ist gerade dabei, sich ein Glas Rotwein einzugießen.

„Nun rauchst du schon wieder!" tadelt ihn seine Frau. „Du weißt doch, der Arzt hat es dir streng verboten.

Und Rotwein soll bei deinem Blutdruck auch nicht gut sein."

„Hör schon auf! Gönne mir doch diese kleinen Freuden des Lebens. Was hab' ich denn sonst?"

„Na, nun übertreib nur nicht! Nie ist es uns so gut gegangen wie jetzt. Du kannst dir doch jeden Wunsch erfüllen."

„Ja, von wegen! Wenn ich nur an Benno denke. Ich werde nicht klug aus dem Jungen. Erst jammert er uns unentwegt vor, wie unglücklich er sich in Paris fühlt und daß er bestimmt kein ganzes Jahr dort bleibt, und nun bittet er, unter Umständen noch ein weiteres Jahr von zu Hause fernbleiben zu dürfen. Da kenne sich nun einer aus! Wenn er uns wenigstens mitteilen würde, ob er eine schicke Französin gefunden hat, mit der er sich zu verloben gedenkt, aber nichts!"

„Na, wenigstens schreibt er nichts mehr von diesem Mädchen mit dem Kind. Die hat er sich wohl aus dem Kopf geschlagen. Und, ehrlich gesagt, Egon, mir wäre ein deutsches Mädchen aus gutem Hause schon lieber, eine, die den Haushalt versteht!"

„Und im Geschäft muß sie auch was leisten können. Aber nun will ich dir doch endlich sagen, wer angerufen hat. Stell dir vor, Pfarrer Weilbronn."

„Wer?"

„Pfarrer Weilbronn von der Pauluskirche."

„Ja und? Ist das so etwas Besonderes?"

„Na, wo wir doch so gut wie nie in die Kirche gehen!"

„Hat er dich etwa gefragt, warum wir nicht kommen?"

„Ach, Unsinn! Er hat mich gebeten, ihn zu besuchen."

„Was? Das kann doch nicht sein!"

„Doch, und zwar geht es um seinen Enkelsohn. Mit dem scheint irgend etwas nicht in Ordnung zu sein. Er will ihm ein paar Anzüge machen lassen."

„Na, da soll sich der Herr Pfarrer gefälligst in unser Geschäft bemühen."

„Das kann oder will er eben nicht. Anscheinend ist dieser Junge — er wird in Kürze sechzehn Jahre alt — krank oder verkrüppelt. Er muß wohl auch epileptische Anfälle bekommen. Jedenfalls meinte der Pfarrer, er wolle vermeiden, daß dies in unseren Geschäftsräumen passiert."

„Da kann ich ihm nur zustimmen."

„Ja, und nun soll ich ins Pfarrhaus kommen und bei dem Jungen Maß nehmen. Hoffentlich fragt der Pfarrer mich dann nicht, warum wir nie zur Kirche kommen."

„Ach, woher! Die Gemeinde ist viel zu groß, als daß ihm einzelne auffallen würden."

„Und wenn er mich doch fragt? Was sage ich dann?"

„Ach, es wird dir schon etwas einfallen. Sag ihm, daß wir auch christliche Leute sind und am Sonntag ausschlafen, weil wir die ganze Woche über streng arbeiten müssen. Ab und zu führen wir auch ins Freie. In der Natur könne man Gott ebensogut finden wie in der Kirche."

„Meinst du, daß er sich damit zufriedengibt? Und sei mal ehrlich: hast du jemals schon Gott in der Natur gesucht?"

„Ach, Egon! Du wirst heute geradezu lästig. Ich meine, wir hätten Wichtigeres zu tun, als uns mit solchen unnötigen Fragen auseinanderzusetzen."

Egon Stark schweigt und hebt genießerisch sein Glas. Das Licht spiegelt sich in dem tiefroten Wein.

„Auf dein Wohl, Mama! So werde ich mich also auf den Weg ins Pfarrhaus begeben. Ein bißchen komisch ist mir schon zumute. Gewöhnlich betritt man die Schwelle eines solchen Hauses ja nur zu besonderen Anlässen. Na, mich ehrt es jedenfalls, daß er sich an uns und nicht an irgendein anderes Konfektionsgeschäft gewandt hat."

Herr Stark denkt weiter über den ihm gegebenen Auftrag nach. Anscheinend stimmt es, was gerüchtweise an sein Ohr gedrungen ist. Der Pfarrer soll einen schwachsinnigen Enkelsohn haben. Nun ja, er wird sehen, was daran wahr ist. Auch die Frommen werden scheinbar nicht vom Leid verschont.

Umständlich putzt Egon Stark sich die Schuhe auf der Fußmatte vor der Eingangstür des Pfarrhauses ab. Soll er zunächst eine fromme Miene aufsetzen oder sofort von den geschäftlichen Dingen reden? Das letztere wäre ihm sympathischer. Auf dem anderen Gebiet ist er ohne jede Übung. Er würde steckenbleiben, wenn der Pfarrer ihn nach dem Glaubensbekenntnis oder nach den Zehn Geboten fragen würde. Aber solche Gedankengänge sind ja geradezu lächerlich. Er, der gewandte Geschäftsmann, hat doch noch nie Hemmungen gehabt! Er strafft sich, wirft rasch noch einmal einen prüfenden Blick in die offenstehende Fensterscheibe des Zimmers neben der Eingangstür, die ihm jetzt als Spiegel dienen muß, und klingelt.

Ein junges, frisches Mädchen in Schwesterntracht öffnet ihm die Tür. Egon Stark stellt sofort fest, daß es blitzsauber aussieht, ein paar blaue Augen und unter ihrem weißen Häubchen eine Fülle blonder Haare hat. Solchen rasch taxierenden Blick gewöhnt man sich im Geschäft an.

„Guten Tag!" grüßt die junge Schwester den Besucher. „Sie möchten gewiß den Herrn Pfarrer sprechen?"

„Jawohl, er hat mich zu sich bestellt. Mein Name ist Stark — Egon Stark, Herren-Kleiderberater am Markt." Reizend sieht sie aus, wenn sie so errötet wie gerade jetzt, denkt der Mann.

„Bitte, treten Sie ein!" sagt Schwester Otti. „Ich will dem Herrn Pfarrer sofort Bescheid sagen."

Gleich darauf kommt dieser aus dem Studierzimmer und streckt Herrn Stark in seiner liebenswürdigen Art die Hand entgegen. Schwester Otti will sich zurückziehen, aber der Pfarrer fordert sie auf, bei der Besprechung zugegen zu sein, weil er sie ja ohnehin brauche, wenn es um Peters Angelegenheit gehe. Wieder errötet Lieselotte und lenkt damit einen verwunderten Blick des Pfarrers auf sich. Seit wann ist Schwester Otti so schüchtern?

„Wir gehen am besten ins Wohnzimmer", schlägt Pfarrer Weilbronn vor. Man setzt sich.

„Herr Stark", beginnt der Pfarrer sofort, „ich sagte Ihnen ja bereits am Telefon, daß mein Enkelsohn neu eingekleidet werden muß. Er ist, Schwester Otti behauptet es wenigstens, ziemlich aus seinen Anzügen und Pullovern herausgewachsen. Voraussichtlich wird er — haben wir —" Irgendwie schien es dem Pfarrer peinlich zu sein, weiterzusprechen.

Schwester Otti, die seine Gedanken errät, hilft ihm:

„Peter wird in Kürze verreisen. Er soll in ärztliche Behandlung kommen und möglichst auch noch geschult werden. Dazu ist es nötig, daß wir seine Garderobe in Ordnung bringen."

Verständnisvoll nickt Herr Stark dem Pfarrer und der Schwester zu. Ihm fällt irgendwie ein Stein vom Herzen. Der Pfarrer scheint also nicht daran zu denken, ihn zum Kirchenbesuch aufzufordern. Heimlich muß er über sich selbst lächeln, daß ihm der unsinnige Gedanke kam, er könnte nach seinen Kenntnissen im Glaubensbekenntnis oder in den Zehn Geboten gefragt werden.

Schwester Otti hat das Zimmer verlassen und kommt mit Peter an der Hand zurück. Herr Stark erschrickt, als er den entstellten Jungen sieht. Er wirkt wie ein noch nicht siebenjähriges Kind. Unruhig flattern seine Augen hin und her. Speichel läuft aus seinem Mund, und er stößt lallende Laute aus, vielleicht, um den Fremden zu begrüßen. Nun ist es an dem Pfarrherrn, zu erröten. Lieselotte sieht es wohl. Sie weiß, welche Überwindung es ihn kostet, seinen armen, kindischen Peter irgendeinem Menschen zu zeigen. Sein Stolz bäumt sich gegen alles Mitleid auf, das nicht nur dem Jungen, sondern auch ihm entgegengebracht wird. Sie wirft dem alten Herrn einen ermutigenden Blick zu. Aber der reagiert gar nicht darauf. So überbrückt sie selbst die peinliche Situation.

„Das ist unser Peter." Und als ob dieser es verstehen könnte, wendet sie sich an ihn: „Peter, komm! Gib die Hand und sag schön Guten Tag! Dies hier ist Herr Stark, der dir schöne Anzüge machen lassen wird."

„Sie kennen mich?" fragt dieser und blickt das junge

Mädchen freundlich an. Wirklich ein reizendes Ding, denkt er.

„Nein, das heißt, nicht persönlich", erwidert Lieselotte in sichtlicher Verlegenheit. Sie kann doch nicht sagen, daß Benno ihr von seinem Vater erzählt hat und sie mehr von ihm weiß, als ihm vielleicht lieb ist. Jedenfalls ist ihr klar, daß er sie als Schwiegertochter strikt ablehnt. So fügt sie hinzu: „Der Herr Pfarrer hat mir gesagt, daß er in Ihrem Geschäft anrufen und Sie zu uns bitten wird."

Peter hat inzwischen gehorsam seine Hand ausgestreckt und macht sogar eine kleine, wenn auch linkische Verbeugung, die ihn aber beinahe aus dem Gleichgewicht wirft.

Wie schrecklich! denkt Herr Stark. Wahrhaftig, es muß für den Pfarrer nicht leicht sein, einen solchen Enkelsohn zu haben.

Pfarrer Weilbronn überläßt es Schwester Otti, über die Art der Bekleidungsstücke zu verhandeln.

„Ich verstehe nicht viel davon und war noch nie ein praktisch veranlagter Mensch. Aber die junge Schwester hat in der kurzen Zeit ihres Hierseins bewiesen, daß sie nicht nur mit meinem Enkelsohn umgehen kann, sondern sich auch umsichtig um seine Sachen kümmert. Weil sie nun der Meinung ist, daß Peter dringend neu eingekleidet werden muß, bleibt mir nichts anderes übrig, als mich zu fügen." Er versucht, mit diesem Scherz die ihm peinliche Situation zu überbrücken. Stets wird er unsicher und verlegen, wenn er den mißgestalteten Jungen mit anderen zusammenbringen muß.

„Dann ist die Schwester noch nicht lange im Pfarrhaus?" fragt Herr Stark völlig harmlos. Sie gefällt ihm in ihrer frischen, natürlichen Art.

Lieselotte jedoch kann sich eines geringen Argwohns nicht erwehren. Sollte Benno den Eltern doch etwas von ihrem Hiersein geschrieben haben? Ist sein Vater etwa gekommen, um sie zu beäugeln? Das wäre ihr mehr als peinlich, Schauobjekt sein zu müssen. Nein, wenn dieser Herr Stark seinem Sohn nicht mehr Vertrauen entgegenbringt, wenn er ihm nicht erlaubt, das Mädchen, das er liebt, nach Hause zu bringen, dann braucht er auch nicht hierherzukommen, um zu schnüffeln. Es liegt ihr nicht daran, Bennos Vater zu gefallen, sondern dessen Sohn. — Plötzlich ist Lieselottes Blick kühl, ihre Art gegenüber Herrn Stark reserviert. Doch dann muß sie sich selbst zurechtweisen. Schließlich hat sie ein uneheliches Kind und kommt aus einer Familie, deren Ruf nicht gerade gut ist. Darf sie es dem alten Herrn und seiner Frau verargen, wenn sie zurückhaltend oder gar ablehnend sind? Traurigkeit will sie überkommen. Dann aber siegt das Vertrauen. Ist ihr Leben nicht in Gottes Hand, und glaubt sie nicht, daß Gott auch den Weg ihrer Zukunft bestimmt? Ihre Züge entspannen sich. Nun fällt es ihr nicht mehr so schwer, sich freundlich an dem Gespräch zu beteiligen. Und schon bald erkennt sie, daß ihre Vermutung, Benno könnte seinem Vater etwas über ihr Hiersein geschrieben haben, unberechtigt ist.

Auf die Frage, ob die Schwester noch nicht lange im Pfarrhaus weilt, antwortet der Pfarrer. Er tut es mit einer solchen Wärme, mit nur wenig verhaltenem Stolz, wie ein Vater über seine Tochter spricht, an der er sich freut. Und es ist in der Tat so. Pfarrer Weilbronn bringt diesem jungen Mädchen väterliche Gefühle entgegen. Irgendwie nimmt sie den Platz seiner verschollenen Tochter ein, die er mehr vermißt, als er vor sich selbst zugibt. Was gäbe er drum, Lieselotte bei sich behalten zu können!

„Schwester Otti ist aus dem Gebirge zu uns gekommen", beantwortet er nun die Frage von Herrn Stark. „Vorher war sie längere Zeit bei Paris zur Berufsausbildung und zum Erlernen der französischen Sprache."

„Ach!" Interessiert läßt Herr Stark das Zentimetermaß sinken, mit dem er gerade bei Peter Maß nimmt. „Sie sagen Paris? Dort befindet sich zur Zeit mein Sohn. Sie kennen doch Benno, Herr Pfarrer? Sie haben ihn ja konfirmiert."

„Natürlich kenne ich ihn. Zwar ist es nun schon eine Reihe von Jahren her, daß er bei mir im Unterricht saß. Warten Sie mal, wann war das doch?"

„Benno ist jetzt einundzwanzig Jahre alt. Also vor sieben Jahren."

„Richtig! Er war immer einer meiner aufmerksamsten Schüler. Manchmal konnte er in seiner gründlichen Art mir Fragen stellen, die gar nicht so einfach zu beantworten waren. Was macht er denn in Paris, und wie geht es ihm?"

Nur gut, daß keiner der Herren etwas von dem heftigen Herzklopfen des jungen Mädchens ahnt, das sich jetzt intensiv mit Peter beschäftigt, um seine Verlegenheit zu verbergen. Wenn dieser Herr Stark doch endlich gehen würde! Sie traut es ihm zu, daß er in ihrer Gegenwart ganz offen über die Meinungsverschiedenheiten spricht, die er mit seinem Sohne wegen eines

Mädchens hat. Das muß sie unter allen Umständen verhüten.

„Ich fürchte, das lange Stehen wird für Peter zuviel!" sagt sie einfach. „Wir sollten möglichst keinen Anfall riskieren."

„Da haben Sie recht, Schwester Otti", stimmt der Pfarrer zu. Nichts wäre ihm peinlicher als das.

„Ich bin auch gleich fertig." Herr Stark macht die letzten Eintragungen in sein Maßbüchlein. „Ich rufe an, wenn die Anzüge zur Anprobe bereit sind. Es geht wohl nicht, daß Sie dazu mit dem Jungen in unsere Schneiderwerkstätte kommen? Ich hätte gerne, daß unser Schneidermeister alles weitere übernimmt."

Fragend blickt Pfarrer Weilbronn Lieselotte an. „Was meinen Sie, Schwester Otti? Können wir das wagen?"

Lilo hätte ihm in jedem anderen Fall zugestimmt, ist sie doch ohnehin der Meinung, daß der Großvater seinen Enkelsohn viel zu sehr isoliert. Jetzt aber wehrt sie sich mit allen Kräften. Sie weiß, der Pfarrer wird nicht mitgehen, sondern es ihr überlassen. Aber das will sie nicht. Nein — sie betritt Bennos Elternhaus nicht ohne ihn! Wohl spürt sie das Wohlwollen, das Herr Stark ihr entgegenbringt. Aber sie glaubt, daß sich das ins Gegenteil kehren wird, wenn er erfährt, wer sie ist. So sagt sie sehr bestimmt: „Herr Pfarrer, Peter ist so gut wie noch nie unter fremden Leuten gewesen. Wir müssen ihn erst nach und nach daran gewöhnen. Ich fürchte, eine solche Anprobe vor fremden Menschen könnte ihn so erregen, daß es zu einem Anfall käme."

Lieselotte ist froh, daß sie eine glaubwürdige Entgegnung vorbringen kann.

„Sie haben recht, Schwester Otti. Und ich hoffe, Herr Stark hat für unsere Bedenken Verständnis."

Dieser nickt eifrig. „Gut, so werde ich meinen Schneidermeister nächstes Mal hierher mitbringen."

Lilo atmet auf. Für dieses Mal ist die Situation gerettet. Sie nimmt Peter bei der Hand, verabschiedet sich von Herrn Stark und verläßt mit dem Jungen das Zimmer.

„Da haben Sie ja eine ganz reizende junge Pflegerin für Ihren Enkelsohn", wendet Herr Stark sich wieder dem Pfarrer zu. Dieser nimmt die Gelegenheit gerne wahr, Schwester Otti zu loben.

„Ja, sie ist ein äußerst liebenswerter Mensch, dabei fleißig und geschickt. Sie weiß auch, Peter mit seinen Eigenarten richtig zu nehmen. Schwester Otti ist energisch und doch gütig und liebevoll zu ihm. Sie wird uns allen fehlen, wenn sie nicht mehr im Hause ist."

„Ach, sie verläßt sie?"

„Sobald Peter versorgt ist. Sie sagte ihnen ja, daß Peter zur Behandlung und Schulung nach auswärts kommen soll. Schwester Otti erwartet man schon länger im Kinderheim in Lamorlaye, wo sie die Säuglingsstation übernehmen soll."

„Ach, sie geht wieder nach Frankreich zurück?"

„Ja. Offenbar gefällt es ihr dort sehr gut."

Herr Stark packt seine Sachen zusammen, verabschiedet sich ehrerbietig und fährt in Gedanken versunken nach Hause. Sogleich sucht er seine Frau auf.

„Na, Egon? Wie war's denn? Hat er was gesagt, daß wir uns so wenig in der Kirche blicken lassen?"

„Nein, aber er hat sich noch genau an Benno erinnert,

der einer seiner aufmerksamsten und besten Schüler gewesen ist."

„Das habe ich nicht anders erwartet", erwidert Frau Stark in mütterlichem Stolz. „Aber — was ist mit dir, Egon? Du siehst mir so —" prüfend blickt Frau Stark ihn an, „du siehst mir fast ein wenig feierlich aus. Hat der Pfarrer dir doch eine Standpauke gehalten?"

„Ach, rede doch nicht solchen Unsinn!"

„Aber irgend etwas ist mit dir los."

„Was soll schon los sein?" Egon Stark hat sich in einem Sessel niedergelassen, streckt die Beine von sich und starrt eine Weile schweigend vor sich hin. Seine Frau weiß gar nicht, was sie davon denken soll. Irgend etwas bewegt ihn, das steht fest. Aber was? Endlich beginnt er.

„Also, Mama, das ist direkt ein Jammer, wenn man diesen armen Jungen, den Enkelsohn von unserem Pfarrer, sieht."

Jetzt sagt er schon „unser Pfarrer", stellt Frau Stark fest. Der Besuch im Pfarrhaus muß ihn doch sehr beeindruckt haben. Er macht noch jetzt ein ehrfurchtsvolles Gesicht.

„Du hättest diesen armen Schwachsinnigen nur sehen sollen. Ein Bild des Jammers, in der Tat."

„Ach, lieber nicht! Mir geht so etwas immer viel zu nahe!"

„Und doch ist es ganz gut, wenn man einmal so etwas sieht. Dann weiß man erst wieder, wie dankbar man sein kann für normale Kinder."

„Also, Egon!" Frau Stark schüttelt in Verwunderung ihren modisch frisierten Kopf. „Ich muß schon sagen, du machst mir direkt einen — ich weiß nicht — einen —", sie sucht nach dem rechten Wort, „einen frommen Eindruck."

„Nun hör bloß auf! Das hat doch nichts mit Frömmigkeit zu tun. Wenn einer beim Anblick eines solchen bedauernswerten Geschöpfes kein Mitleid empfindet, dann weiß ich nicht. Und verkrüppelt ist dieser arme Junge auch noch, dazu bekommt er epileptische Anfälle. Also, nein, Mama! Wie können wir nur dankbar sein, daß unser Benno ein gesunder, normaler, sogar überdurchschnittlich begabter Mensch ist!"

„Na, hör mal, Egon!" Frau Starks Entgegnung klingt geradezu gekränkt. „Wie kannst du im gleichen Atemzug von diesem Jungen und von Benno sprechen?"

„Wieso nicht? Ist es etwa unser Verdienst, daß wir ein normales, lebenstüchtiges Kind haben? Könnte es nicht auch anders sein?"

„Also, Egon? Was ist nur in dich gefahren? So habe ich dich ja noch nie reden hören. Es muß doch die Atmosphäre des Pfarrhauses sein, die dich so mitgenommen hat."

„Ach, red doch keinen Unsinn, Mama! Mir sind beim Anblick dieses armen Epileptikers auf einmal die Augen aufgegangen. Nehmen wir im Grunde nicht alles viel zu selbstverständlich hin?"

„Nun werde nicht sentimental. So ganz selbstverständlich ist es nun gerade nicht gewesen, daß wir unser Geschäft aus sehr minimalen Anfängen so vergrößern konnten."

„Ach, Mama! Du willst mich einfach nicht verstehen. Aber noch etwas anderes bewegt mich. Im Pfarrhaus ist eine junge Krankenschwester. Ich schätze sie auf etwa zwanzig Jahre. Wenn du die gesehen hättest, dir wäre es ebenso ergangen wie mir. Sie hätte dir ausnehmend gut gefallen. Sauber, adrett, hübsch, geschickt. Was mir aber besonders auffiel, war, mit welcher Liebe und Geduld sie mit dem Jungen umging."

„Na, hör mal! Du schwärmst ja geradezu wie ein Primaner für seine erste Liebe."

„Ach, sei doch nicht albern! Laß mich weiterreden. Diese junge Schwester kommt aus Paris und geht wieder nach Paris."

„Ist sie eine Französin?"

„Nein, aber —"

„Was heißt hier aber?" Mißtrauisch steht Frau Stark von ihrem Stuhl auf. „Warum erzählst du mir das? Was geht mich diese Schwester an?"

„Du bist doch sonst nicht so schwerfällig. Kannst du dir wirklich nicht denken, was mich für Wünsche bewegt haben, als ich dieses reizende junge Ding sah, zumal es in Kürze wieder nach Paris zurückgeht?"

Jetzt stellt sich Frau Stark fast drohend vor ihrem Mann auf.

„Nun reicht's mir aber! Schon den ganzen Morgen zerbreche ich mir den Kopf darüber, was wohl die Ursache dafür sein könnte, daß Benno jetzt noch ein weiteres Jahr in Paris bleiben will. Aber nun glaube ich den Schlüssel zu seinem rätselhaften Verhalten gefunden zu haben. Dahinter steckt ein Mädchen! Bestimmt hat er eine Französin kennengelernt, die ihm den Kopf verdreht. Und wir — besonders aber du — sind daran schuld."

„Ich? Wieso ich?"

„Hast du ihm nicht den Rat gegeben, sich in Paris nach einer Frau umzusehen? Ja, hast du ihn nicht gerade deswegen fortgeschickt?"

„Warst du etwa nicht gleicher Meinung mit mir?"

„Ich habe dir immer wieder gesagt, daß ich lieber eine Deutsche will — eine, die gut kochen kann und etwas vom Haushalt versteht."

„Ja, und im Geschäft soll sie nebenbei doch auch noch die elegante Dame spielen, nicht wahr?" braust ihr Mann auf. „Meinst du, er findet eine Frau, die alle Tugenden in sich vereint?"

„Muß ich das nicht auch?"

Herr Stark beginnt zu lachen. „Mama, wenn ich dich hier so in kriegerischer Haltung vor mir stehen sehe, dann fällt es mir schwer, daran zu glauben, daß du eine gute Hausfrau, eine gute Köchin und zugleich eine repräsentable Geschäftsfrau bist. Ich muß schon sagen, da ist doch noch einiges von deiner kleinbürgerlichen Herkunft an dir haftengeblieben. Aber sei beruhigt, ich liebe dich gerade so, wie du bist!"

Er will seinen Arm um sie legen. Aber Frau Stark ist gekränkt. In erster Linie geht es jetzt um ihren Sohn. Daß er einfach ohne Angabe von Gründen schreibt, er gedenke möglichst noch ein zweites Jahr in Paris zu bleiben, das drückt ihr fast das Herz ab. Schließlich ist Benno ihr einziges Kind. Sie beginnt zu weinen.

„Das haben wir nun davon, daß wir ihm kein Verständnis entgegenbringen für das Mädchen, das er liebt."

„Aber Mama!" Egon Stark sieht seine Frau fassungslos an. „Du warst doch am allermeisten dagegen! Denke doch, sie hat ein Kind! Und dann ihre Herkunft."

„Und was seine Französin, die er sich von Paris mitbringt, für eine Vergangenheit und Herkunft hat, das weißt du heute auch noch nicht."

„Sag mal, stimmt bei dir etwas nicht? Entschuldige! Aber woher willst du wissen, daß Benno dort ein Mädchen gefunden hat?"

„Ohne Grund bleibt er nicht noch ein zweites Jahr in Paris."

„Jetzt brüte doch gefälligst nicht über ungelegten Eiern. Noch ist er kein halbes Jahr in Paris."

„Du wirst sehen, daß ich recht habe. Er verlobt sich mit irgendeiner geflappten Pariserin."

„Traust du das unserem Sohn zu?"

„Du hast es ihm ja nahegelegt."

Egon Stark schüttelt den Kopf. Was ist bloß in seine Frau gefahren? Er muß einlenken, ehe sie sich in etwas verrennt. Er faßt nach ihrer Hand. „Komm, Mama! Wir setzen uns jetzt auf die Couch, und du hörst mir in Ruhe zu. So, nun reg dich nicht unnötig auf. Es mag sein, daß ich einen Fehler gemacht habe, als ich Benno nahelegte, sich eine schicke Französin zu suchen. Eben darum hat mich heute diese junge Schwester so stark beeindruckt. Wenn ich jung wäre und vorher natürlich nicht dich kennengelernt hätte, würde ich sagen: Das ist Liebe auf den ersten Blick. Und sieh, auf dem Weg vom Pfarrhaus hierher sprach immer wieder eine innere Stimme zu mir: Das wäre die rechte Frau für Benno! Du hättest nur mal hören sollen, wie der Pfarrer diese Schwester Otti gelobt hat."

Frau Stark entwindet sich dem Arm, den ihr Mann liebevoll um ihre Schultern gelegt hat.

„Egon, ich sage es dir jetzt zum letzten Mal: Hör mir auf mit dieser Schwester! Bestimmt würde es genauso ein Reinfall werden wie damals, als du die beiden Töchter unserer Geschäftsfreunde eingeladen hattest. Die eine, die dir besonders gefiel, nannte Benno schon nach den ersten Minuten einen Grasaffen."

„Du hast recht, Mama! Aber deswegen solltest du diese Schwester im Pfarrhaus einmal kennenlernen."

„Ich will sie aber nicht kennenlernen. Und selbst, wenn sie mir gefallen sollte, dann ist lange noch nicht gesagt, daß sie Benno gefällt. Und außerdem, wie sollte er sie je kennenlernen?"

„Begreife doch! Ich sehe da eine großartige Chance. Schwester Otti reist doch nach Paris."

„Aber, Mann, Paris ist doch kein Kuhnest. Wie sollen sie sich je in dieser Weltstadt treffen?"

„Kleinigkeit. Die Adresse der Schwester verschaffe ich mir vom Pfarrer. Mit dem kann man reden. Das habe ich heute gemerkt. Der ist nämlich gar nicht so — so unnahbar und von sich selbst eingenommen, wie ich immer gemeint habe. Der ist nämlich auch nur ein Mensch mit allerlei Nöten. Wenn ich zum Beispiel an dieses Jammerbild von seinem Enkelsohn denke..."

„Rede nicht so wegwerfend von diesem armen Jungen."

Herr Stark geht gar nicht auf diesen Einwand ein, sondern fährt fort: „Man kann Benno ja unter irgendeinem Vorwand zu ihr schicken. Es müßte schon merkwürdig zugehen, wenn es dann nicht so käme, wie ich es mir ausmale. Diese Schwester Otti ist gewiß der Typ, den Benno bejaht."

„Jetzt habe ich endgültig genug!" empört sich Frau Stark. „Du bist ein kaltblütiger Rechner. Aber schließlich geht es hier nicht um eine geschäftliche Kalkulation, sondern um die Zukunft unseres Sohnes. Und ich will, daß er nach Ablauf eines Jahres nach Hause kommt, und dann soll er heiraten, wen er will — und wenn es dieses Mädchen ist, das er schon längst zu haben wünscht."

„Jetzt weiß ich wirklich nicht mehr, was ich von dir halten soll", erwidert Herr Stark und verläßt ärgerlich das Zimmer.

Seine Frau aber bleibt nachdenklich am Fenster stehen und starrt auf das Gewühl des Marktplatzes, der sich vor ihrem Haus ausbreitet. Vielleicht haben wir alles falsch gemacht, denkt sie resigniert. Wenn der Aufenthalt in Paris Benno nur nicht zum Verhängnis wird! Jäh wird sie von der Erkenntnis gepackt: Geld ist nicht alles — ein gutgehendes Geschäft ist auch nicht alles. Haben wir es vielleicht nicht doch am Wichtigsten fehlen lassen? Ob es nicht besser gewesen wäre, mehr in die Kirche zu gehen? Unwillig über sich selbst, wirft sie einen Blick in den Spiegel. Sie kann es sich nicht leisten, in Grübeleien zu versinken; denn Grübeln macht alt, und die Kundschaft will keine alten, verbrauchten Frauen sehen.

Lieselotte hat gebeten, ein paar Stunden zu ihrer kleinen Tochter gehen zu dürfen. Mit dem freien Nachmittag nimmt es Pfarrer Weilbronn nicht so genau. Nicht, daß er Schwester Otti ihn nicht gönnt, aber er denkt gar nicht daran. Lieselotte selbst besteht auch nicht unbedingt darauf, weil sie weiß, daß Peter in ihrer Abwesenheit sich selbst überlassen bleibt und dann allerlei Unheil anstellt. Sie ist froh, den Hausherrn überzeugt zu haben, daß der Junge unbedingt in eine Heil- und Pflegeanstalt gehört, wenn man ihm überhaupt noch etwas beibringen will. Es hat einen harten Kampf gekostet, ehe es ihr gelang, dem Pfarrer klarzumachen, daß es so auf die Dauer nicht weiterginge. Und als sie ihn fragte, was mit dem Jungen werden solle, wenn einmal er nicht mehr da sei, da hat er schließlich nachgegeben. Beruhigt hat ihn ihr Versprechen, so lange im Pfarrhaus zu bleiben, bis alles geordnet ist.

Nun ist Lieselotte auf dem Weg zu Herrn und Frau Sternkranz. Sie kann es kaum erwarten, Benitta in die Arme zu schließen. Lieselotte trägt einen Brief in ihrer Manteltasche, den sie gestern von Benno bekommen hat. Sie ist unsagbar glücklich darüber. Etliche Wochen hatte Benno nichts mehr von sich hören lassen. Fast befürchtete sie, ihre Wege würden auseinandergehen. Da kam gestern diese Nachricht, die ihr Herz höher schlagen läßt und alle Erwartungen übertrifft. Sie muß es unbedingt Kamilla mitteilen.

Werner Sternkranz ist nicht zu Hause. Benitta und Kamillas kleiner Junge halten noch ihren Mittagsschlaf. Michaela ist zum Geburtstag einer gleichaltrigen Freundin eingeladen. So sind die beiden jungen Frauen allein. Rasch bereitet Kamilla Kaffee, und dann sitzen sie zusammen auf dem Balkon. Einige Ahornbäume, die die Straße säumen, schützen sie vor den Blicken der Vorübergehenden. Die Straße ist weit abgelegen und still.

„Dafür waren wir aufs neue froh, als wir aus dem Gebirge zurückkamen", bemerkt Kamilla. „Von der wohltuenden Stille dort oben zurück in den Stadtbetrieb zu kommen, ist immer eine Umstellung. Doch nun erzähle mir von dir, Lieselotte. Du siehst heute so glücklich aus!"

„Das bin ich auch, Kamilla. Denken Sie nur, endlich hat Benno wieder geschrieben. Und was er schreibt, kommt mir so wunderbar vor, daß ich es kaum fassen kann. Darf ich Ihnen den Brief vorlesen?"

„Aber gerne. Dein Vertrauen ehrt mich."

Lieselotte liest: „Meine liebe Lilo! Ich weiß, ich habe Dir durch mein langes Schweigen Kummer bereitet. Den Grund brauche ich Dir kaum zu nennen. Es war mir unbegreiflich, daß Du nicht auf schnellstem Wege nach Paris kamst, zumal Du ein gutes Stellenangebot hier in Lamorlaye hattest. Ich wurde unsicher an Deinem Verhältnis zu mir. Waren wir nicht lange genug voneinander getrennt? Gab es nicht vieles, über das wir dringend sprechen mußten? Ging es Dir nicht so wie mir, daß Dich die Sehnsucht trieb? Heute kann ich es Dir sagen: Ich begann an Deiner Liebe zu zweifeln. Ja, es kamen Tage, an denen ich Dir ernstlich grollte.

Es dauerte nur wenige Wochen, bis ich die hauptsächlichsten Sehenswürdigkeiten dieser gewaltigen Stadt kennengelernt hatte. Auch auf dem geschäftlichen Sektor hatte ich mich bald orientiert. Was sollte ich nun noch hier, wenn nicht Du daran dachtest, ebenfalls zu kommen? Mehr als einmal war ich nahe dran, einfach nach Hause zurückzufahren. Aber ich wußte, daß ich damit gegen den Willen meines Vaters gehandelt hätte.

Ihm war es ja wichtig gewesen, mich hierher zu schikken, um meinen Geschäftshorizont zu erweitern, um mir neue Eindrücke und Anregungen zu vermitteln und — ja, Lilo, Du darfst es ruhig wissen — damit ich mich nach einer Frau umsehe. Er hoffte, daß ich Dich in Paris vergessen würde.

Ich bin auf seinen Vorschlag freudig eingegangen, nicht, weil mich die Weltstadt Paris lockte; auch nicht, weil ich glaubte, mir eine Menge besonderer beruflicher Kenntnisse aneignen zu können; nein, einzig und allein deshalb, weil ich fest damit rechnete, daß Du nach Paris kommen würdest. Die Kunstschätze, die herrlichen Bauten, Konzerte und Theater lockten mich nur im Gedanken an Dich. Gemeinsam mit Dir wollte ich alles kennenlernen. Du aber solltest mir bei meinem Französisch helfen, und ich wiederum wollte Dir die Tore zu neuem Wissen öffnen. Du aber ließest mich allein in dieser Riesenstadt, in der ich mir so verloren und verlassen vorkam, wie nie zuvor in meinem Leben. Vieles widerte mich geradezu an, und ich verwünschte den Tag, an dem ich hierhergekommen war. Lieselotte, Du sollst es wissen, daß ich mehr als einmal Gelegenheit hatte, junge Französinnen kennenzulernen. Einige von ihnen wären ohne weiteres bereit gewesen, mir nach Deutschland zu folgen. Und es gab Tage, da war ich so aufgebracht gegen Dich, daß ich ernstlich erwog, ob es nicht das beste sei, dem Rat meines Vaters zu folgen und eines dieser Mädchen zu meiner Frau zu machen.

Aber es war eigenartig. Immer, wenn ich mich auch nur solchen Gedankengängen näherte, sah ich uns, Dich und mich, wie wir vor zwei Jahren miteinander im Gebirge waren. Welch ein Gegensatz zu dem Lärm und Tempo dieser Stadt! Oft hat mich eine unbeschreibliche Sehnsucht nach der Stille gepackt. Ich sah Dich und mich Hand in Hand auf den schmalen Wegen bergauf steigen, erlebte aufs neue die traulichen Abende, an denen wir singend und im Rundgespräch mit Werner Sternkranz vor der Hirslhütte saßen, und meinte, seinen Lesungen aus der Niederschrift von Frau Burgunda zu lauschen. Die trauliche Atmosphäre jener Tage griff nach mir und ließ mich erkennen, daß ich mich nie wirklich heimisch fühlen würde unter Menschen, die ganz andere Lebensvorstellungen haben. Bestärkt wurde ich in meinen Auffassungen, als einige meiner hiesigen Geschäftskollegen mich in das Nachtleben von Paris einführen wollten. Erst später habe ich erfahren, daß sie es darauf abgesehen, ja eine Wette abgeschlossen hatten, mich durch Alkoholgenuß und andere unzweideutige Dinge, auf die ich jetzt nicht näher eingehen möchte, dahin zu bringen, daß ich meinen Grundsätzen untreu würde. Daß ich in dieser Versuchung nicht zu Fall kam, kommt jedoch nicht auf das Konto meiner Anständigkeit oder meines starken Willens. Heute erkenne ich, daß Gott es war, der mir in den Weg getreten ist und mich bewahrt hat.

Aber ich muß mich kürzer fassen, sonst wird dies ein endloser Brief. Nach diesem angedeuteten Erlebnis war ich eigentlich fest entschlossen, nicht länger in Paris zu bleiben. Mit keinem Wort hattest Du mich wissen lassen, wann Du nachkommen würdest. Was sollte ich noch länger hier? Da fiel mir ein, daß Du mich gebeten hattest, doch einmal nach Lamorlaye in das Kinderheim von Frau Monier zu gehen, um zu sehen, wo Du Deine Ausbildung genossen und später Deinen Wirkungskreis gehabt hast. Vor allem war es Dir aber ein Anliegen, daß ich die Bibelschule aufsuche, in der Du zu solch starken inneren Erlebnissen geführt wurdest, wodurch Dein Leben eine neue Ausrichtung bekam.

Ich fuhr nicht dorthin, weil ich der Meinung war, eine Begegnung in diesem Hause könne auch für mich bedeutsam sein, sondern einfach nur deshalb, weil ich die Plätze aufsuchen wollte, die Dir liebgeworden waren. Ich muß Dir sagen, daß es mir schon beim Betreten dieses Hauses merkwürdig erging. Ich stand noch unter dem Eindruck der entwürdigenden Erlebnisse jener Nacht, da traten mir in der Halle der Bibelschule junge Leute entgegen, denen man sofort ansah, daß sie eine andere Lebensrichtung eingeschlagen hatten. Nicht etwa, daß sie äußerlich sehr viel anders wirkten. Nein, sie waren moderne junge Menschen, aber sie strahlten etwas aus, das ich so deutlich noch nie empfunden hatte. Während ich auf den Leiter der Schule eine Weile warten mußte, kam ich mit einigen jungen Leuten aus Dänemark, Schweden, der Schweiz und aus Afrika ins Gespräch. Sie alle ließen sich ausbilden für irgendeinen Missions- oder Evangelistendienst. Lilo, ich kann Dir gar nicht sagen, wie wohltuend dieser Kontrast war zu dem, was ich vorher in Paris gesehen und erlebt hatte. Und plötzlich wurde mir auch deutlich, daß ich selbst bis jetzt in meinem Leben noch keine klare Stellung zu Jesus Christus bezogen hatte. Gewiß, ich wollte nicht schlecht sein. Immer fühlte ich mich mehr zu denen hingezogen, die Moral, Sitte und Anstand bejahten. Aber irgend etwas in mir stimmte noch nicht. War es nicht seltsam, daß diese Gedanken mich bereits in der ersten halben Stunde meines Aufenthaltes in der Bibelschule bewegten? Ich glaube, oft unterschätzen wir die Atmosphäre, die ein Haus erfüllt. Hier jedenfalls kam etwas auf mich zu, das Fragen in mir wachrief, die ich noch nie so vernommen hatte.

Doch nun muß ich meinen Brief endlich schließen. Ich könnte Dir noch manches erzählen. Heute abend möchte ich an einem Vortrag in Lamorlaye teilnehmen, den ein Missionar über seine Arbeit in Indien hält. Darum nimm bitte hiermit vorlieb! Eins sollst Du zum Schluß aber noch wissen: Seitdem mein Leben durch die Bibelschule eine neue Richtung erhielt, erscheint mir mein Aufenthalt in Paris nicht mehr sinnlos. Irgendwie fange ich an, richtig froh zu werden, und dabei ist mir natürlich auch klargeworden, daß mein Grollen Dir und Deiner Handlungsweise gegenüber völlig falsch war. Verzeih es mir bitte, Lilo! Jetzt weiß ich es ganz unumstößlich, daß ich nur eine Frau will, und das bist Du!

Als ich im Kinderheim von Lamorlaye die Oberschwester begrüßte, habe ich mich als Dein Verlobter vorgestellt. Durfte ich das? Solltest Du jetzt nein sagen, so muß ich Dir mitteilen, daß es nicht mehr rückgängig zu machen ist.

Ich hoffe, daß es nicht mehr so lange dauert, bis Du hierher kommst. Ich warte nach wie vor auf Dich. Ich habe mich entschlossen, nicht nur dieses eine Jahr, sondern noch ein zweites in Paris zu bleiben, weil ich an verschiedenen Kursen der Bibelschule teilnehmen will. Nicht wahr, da staunst Du?

Liebste Lilo, mir ist, als habe mein Leben irgendwie neu begonnen. Richtiger müßte ich wohl sagen: Das, was vor zwei Jahren in der Freizeit seinen Anfang genommen hat und lange Zeit verborgen war, steigt nun aus der Tiefe meines Innern empor, und ich habe hier einen Platz gefunden, an dem man mir wegweisend weiterhilft. Lieselotte, ich glaube fest daran, daß auch mit uns beiden noch alles gut wird. Und Deine kleine Tochter wird natürlich auch dazu gehören.

Ich schreibe Dir bald wieder. Für heute grüßt Dich in großer Herzlichkeit

Dein Benno"

Lieselotte läßt die Briefblätter in ihren Schoß sinken und blickt Frau Sternkranz erwartungsvoll an.

„Was sagen Sie jetzt, Kamilla?"

Diese kann sie nur wortlos in die Arme schließen. Tränen stehen ihr in den Augen. Schließlich erwidert sie: „Das ist über Bitten und Verstehen, Lilo! Was dein Herz wünscht!"

Und nun berichtet Lieselotte von dem merkwürdigen Zusammentreffen mit Herrn Stark, der inzwischen ein zweites Mal mit seinem Schneidermeister im Pfarrhaus gewesen ist.

„Er hat sich wieder sehr eingehend mit mir unterhalten", erzählt Lilo, „aber irgendwie war ich verlegen und gehemmt. Verstehen Sie das, Kamilla? Der Gedanke, eine Chance auszunützen, um mich bei dem Vater Bennos einzuschmeicheln, ist mir unsympathisch. Es macht mir einfach zu schaffen, daß er und seine Frau mich ablehnten, bevor sie mich überhaupt kennengelernt haben."

„Ich weiß nicht, ob du das richtig beurteilst, Lieselotte. Sieh, wir alle beten doch schon seit Monaten dafür, daß Gott die Hindernisse beseitigen möge, die dir den Zugang zu diesen Leuten versperren. Keiner von uns vermochte sich auch nur annähernd vorzustellen, wie Gott handeln würde, um unsere Bitten zu erhören. Und wenn du nun ins Pfarrhaus kommen und Peters Pflegerin werden mußtest, damit die verschlossenen Türen sich öffnen? Ob nicht auch hier das Bibelwort gilt: ‚Denen, die Gott lieben, müssen alle Dinge zum Besten dienen!' Was du damals seufzend bejaht hast, nämlich die Stelle bei Herrn Pfarrer Weilbronn anzunehmen, nachdem Benno nach Paris gefahren war, das lohnt Gott dir nun auf so wunderbare Weise."

„Ganz so zuversichtlich wie Sie kann ich nun doch noch nicht sein", erwidert Lieselotte. „Daß ich Herrn Stark nicht unsympathisch bin, bedeutet ja keineswegs, daß er mich als Schwiegertochter bejahen würde – schon, weil die Kleine da ist. Ich gebe mich keinen Illusionen hin."

„Das sollst du auch nicht, Lilo! Aber vertrauen darfst du. Ich jedenfalls sehe ganz deutlich das Wirken Gottes in dieser Führung. Sollte es ihm nicht möglich sein, alles zum Besten zu lenken? Daß Benno jetzt Anschluß an die Bibelschule in Lamorlaye gefunden hat, ist mir ein neuer Beweis dafür, daß Gott mit jedem Menschen seinen besonderen Plan durchführt. Ach, Lieselotte, ich kann dir gar nicht sagen, wie glücklich ich über deine guten Nachrichten bin! Ich freue mich so, daß ich auch gleich etwas tun muß, was dich und mich erfreut. Laß uns du zueinander sagen, laß uns Schwestern sein."

In das Gesicht des jungen Mädchens steigt eine heiße Welle.

„Ich danke dir!" sagt sie tiefbewegt. „Ich weiß nicht, ob es dir klar ist, wie sehr du mich mit deinem Angebot beschenkst."

In diesem Augenblick macht Benitta sich im Nebenzimmer bemerkbar, und gleich darauf ist auch die Stimme des kleinen Matthias vernehmbar.

„Gewiß hat dieses kleine Persönchen ihn aufgeweckt", lacht Kamilla. „Woher sie wohl das Temperament hat?"

Lachend gehen beide hinüber zu den Kindern. Nun gehört die noch verbleibende freie Zeit Lieselottes ihrer kleinen Tochter.

„Ich kann dir nicht genug danken, daß du Benitta während der Zeit meines Hierseins zu dir genommen hast", sagt sie zu Kamilla. „Und doch zähle ich die Tage bis zu dem Zeitpunkt, da ich nicht mehr von ihr getrennt sein muß."

„Hast du eigentlich mit Pfarrer Weilbronn darüber gesprochen, daß Herr Stark der Vater deines Freundes ist?" fragt Kamilla, als sie Lieselotte zur Haustür begleitet.

Ganz entschieden wehrt diese ab. „Nein! Kein Wort habe ich davon gesagt. Sehr bewußt habe ich es auch vermieden, seinen Namen zu nennen. Ich möchte ihn auch nicht näher ins Vertrauen ziehen. Nicht, weil er dessen nicht würdig wäre. Je länger desto mehr schätze ich Pfarrer Weilbronn, obgleich ich einiges bei ihm vermisse. Ich hatte andere Vorstellungen vom Leben in einem Pfarrhaus. Zum Beispiel wird nie eine Hausandacht gehalten, wie es bei euch und auch bei Mutter Burgunda selbstverständlich ist. Ich habe mich schon manchmal gefragt, ob er seines Glaubens vielleicht gar nicht sicher ist. Aber ihm selbst wollte ich diese Frage nicht stellen. Ich möchte ihn nicht verletzen, denn er ist ein edler und gütiger Mensch. Nein, ich werde ihm nicht sagen, daß es Benno ist, der mir von Paris aus schreibt. Bisher ist es mir gelungen, seine Post abzufangen. Außerdem hat er ja in den letzten Monaten höchst selten geschrieben. Das wird nun wohl, wenn mich nicht mein Herz trügt, anders werden. Darum werde ich Benno schreiben, daß er in Zukunft seine Briefe ohne Absenderangabe verschickt. Ich will einfach nicht, daß der Herr Pfarrer sich schließlich verpflichtet fühlt, für mich bei Herrn und Frau Stark ein Wort einzulegen."

„Die Kinder!" ruft Kamilla erschrocken aus. „Ich kann sie nicht länger allein lassen. Leb wohl, Lilo, bis zu deinem nächsten freien Tag!"

Während sie die Treppen zu ihrer Wohnung emporeilt, denkt sie: Vielleicht läßt Gott mich in dieser Angelegenheit ein wenig Handlanger spielen.

Es ist etliche Tage später. Sternkranz sitzt in seinem Arbeitszimmer am Schreibtisch und bereitet sich für die Predigt vor, die er am nächsten Sonntag in einem Jugendgottesdienst zu halten hat. Pfarrer Weilbronn war davon zunächst nicht begeistert gewesen.

„Für solche Experimente bin ich nicht, Herr Sternkranz! Wenn die jungen Leute nicht in die allgemeinen Gottesdienste kommen wollen, so werden sie auch nicht erscheinen, wenn man für sie einen besonderen Gottesdienst einrichtet. Ich finde, wir machen der Jugend zu viel Zugeständnisse."

„Wollen wir es nicht auf einen Versuch ankommen lassen, Herr Pfarrer?" hat Werner Sternkranz zurückgefragt. „Eben weil die meisten gar nicht und einige nur wenig in die sonntäglichen Gottesdienste kommen, müssen wir den Versuch machen, einmal einen besonderen Gottesdienst zu gestalten."

„Und wie stellen Sie sich einen solchen Jugendgottesdienst vor? Ich möchte Ihnen gleich von vornherein sagen, lieber Sternkranz, daß ich keine Jazzmusik und ähnliches in meiner Kirche wünsche."

„Keine Sorge, Herr Pfarrer! Das habe ich nicht vor. Wir werden einige frische, lebendige Lieder aus dem blauen Buch ‚Jesu Name nie verklinget' singen." Werner hatte es Pfarrer Weilbronn gezeigt.

„Sie wissen, ich bin nicht für Neuerungen dieser Art, und ich meine, wir hätten in unserem Kirchengesangbuch einen solch reichen Liedschatz, daß uns das genügen könnte."

„Gewiß, Herr Pfarrer, aber gerade weil wir unsere jungen Leute in den Gemeindegottesdiensten vermissen, sollten wir den Mut haben, neue Wege einzuschlagen, natürlich nur auf dem Boden des Evangeliums. Ich bin nämlich der Überzeugung, daß wir die Jugend durch ein fröhliches, klares Christentum gewinnen können. Andererseits glaube ich, daß wir nicht mit Hilfsmitteln operieren sollten, die außerhalb der Kirche weit wirkungsvoller angewandt werden können. Unser Auftrag ist es nicht, Parties und Tanzabende zu veranstalten. Auch gehört eine Jazzband nicht in kirchliche Räume. Wehe, wenn wir unseren Auftrag irgendwie versäumen!"

Pfarrer Weilbronn war nachdenklich geworden und hatte schließlich die Erlaubnis für den Jugendgottesdienst gegeben.

Als Werner Sternkranz bei der Predigtvorbereitung sitzt, klingelt es auf einmal. Kamilla öffnet, und Werner hört ihren freudigen, erstaunten Ausruf: „Gerhard, Fred! Welch eine Überraschung! Kommt nur herein. Mein Mann wird sich ebenfalls freuen!"

Dann vernimmt Werner die Stimme eines jungen Mannes: „Stören wir auch wirklich nicht? Wir wollten doch nicht hier gewesen sein, ohne Sie und Ihren Mann zu besuchen."

„Nein! Ihr stört bestimmt nicht. Ihr könnt gleich mit uns zu Abend essen, und glücklicherweise hat Werner heute abend keinen Dienst, so kann er sich euch widmen."

„Keinen Dienst?" wiederholt Werner in seinem Innern und lächelt, während er sich von seinem Schreibtischstuhl erhebt. Gewiß freut er sich über den Besuch. Gerhard und Fred gehören zu denen, die an der Gebirgsfreizeit vor zwei Jahren teilgenommen haben. Seitdem hat er nichts mehr von ihnen gehört.

„Wie schön, daß ihr zu uns kommt!" ruft er den beiden jungen Männern entgegen. Sie spüren ihm ab, daß seine Freude echt ist.

Kamilla hat inzwischen die Wohnzimmertür geöffnet.

„Bitte, tretet ein!"

Michaela, die bäuchlings auf dem Teppich liegt und die Bilder eines Tierbuches betrachtet, ruft sie zu: „Steh auf, Michaela, und räume deine Sachen zusammen! Wir bekommen Besuch."

Unwillig blickt das kleine Ding von ihrem Buch auf. „Immer wird man gestört! Die können doch auch in Vatis Zimmer gehen."

„Michaela!" mahnt Werner in unmißverständlichem Ton. Fred jedoch hebt die Kleine mit einem Schwung vom Boden auf und setzt sie seinem Kameraden auf die Schultern.

„So, du willst deine alten Freunde abweisen? Du bist mir ja eine Treulose! Weißt du nicht mehr, wie wir miteinander vor zwei Jahren in der Hirslhütte herumgetollt sind?"

Michaela kann sich scheinbar nicht mehr erinnern, aber im Nu hat sie Freundschaft geschlossen mit den beiden jungen Männern und ist gerne damit einverstanden, daß diese zum Abendessen eingeladen werden. Besuch und sonstige Abwechslung entsprechen ihrem Temperament. Sie besteht nicht mehr darauf, das Wohnzimmer für sich allein zu beanspruchen. Eifrig hilft sie der Mutti beim Tischdecken, bemüht, ihren Fehler wiedergutzumachen. Frau Sternkranz hat ihrer Tochter in der Küche eine Rüge erteilt.

„Du warst nicht sehr höflich, als du behauptet hast, dauernd gestört zu werden und unseren Besuch in Vatis Arbeitszimmer abschieben wolltest. Du bist manches Mal ein wenig vorlaut, Michaela! Man muß nicht immer sagen, was man denkt."

„Muß man sagen, was man nicht denkt?"

Auf diese Frage geht Kamilla jetzt nicht ein. Wie soll sie es ihrer Tochter erklären? Michaela versteht noch nichts von Diplomatie und von Takt. Schließlich wird auch der Tag kommen, an dem sie es begreift.

Bald sitzen sie alle beisammen. Fred und Gerhard greifen herzhaft zu. Es ist gar nicht so, als seien sie zum ersten Mal bei ihnen.

„Wie hübsch Sie es hier haben", stellt Gerhard fest. „Wie kommt es wohl, daß mich manches an die Burgundenhütte erinnert? Wissen Sie noch, Herr Sternkranz, wie wir uns zuerst sträubten, der Einladung dieser Frau Folge zu leisten? Wie hieß sie doch?"

„Frau Monier!" hilft Werner.

„Ja, richtig! Zuerst lehnten wir es ab, zu ihr zu gehen, und dann wären wir am liebsten jeden zweiten Abend dort gewesen. Natürlich war es da anders, aber irgendwelche Parallelen finde ich hier."

„Die Atmosphäre ist es", bestätigt Fred.

„Du magst recht haben. Ach, es waren doch drei wunderschöne Wochen, wenn es auch viel geregnet hat. Solche Ferientage habe ich weder vorher noch nachher erlebt."

Und dann wird wie ein Ball die Frage hin und her geworfen: Wißt ihr noch?

„Wißt ihr noch, wie wir an dem Heimatabend unten im Dorf teilnahmen und uns danach in zwei Parteien spalteten? Die einen fanden ihn blöd und geschmacklos, die anderen prima und witzig."

„Wißt ihr noch, wie die Gisela von der geländerlosen Brücke ins Wasser fiel?"

„Können Sie sich noch erinnern, Frau Kamilla, wie Ihnen der Eierschmarren mißriet und daraus ein schwärzlicher Brei entstand, den wir alle mit Todesverachtung herunterwürgten, weil Sie über die verpfuschte Mahlzeit so unglücklich waren?"

Alle lachten herzlich darüber.

„Nun aber möchte ich wissen, wie es euch bisher ergangen ist", fragt Werner die beiden jungen Männer. „Was treibt ihr und was habt ihr für Zukunftspläne?"

„Laßt mich rasch noch Michaela ins Bett bringen", bittet Kamilla. „Es interessiert mich doch auch, welche Ziele unsere Freizeitsöhne verfolgen."

Michaela wehrt sich gegen das Zubettgehen. Sie fühlt sich noch kein bißchen müde. Schließlich seien Fred und Gerhard ja auch ihre Freunde und daher stehe es ihr zu, noch bei ihnen zu bleiben.

Der Vater muß erst ein ernstes Wort sprechen. „Jetzt ist es genug, Michaela! Du gehst sofort ohne weitere Widerrede zu Bett!"

Als Kamilla sie bei der Hand nimmt, um sie in ihr Schlafzimmer zu führen, fragt sie: „Darf ich jetzt auch nicht sagen, was ich denke?"

„Nein, deine Argumente interessieren uns jetzt nicht!" erwidert der Vater in einem scharfen Ton.

Bald sitzen sie wieder beieinander. Fred und Gerhard berichten von ihrem Studium. Fred möchte Arzt werden, Gerhard hat sich den Lehrerberuf ausersehen.

„Wie schön", sagt Kamilla. „Beide habt ihr einen Beruf erwählt, der euch Dienst am Menschen tun läßt."

Gerhard weiß, worauf Kamilla anspielt, aber bewußt weicht er ihr aus.

„Es wird heute viel verlangt. Das Studium ist sehr umfassend."

„Erinnert ihr euch", fährt Kamilla fort, der es wichtig ist, etwas von dem inneren Standpunkt der beiden jungen Männer zu erfahren, „wie mein Mann in der Freizeit einige Male sagte: Was wir nicht haben, können wir nicht geben?"

„Daran erinnern kann ich mich nicht mehr, aber schließlich ist das ja klar. Ich muß den Stoff, den ich meinen Schülern beibringen will, erst selbst beherrschen."

„Ich glaube, meine Frau denkt jetzt mehr an die Kräfte, die aus der Verbindung mit Christus kommen, und die wir als Christen weiterzugeben haben."

„Ja, daran habe ich gedacht", bestätigt Kamilla.

Fred und Gerhard antworten nicht gleich. Sie sind zu wohlerzogen, als daß sie in selbstsicherer Art Widerspruch erheben würden. Doch auch ihr Schweigen ist Antwort genug.

„Ich meine", fährt Kamilla fort, „ein Arzt sollte immer auch zugleich ein Seelsorger sein; denn Geist, Seele und Leib gehören zusammen. Die Erkenntnis greift doch immer mehr um sich, daß viele Krankheiten ihren Ursprung im Seelischen haben, und daß der Ausgangspunkt mancher körperlicher Not irgendeine Schuld ist. Darum halte ich es für wichtig, daß ein Arzt zum Beispiel bei einem süchtigen oder depressiven Menschen die seelischen Hintergründe erkennt."

„Das wird der Psychotherapeut, wenn er seinen Beruf ernst nimmt, gewiß auch tun", pflichtet Fred höflich bei, ohne aber, genausowenig wie Gerhard, auf das Eigentliche einzugehen.

Nun schaltet sich Werner Sternkranz wieder ein. „Ich bin der Meinung, echte Psychotherapie kann überhaupt nur von einem Menschen ausgeübt werden, der selbst an den ewigen Quellen schöpft. Er muß etwas von den Abgründen der Dämonie, aber auch von der Befreiung daraus wissen. Jede andere Therapie lehne ich ab."

„Aber auch der praktische Arzt kann meines Erachtens seinen Beruf besser ausüben, wenn er die Zusammenhänge von Schuld und Befreiung kennt. Manch ein Kranker würde genesen, wenn er sich zuerst einmal innerlich helfen ließe. Andere würden ihre Krankheit besser tragen, wenn sie erkennen würden, daß eine gesunde Seele wichtiger ist als ein gesunder Körper. Aber nun äußert euch einmal selbst zu unserer Auffassung." Kamilla ist es, die sie herausfordert.

Gerhard, der Lebhaftere von beiden, ergreift als erster das Wort.

„Frau Sternkranz, wir, Fred und ich, gehörten vor zwei Jahren zu denen, die Ihrem Mann das Wort abnahmen und darüber nachdachten. Andere machten sich darüber lustig und lehnten es ab. Seitdem ist immerhin eine Zeit vergangen. Wir sind älter und selbständiger geworden, wir haben uns eine eigene Meinung gebildet."

„Ich würde mich nicht unbedingt so ausdrücken, Gerhard", verbessert ihn der Freund. „Ich könnte jedenfalls von mir persönlich noch nicht behaupten, daß ich zu einer abgeschlossenen Meinung gefunden hätte. Ich möchte sagen: heute würde ich nicht mehr so widerspruchslos das hinnehmen können, was Sie uns, Herr Sternkranz, über Gott, über Jesus Christus und die Bibel gesagt haben. Das soll nicht heißen, daß ich alles ablehne, aber kritischer bin ich geworden."

„Darüber kann dir niemand einen Vorwurf machen", erwidert Werner. „Das überlieferte Wort muß dir zur Erfahrung werden, damit du es bestätigen kannst. Christliche Tradition reicht nicht aus. Das, was ich versuchte, euch in der Freizeit nahezubringen, müßt ihr erproben. Gott ist euch jungen Leuten in den drei Wochen der Freizeit durch unsere Andachten und die Bibelarbeiten zumindest in den Weg getreten."

„Wie können Sie das behaupten, Herr Sternkranz?" unterbricht ihn Gerhard. Sein Ton ist spürbar auf Opposition eingestellt.

„Immer, wenn wir Gottes Wort vernehmen, begegnet er uns darin."

„Wenn ich nun aber Ihre Auffassung nicht teilen kann?"

„Gerhard, ich nehme es einem Menschen nicht ohne weiteres ab, wenn er sagt: Ich kann nun einmal nicht glauben. Ich frage ihn: Willst du überhaupt glauben? Schlage doch wenigstens einmal die Wege ein, die zum Glauben führen."

„Und die wären?"

Kamilla antwortet anstelle ihres Mannes, und er freut sich über ihren Eifer.

„Suchet in der Schrift, denn sie ist's, die von mir zeuget!"

„Aber die Theologen sind sich ja selbst nicht einig über das, was die Bibel aussagt. Da gibt es eine Richtung, die Jesus Christus als den Erlöser der Menschheit völlig ablehnt. Ebensowenig glauben diese Leute an seine Auferstehung von den Toten, an die Himmelfahrt und ..."

„An seine Wiederkunft", fügt Werner hinzu. „Das ist mir alles bekannt, Gerhard. Das war zu allen Zeiten so. Keinesfalls ist das etwas Neues, was die Anhänger der sogenannten modernen Theologie vertreten. Immer schon geht es um die Frage: Was denkt ihr von Christus? Und immer war es die Masse, die ihre Entscheidung in dieser Weise traf: Wir wollen nicht, daß dieser über uns herrsche! Das ist der Stein, den die Bauleute verworfen haben, und noch heute gilt: Das Wort vom Kreuz ist eine Torheit denen, die verloren werden; uns aber, die wir selig werden, ist's eine Gotteskraft!"

„Das sagen Sie, weil Sie ein überzeugter Christ sind."

„Ja, Gerhard, aber zu dieser Überzeugung bin ich erst gelangt, nachdem ich mich auf den Weg machte und zu suchen begann. Anders findet man nicht zu Jesus. Seht, ich bin keineswegs überrascht, daß Fred sagt, er habe sich noch keine abschließende Meinung bilden können. Es steht auch dir frei, Gerhard, deine Meinung zu haben. Gott zwingt niemand, an ihn zu glauben. Er hat dem Menschen die Würde der freien Willensentscheidung gegeben. Aber der Entscheidung ausweichen, das könnt ihr nicht mehr; denn ihr wißt von Jesus Christus. Und dieses Wissen verpflichtet zumindest zum ehrlichen Fragen und Suchen."

Gerhard hat die Hände in die Hosentaschen vergraben und die Beine von sich gestreckt. Nein, er gibt sich nicht so schnell geschlagen.

„Herr Sternkranz“, sagt er, „man kann uns modernen jungen Menschen doch nicht zumuten, daß wir noch an die Wunder der Bibel glauben! Sollte uns wirklich ein Gott erschaffen haben, dann hat er uns doch auch den Verstand gegeben. Er wird von uns nicht erwarten, daß wir an Dinge und Geschehnisse glauben, die unser Denken und Begreifen übersteigen.“

„Glaubst du nicht, daß Gott größer ist als unser Verstand?“

„Wäre er dann noch Gott, wenn wir ihn mit unserem Verstand analysieren könnten?“ fragt Kamilla.

„Fred wird als Arzt auf manche geheimnisvolle Gebiete stoßen“, fährt Werner fort, „die er nicht analysieren kann. Er wird einen Menschen sezieren, ohne seine Seele, seinen Geist bloßlegen zu können. Ist er darum berechtigt zu behaupten, daß es diese nicht gibt? Wie will er unser Fühlen und Empfinden, Lachen und Weinen, Denken und Entscheiden unter die Vernunft einordnen? Auch die Gehirnzellen geben längst nicht für alles eine Erklärung. Kann er zum Beispiel einem Patienten sagen: Es gibt keinen Schmerz? Wir haben ihn bei einer Operation oder Sezierung nicht gefunden.

Der Mensch glaubt an so vieles, was nicht mit Händen zu greifen ist. Wollen wir behaupten, es gäbe keine Elektrizität, weil wir sie noch nie gesehen haben? Ihre Auswirkung, ja, die kann man sehen. Gott können wir auch nicht sehen, aber er hat sich nicht unbezeugt gelassen.“

„Nehmen Sie es mir nicht übel, Herr Sternkranz“, entgegnet ihm Gerhard, „aber müssen Sie nicht so reden, schon von Berufs wegen? Ich weiß, Sie meinen es gut mit uns Jungen, aber Sie müssen uns schließlich die Freiheit zugestehen, uns eine eigene Meinung zu bilden, unsere Kraft zu erproben und auf unsere eigenen Erkenntnisse stolz zu sein."

„Eure Meinung, eure Erkenntnis ..." wiederholt Werner sinnend. „Geht es letztlich darum? Ich meine, es geht um das unübersehbare Angebot Gottes, das uns in Jesus Christus gegeben ist. Aber es ist wahr, erzwingen kann und darf man nichts. Wir müssen euch jungen Menschen zu allererst vorleben, was wir als Wahrheit erkannt haben. Bei deinen Worten, Gerhard, — Freiheit, Kraft, Stolz — fiel mir soeben ein Wort von E. v. Kirchbach ein. Es könnte sein, daß ich es euch schon während der Freizeit gesagt habe. Es heißt:

Unsere Freiheit liegt im Gehorsam,
unsere Kraft in der Sanftmut,
unser Stolz in der Demut,
unsere Herrschaft im Dienst.

Vielleicht liegt es wirklich daran, daß die heutige Generation deshalb so schwer von der Glaubenswahrheit zu überzeugen ist, weil wir, die wir ihr ein Vorbild sein müßten, so oft versagt haben. Das ist für uns sehr demütigend, aber wir müssen daraus lernen."

Gerhard schweigt betreten. So hat er es natürlich nicht gemeint.

Fred aber ist bemüht, diesen ihm peinlich scheinenden Augenblick zu überbrücken. Deshalb erwidert er: „Aber Sie doch nicht, Herr Sternkranz. Sie und Ihre Frau sind uns wirklich Vorbilder gewesen. Und da waren auch noch andere, die sich in der Tat bewährten, und die ich im stillen bewunderte. Wenn ich zum Beispiel an Friedegart denke."

„Ja, was ist aus der geworden?" fragt Gerhard, froh, daß das Gespräch nun eine andere Wendung nimmt. Schließlich will er das Ehepaar Sternkranz ja nicht kränken, nachdem es sie so herzlich aufgenommen hat.

„Friedegart ist Diakonisse geworden und fühlt sich sehr glücklich in ihrem Dienst an den Kranken", beantwortet Kamilla seine Frage.

„Das glaube ich gern", stimmt Fred ein. „Sie war auch in der Freizeit immer sehr hilfsbereit."

„Haben Sie Verbindung zu den anderen behalten? Was ist aus Benno geworden?"

„Und wie geht es Lilo? Hat sie einen Sohn oder eine Tochter?"

Kamilla lächelt. Auch in der Erinnerung der jungen Leute gehören die beiden einfach zusammen. Sie ist glücklich, Gutes von ihnen berichten zu können, erzählt von Lieselottes Tochter, die in Frankreich geboren ist, von dem segensreichen Einfluß der Bibelschule auf das junge Mädchen und daß Benno seit längerer Zeit wieder Verbindung mit ihr aufgenommen hat und sie fest hoffe, daß die beiden eines Tages heiraten werden. Als sie dann aber erzählt, daß Benno jetzt ebenfalls in Paris ist und an den freien Nachmittagen eifrig die Bibelschule besucht, schüttelt Gerhard sprachlos den Kopf. Bibelschule? Wie kann man nur? Er spricht es nicht aus, aber auf seinem Gesicht ist es zu lesen.

„Und die anderen?" forscht Fred weiter.

„Manche habe ich aus den Augen verloren", antwortet Werner Sternkranz. „Verschiedene sind zur Berufsausbildung oder zum Studium nach auswärts gegangen. Von etlichen habe ich die Spur wieder aufgenommen, weil ich wissen wollte, was aus ihnen geworden ist. Dabei habe ich manches Erfreuliche, aber auch Trauriges erfahren."

„Stimmt es, daß Horst Brettnau sich das Leben genommen hat?" will Gerhard wissen. „Fred hat es von seiner Mutter gehört. Wir konnten es kaum glauben."

Über das Gesicht der Eheleute zieht ein Schatten. Nie werden sie ohne Schmerz an das traurige Ende dieses jungen Menschen denken können.

„Ja, es stimmt!" erwidert Werner.

„Aber wie konnte er nur? Er lebte doch in guten Verhältnissen, konnte sich jeden Wunsch erfüllen und kannte keine Sorgen."

„Gerade das war es", antwortet Kamilla, die es ihrem Mann abnimmt, auf diese Frage einzugehen. Sie weiß, wie sehr er noch immer unter dem Gedanken leidet, daß einer seiner jungen Leute einen solchen Weg eingeschlagen hat und daß er, Werner, nicht imstande war, ihn frühzeitig von der umgestaltenden Kraft des Evangeliums zu überzeugen.

So erzählt sie von dem unvergeßlichen Besuch Werners kurz nach dem Selbstmord von Horst im Hause seiner Eltern. Danach sind eine Weile alle vier still, jeder ist in seinen Gedanken mit dem unglücklichen Jungen beschäftigt.

Gerhard bricht zuerst das Schweigen. Irgendwie ist es ihm unbehaglich, sich mit der Frage nach der eigentlichen Ursache des Todes seines Kameraden auseinanderzusetzen.

„Und Günther Schneid? Stimmt es, daß er im Gefängnis war?“ Es schwingt bereits wieder ein Ton von Spott und Ironie zwischen seinen Worten. „Er hat doch gegen Ende der Freizeit so fromme Anwandlungen gehabt! Die scheinen ihn aber auch nicht vor der Verbrecherlaufbahn bewahrt zu haben.“

„Bitte, sprich nicht so!“ wagt Kamilla den jungen Mann zurechtzuweisen. „Er hat es damals sicher ernst gemeint, ist aber nicht stark genug gewesen, um dem üblen Einfluß seiner leichtfertigen Kameraden widerstehen zu können.“

„Aber ich konnte ihm nach seiner Entlassung aus dem Gefängnis eine Stelle bei einem Bauern verschaffen“, fährt Werner fort. „Dieser und seine Frau sind kinderlos. Sie haben sich Günthers sehr angenommen, und er ist dort wie ein Sohn im Hause. Was mich besonders freut ist, daß er Geschmack an der Landarbeit gefunden hat. Auch ist er sehr tierlieb. Ich habe ihn schon mehrfach besucht, und er spricht nicht mehr davon, in die Stadt zurückzuwollen.“

„Du darfst den beiden auch ruhig sagen, daß dein Büchlein ihm einen großen Dienst erwiesen hat und eine der Ursachen war, daß er sich wieder zurechtgefunden hat.“

„Sie haben ein Buch geschrieben, Herr Sternkranz?“

„Nur eine Broschüre, in der ich Begegnungen mit Menschen schildere. Ich möchte damit anderen helfen.“

Kamilla ist mit freudigem Stolz aufgesprungen, ins Arbeitszimmer ihres Mannes geeilt und kommt nun mit zwei Exemplaren dieses Büchleins zurück. „Nicht wahr, Werner, ich darf beiden eins geben?“

„Aber gerne."

„Und Sie schreiben uns eine Widmung ein?" bittet Fred.

„Natürlich, wenn ihr wollt."

„Du liebe Zeit" befürchtet Gerhard. „Wenn Sie von Begegnungen mit allerlei Menschen schreiben, dann muß man ja mächtig aufpassen, wenn man mit Ihnen ins Gespräch kommt."

„Du scheinst kein ganz gutes Gewissen zu haben", neckt ihn der Freund.

„Niemand wird sich selbst in diesem Büchlein wiederfinden", beruhigt ihn Werner. „Ich habe alle Erlebnisse dementsprechend verändert. Doch bin ich dankbar, daß ich aus meinem Leserkreis immer wieder ein Echo vernehme. Das beweist mir, daß die kleine, bescheidene Schrift ihre Aufgabe erfüllt."

„Ich muß zugeben", erwidert Fred, „daß mich die Lebensgeschichte der Frau Monier, die Sie uns damals vorlasen, tief beeindruckt hat. Und wenn ich sie überdenke, dann will es mir scheinen, als handele Gott doch mit jedem einzelnen Menschen."

„Das freut mich, Fred, von dir zu hören!" sagt Werner Sternkranz. „Vielleicht interessiert es euch, daß Frau Monier mir ihre Niederschrift überlassen hat. Ich möchte sie für mein nächstes Buch bearbeiten."

„Der Verleger meines Mannes hat ihn nämlich gebeten, mehr zu schreiben", berichtet Kamilla eifrig. Man sieht ihr an, wie glücklich sie darüber ist. Sie wirft ihrem Mann einen frohen Blick zu und fährt fort: „Offenbar sind dem Verleger aus dem Leserkreis viele Zuschriften zugegangen. Auch Werner hat eine ganze Anzahl erhalten, in denen Leser sich dafür bedanken, daß ihnen durch das Büchlein wieder neue Hoffnung und Lebensmut geschenkt wurde."

„Auch wir gratulieren, Herr Sternkranz", sagt Gerhard galant und steckt das Büchlein ein, nachdem Werner es signiert hat. In seinem Innern zweifelt er allerdings daran, daß es ihm etwas bedeuten könnte. Doch ist er durch diesen Abend Werner Sternkranz wieder um einiges näher gerückt und kann nicht leugnen, daß dessen geradlinige, saubere Art ihm alle Hochachtung abverlangt.

Noch andere Namen werden an diesem Abend genannt. Werner Sternkranz erzählt von seinen Besuchen, soweit er davon berichten kann und darf. Nur wenige sind es, von denen er gar nichts weiß. Fast alle haben einen ordentlichen Beruf, aber nur einige leben als bewußte Christen.

Es ist ziemlich spät, als Fred und Gerhard sich erheben.

„Wir hatten gar nicht vor, so lange zu bleiben", sagt Fred, als er sich verabschiedet. „Aber es war so gemütlich, geradeso wie in der Hirslhütte."

„Nur mit etwas mehr Komfort", fügt Gerhard hinzu und umfaßt mit seinen Blicken noch einmal die geschmackvoll eingerichtete Wohnung.

„Haben Sie vielen Dank, Herr Sternkranz, daß Sie uns so viel Zeit opferten! Und nehmen Sie mir meinen Widerspruchsgeist nicht übel! Ich bin von Kind an immer schon auf Opposition eingestellt. Jedenfalls merkt man bei Ihnen und Ihrer Frau, daß Ihr Christentum nicht Fassade ist."

Werner reicht beiden die Hand.

„Wir haben uns herzlich über euren Besuch gefreut! Wenn ihr heute noch zu den Glaubensdingen kein rechtes Verständnis gefunden habt, dann ist das nichts, worüber wir euch einen Vorwurf machen dürften. Ich hoffe aber, daß unser Gespräch nicht vergeblich war und daß ihr beide später einmal bestätigen könnt, daß es sich lohnt, Gott ernst zu nehmen und Jesus Christus als Herrn anzuerkennen!"

Werner und Kamilla stehen noch eine Weile auf dem Balkon und blicken den jungen Männern nach. „Es war ein schöner Abend", sagt Kamilla. „Die beiden werden sicher tüchtige Männer werden, die ihren Platz ausfüllen. Fred steht meines Erachtens dem Reiche Gottes näher als Gerhard, der eine zu selbstsichere Art hat."

„Gott wird auch mit ihm fertig", erwidert Werner. „Es muß für jeden Gottes Stunde kommen."

Sie bleiben noch einige Minuten still beieinander stehen und blicken hinauf zu dem klaren Sternenhimmel, der sich über ihnen wölbt. Es übersteigt alles Fassungsvermögen, daß der große Gott, aus dessen Händen alles hervorgegangen ist, der das Universum mit dem Wort seines Mundes erschaffen hat, daß dieser Gott sich um den einzelnen Menschen kümmert.

„Was meinst du?" unterbricht Werner die Stille. „Sollen wir sie nicht alle wieder einladen, wenn wir das nächste Mal ins Gebirge gehen?"

„Au, fein!" stimmt Kamilla zu, die stets begeisterungsfähig ist. „Dann sollen sie ihre Kinder mitbringen, so daß es nicht nur eine Jugendfreizeit, sondern auch eine Familienfreizeit gibt. Ich hoffe, daß bis dahin

Benno und Lieselotte auch verheiratet sind und mit ihrer kleinen Benitta teilnehmen."

„Gleich morgen will ich an den Hirslsepp schreiben", sagt Werner, „und die Hütte bestellen. Für die Verheirateten wollen wir in seinem Haus ein paar Zimmer reservieren lassen."

„Ach, Werner, es ist schön, im Dienst am Menschen zu stehen! Doch nun laß uns zu Bett gehen, damit wir neue Kraft schöpfen."

„Ich will noch eine Stunde an meiner Predigt arbeiten", sagt Werner. „Geh du nur schon schlafen!"

„Bist du dir inzwischen über deinen Text klar?"

„Ja, ich werde über den vierfachen Acker sprechen. Du weißt doch: Etliches fiel an den Weg, etliches fiel auf das Felsige, etliches unter die Dornen —"

„Und etliches fiel auf gutes Land", vollendet Kamilla den Satz und schmiegt sich einen Augenblick an ihren Mann. Sie weiß, warum er diesen Text gewählt hat. Not und Hoffnung der vergangenen Monate, durch die er sich hindurchringen mußte, sprechen aus diesen Versen. Und darum wiederholt sie es noch einmal: „Werner, vergiß nicht: etliches fiel auch auf ein gutes Land und trug viel Frucht!"

Er versteht sie, legt den Arm um ihre Schulter und blickt ihr in die Augen. „Und der Sämann hörte nicht auf, Kamilla. Im nächsten Jahr schritt er wieder über den Acker, trotz des Felsens, trotz der Dornen, trotz der Vögel. Er säte seinen Samen und traute es Gott zu, daß er wenigstens etwas davon aufgehen ließe. Denn das war ja nicht seine, sondern Gottes Sache. Er hatte nur zu säen."

Da küßte Kamilla ihren Mann in tiefer Bewegung. „Du hast eine wichtige Lektion gelernt, Liebster! Nun brauche ich mir keine Sorgen mehr um dich zu machen."

„Paris! Gare de l'Est! Le train de Strasbourg arrive! Tout le monde descend!"

Der Sprecher wiederholt dasselbe in Deutsch, weil mit diesem Zug viele Deutsche kommen: „Paris! Ostbahnhof! Der Zug aus Straßburg ist eingetroffen! Alles aussteigen!"

Lieselotte vernimmt mit Entzücken, die ihr so liebgewordene, melodische französische Sprache. Schon vor einer halben Stunde hat sie ihren Koffer aus dem Gepäcknetz gehoben und alles zum Aussteigen vorbereitet. Kurz bevor der Zug in die Bahnhofshalle fährt, ist Benitta aufgewacht. Lange hat sie, sorgsam gebettet, neben ihrer Mutter auf den Polstern des Wagens erster Klasse geschlafen. Pfarrer Weilbronn hat Schwester Otti vor ihrer Abfahrt noch einen Geldschein in die Hand gedrückt mit der Bemerkung: „Unter keinen Umständen fahren Sie anders als erste Klasse. Sonst ist die lange Reise für Sie und die Kleine viel zu anstrengend." Dankbar hat Lilo den alten Herrn angeblickt. Es fiel ihr nun gar nicht so leicht, ihn zu verlassen. Der Pfarrer blieb jetzt mit der alten, immer gebrechlicher werdenden Kathi ganz alleine im Pfarrhaus zurück. Fest hatte sie sich vorgenommen, nach einem passenden Menschen Umschau zu halten, der sich seiner annahm und ihn versorgte.

„Ich werde Sie nie vergessen, Herr Pfarrer!" hatte sie gesagt, als er sie zum Bahnhof begleitet und dort zum ersten Mal auch ihre kleine Tochter gesehen hatte, die Kamilla an den Zug brachte. „Welch ein liebliches Kind!" hatte der alte Herr festgestellt. Am liebsten würde ich Schwester Otti mit ihrer kleinen Tochter bei mir behalten — anstelle meiner eigenen, die nun schon seit Jahren verschollen ist! dachte er. Doch plötzlich war er stutzig geworden, als Kamilla Lieselotte den Auftrag gegeben hatte, Benno zu grüßen. „Sage ihm, daß ich überzeugt sei, es werde mit euch beiden alles noch recht werden."

„Benno?" hatte der Pfarrer wiederholt. „Was haben Sie gesagt? Benno? Benno Stark?" Mit seiner Hand hatte er die Stirn berührt, so, als ginge ihm plötzlich ein Licht auf. „Daß mir der Gedanke nicht gekommen ist, als Sie davon sprachen, daß Ihr Freund in Paris sei? Nicht den geringsten Zusammenhang habe ich geahnt, als Herr Stark mir von seinem Sohn erzählte. Nein, so was!"

„Herr Pfarrer, auch der hat nicht die geringste Ahnung, daß ich diejenige bin, die sein Sohn heiraten will, und die er von vornherein, ohne mich auch nur einmal gesehen zu haben, als seine Schwiegertochter ablehnte."

„Aber wenn er das wüßte, Schwester Otti, dann würde er bestimmt auf der Stelle seine Meinung ändern. Es war offensichtlich, daß Sie ihm gefielen!"

„Sie müssen mir zum Abschied versprechen, daß Sie kein Wort davon verraten. Sie dürfen es ihm nicht sagen, wer ich bin. Bitte, Herr Pfarrer!"

„Gut, Schwester Otti. Ich verspreche es!" hatte der alte Herr mit einem lachenden und einem weinenden Auge gesagt. In seinem Innern aber hatte er den Satz so vollendet: „Aber wie du bist, das werde ich ihm sagen!“

„Wir wollen miteinander in Verbindung bleiben“, waren die letzten Worte des Pfarrers gewesen, bevor der Zug sich in Bewegung gesetzt hatte.

„Betrachten Sie mich als Ihren väterlichen Freund, der um Ihr Wohl und Wehe besorgt ist.“

„Danke, Herr Pfarrer!“ hatte Lieselotte in tiefer Bewegung geantwortet: „Dieses Wort ist mein schönstes Abschiedsgeschenk.“

Und nun war es soweit. Sie befand sich am ersehnten Ziel ihrer Reise.

Ein hochgewachsener junger Mann mit ernstem und doch glücklichem Gesicht steht auf dem Bahnsteig, als der Zug einfährt. Noch kann er es kaum fassen, daß seinem sehnsüchtigen Warten endlich Erfüllung geschenkt wird. Lieselotte in Paris! — Da sieht er sie mit der Kleinen am Fenster des Abteils. Auch sie erblickt ihn, und tiefe Röte färbt ihr Gesicht. Wie oft hat sie sich diesen Augenblick ausgemalt!

Benno ruft einen Gepäckträger herbei, der sich der Koffer annimmt. Er aber hilft Lilo behutsam aus dem Wagen und schließt beide, Mutter und Kind, in seine Arme. Über Lieselottes Wangen laufen Tränen. Ihr ist, als sei ihr ganzes bisheriges Leben ein einziges Sehnen nach diesem Augenblick gewesen.

Dann nimmt Benno wie selbstverständlich die kleine Benitta auf den Arm. Das Kind sieht ihn zuerst mit großen, fragenden Augen an, dann aber schmiegt es seine Wange an das Gesicht des fremden Mannes und läßt sich von ihm ins Auto tragen. Lieselotte geht an seinem anderen Arm. Ihr scheint es kaum noch eine Steigerung des Glückes zu geben.

Ruhig und umsichtig fährt Benno die beiden Menschen, die jetzt unlöslich zu ihm gehören, durch die belebten Straßen von Paris. Was sind noch die paar Monate der räumlichen Trennung bis zu der Stunde, da sie für immer vereint sein werden, er und seine Lilo! Natürlich gehört Benitta dazu. Vom ersten Augenblick an, als sie ihre großen Augen fragend auf ihn richtete, hat er ihr einen Platz in seinem Herzen zugesichert. Schon jetzt betrachtet er sich als Vater, dem es Pflicht und Freude zugleich ist, für das ihm anvertraute Kind zu sorgen.

Lieselotte feiert Wiedersehen mit so manchem ihr liebgewordenen Platz. Sie macht Benno auf diese und jene Sehenswürdigkeit aufmerksam, bis er verwundert ausruft: „Und ich glaubte, dir erst die Schönheiten der Stadt erschließen zu müssen! Dabei kennst du dich offensichtlich besser aus als ich."

„Schließlich war ich ja auch länger in Paris als du!" lacht sie zurück. „Aber es gibt bestimmt noch vieles, was wir gemeinsam aufsuchen und erleben werden. Paris ist ja so groß!"

„Ich glaube, ich werde erst jetzt richtig wach und empfänglich für all die verschiedenen Eindrücke sein", fährt Benno fort. „Solange ich allein hier war, tat ich alles nur mit geteiltem Herzen. Anders wurde es erst, als ich die Bibelschule kennenlernte."

„Das glaube ich", erwidert Lieselotte beglückt. „Es ist mir ähnlich ergangen. Und nun wird es doppelt schön, weil wir alles gemeinsam erleben können."

Bald sind sie im Kinderheim. Benno ist beglückt, zu erleben, mit welcher Herzlichkeit die Oberschwester und ihre Mitarbeiter Lieselotte aufnehmen.

„Wir haben so sehr auf Sie gewartet! Und wie groß ist Benitta geworden! Kommen Sie nur schnell herein. In Ihrem Zimmer ist das Abendessen aufgetragen. Die Kleine wird müde sein und schnellstens zu Bett müssen."

Eine junge Schwester bietet sich an, Benitta zu versorgen und schlafen zu legen. Lieselotte aber lehnt freundlich dankend ab.

„Das ist sehr lieb von Ihnen, jedoch habe ich so lange auf dieses schöne Amt verzichten müssen, daß ich mich darauf freue, meine kleine Tochter jetzt wieder selbst versorgen zu können. Nicht wahr, Sie verstehen das?"

Bittend blickt sie auch Benno an. „Und du verstehst das bitte auch!" Einen ganz kleinen Augenblick will etwas in ihm aufbegehren: Also stehe ich nicht an erster Stelle! Doch dann weist er solche törichten Gedankengänge energisch zurück. Diese langersehnte Stunde ist zu kostbar, als daß lächerliche Eifersucht sie trüben dürfte.

Während Lieselotte Benitta zu Essen gibt und für die Nacht zurechtmacht, sitzt Benno im gemütlichen Wohnzimmer, das man für Lieselotte eingerichtet hat. Es ist nicht groß, aber mit erlesenem Geschmack sind die Möbel ausgesucht. Erst später erfährt er, daß Mutter Burgunda sie für Lieselotte gekauft hat und daß sie einmal das eigene Heim schmücken sollen. Sogar einige wertvolle Bilder hängen an den Wänden. Der Tisch ist mit erlesenem Porzellan gedeckt. Ein Strauß von bunten

Herbstastern steht dazwischen. Frau Monier hatte angeordnet, daß Schwester Lieselotte ein zweites Zimmer bekommt, in dem sie mit ihrem Kind schläft. Tagsüber wird die Kleine mit anderen, gleichaltrigen Kindern zusammen sein.

Benitta ist sofort eingeschlafen. Nun sitzen die beiden endlich Vereinten nebeneinander und schauen sich glückselig in die Augen. Noch können sie es kaum fassen, daß aus ihrer Sehnsucht Erfüllung geworden ist. Lieselotte gießt den duftenden Tee in die hauchfeinen Tassen, legt ihrem Liebsten Fleisch und Brot auf den Teller und ermuntert ihn zum Essen, obwohl sie selbst vor lauter Freude kaum einen Bissen herunterbringt.

So viel hätten sie sich zu sagen, so manches zu fragen und zu klären, aber sie empfinden es beide: das größte Glück benötigt keine Worte. In ihren Herzen schwingt nur eine Glocke: Dank und Liebe!

Als Benno sich verabschiedet, gibt es weder Trennungsschmerz noch Bedauern, daß der langersehnte Abend nun schon zu Ende ist. Morgen und übermorgen und am nächsten Tag und immer so weiter werden sie beieinander sein dürfen. Noch wissen sie zwar nicht, wann, wo und wie ihr Hochzeitstag stattfinden wird, aber das vermag ihre Freude nicht zu trüben. Sie wissen, daß Sie beide unlöslich zusammengehören. Nie wieder werden sie sich trennen! Die größte Erkenntnis aber, die ihnen geworden ist, ist die, daß sie ihre Zukunft Gott überlassen können. In ihnen ist ein beinahe fröhliches Erwarten darauf, wie er es hinausführen wird.

Pfarrer Weilbronn geht durch die leergewordenen Räume des alten Pfarrhauses, als suche er etwas. Ach, er weiß nur zu genau, was und wen er vermißt. Er hätte es kaum für möglich gehalten, daß er einmal Heimweh nach seinem armen, kranken Enkelsohn bekommen würde. Wenn er sich so lange gegen die Erkenntnis gesträubt hat, Peter in eine Heil- und Pflegeanstalt zu bringen, dann sind es andere Gründe gewesen, die ihn dazu bewegten.

Einmal hatte er sich in die Idee verrannt, er müsse das mißgestaltete, fallsüchtige Kind vor den Augen anderer verbergen. Ja, er hatte sich seiner geschämt und es als Schande empfunden, einen solchen Enkelsohn zu haben.

Dann aber hatte ein gewisser Stolz ihn zurückgehalten, Peter in eine Anstalt zu geben. Er wollte sich nicht nachsagen lassen, daß er die Last einfach abschiebe.

Vielleicht war es auch ein krampfhaftes Festhalten an dem letzten Vermächtnis seiner Tochter gewesen. Zwölf Jahre sind seit ihrem Fortgehen vergangen. Nie wieder hatte er von Annemone gehört, keine Zeile hat sie geschrieben, mit keinem Wort nach ihrem Sohn gefragt. Er war darüber ein alter Mann geworden, obgleich er noch keine fünfundsechzig Jahre zählte. Warum hatte Gott ihm auch so früh seine Frau genommen?

Immer wieder glaubte er zu wissen, daß alles anders gekommen wäre, wenn sie noch leben würde. Annemone hätte nicht so früh, vor allem nicht diesen viel älteren, degenerierten Schauspieler, einen völlig verlebten Mann, heiraten dürfen! Sicher hätte sie in einer anderen Ehe, so meinte er, ein gesundes Kind zur Welt gebracht. Und doch — dieses kranke Kind war nun einmal das einzige, was ihm von seiner Tochter noch übriggeblieben war. Daher hatte er sich auch so lange gesträubt, es fortzugeben.

Von den Gemeindegliedern wußte kaum jemand, durch welche Not der Einsamkeit und Enttäuschung ihr Pfarrer Jahre hindurch gegangen war. Mit wem hätte er auch darüber sprechen können? Alle erwarten von ihm Trost, Verständnis, Hilfe. Und er war doch auch nur ein Mensch. Nach dem frühen Tod seiner Frau hatte er mehrfach überlegt, ob er sich noch einmal verheiraten sollte. Doch welcher Frau hätte er die Pflege des kranken Jungen zumuten können? Und dann die Schande mit Annemone! Welche Frau hätte begriffen, daß er sich trotz allem nach dieser mißratenen Tochter sehnte. Bis vor wenigen Jahren hatte er immer noch gehofft, sie käme eines Tages mit jenem Mann zurück, mit dem sie einfach losgezogen war. Das war auch ein Grund gewesen, weshalb er Peter nicht fortgab. Wie hätte er vor seiner Tochter dagestanden, wenn sie bei ihrer Rückkehr ihren Jungen nicht mehr bei dem Großvater vorgefunden hätte? Inzwischen schien es ihm fraglich, ob sie noch lebte. Alle Nachforschungen waren bisher vergeblich gewesen. Annemone blieb verschollen.

Mit dieser Last auf dem Herzen war er all die Jahre hindurch auf die Kanzel gestiegen und hatte gepredigt. Wer ihn kannte oder seine beiden Bücher gelesen hatte, merkte nichts von dem, was er innerlich durchzustehen hatte. Krampfhaft suchte er in der Seelsorge zu verbergen, daß er selbst ein Ungetrösteter war. Er hatte aufgehört, für die Rückkehr seiner Tochter zu beten und war bitter geworden. In seinem Innern grollte er Gott, der ihm alles im Leben zerstört und aus den Händen gerissen hatte, was er liebte. Es blieb nicht aus, daß er an seinem Auftrag zu zweifeln begann. Konnte er denn überhaupt noch an das glauben, was er predigte?

Nach außen hin hatte er stets vermocht, Haltung zu bewahren. Er wünschte keine Teilnahme, kein Mitgefühl. Er wollte mit seinem Schicksal allein fertig werden. Nun sehnte er den Tag seiner Pensionierung herbei. Er war des Lebens müde geworden.

Ach, wie fehlt ihm die frische, tapfere Schwester Otti, die wahrhaftig auch kein leichtes Leben hinter sich hatte und noch so jung ist! So manches Gespräch klingt in ihm nach, während er in seiner Verlassenheit durch die Räume seiner Wohnung pendelt.

„Was haben Sie oder Ihre Schwester abends immer mit Peter gebetet?" hatte Schwester Otti ihn an einem der ersten Tage ihres Hierseins gefragt. „Er drückt sich nicht klar aus, wenn ich ihn danach frage. Und ich möchte ihn nicht gleich zu Anfang mit einem neuen Gebet belasten."

„Mit Peter beten?" hatte er ganz verwundert gefragt. „Davon versteht er ja doch nichts!"

„Meinen Sie wirklich?" Eine Weile hatte sie nachgedacht, ehe sie weitersprach. „Frau Monier hat mich dazu angeregt, mit meiner kleinen Tochter — besser gesagt: über meiner kleinen Tochter vom ersten Tage an zu beten. Sie glaubt, daß das Gebet eine Macht ist, durch die wir die göttlichen Kräfte der Bewahrung und des Segens herbeirufen. Sollte man das nicht immer tun, ganz gleich, ob ein Kind es versteht oder nicht?"

Damals hatte er sich über sie ein wenig geärgert. Er ließ sich doch schließlich nicht von dieser jungen Schwester Vorschriften machen. Aber dann war er doch nachdenklich geworden, als sie mit traurigem Gesichtsausdruck ihre Ansicht kundgetan hatte: „Mit mir hat niemand gebetet, als ich ein Kind war. Vielleicht hätte ich manches Dunkle nicht erleben müssen, wenn man mir frühzeitig den rechten Weg gewiesen hätte!"

Pfarrer Weilbronn erinnert sich, wie sie ihm erzählt hatte, daß ihr Freund ihr ernstlich zürne, weil sie nicht zu ihm nach Paris gekommen sei, sondern die Stelle im Pfarrhaus angenommen habe. Auf seine Frage, warum sie das getan habe, hatte sie ganz einfach und selbstverständlich erklärt: „In der Bibelschule hat man mich gelehrt zu fragen: Was willst du, Gott, das ich tun soll?"

Damals hatte er ein bißchen gelächelt. Glaubte denn dieses törichte Mädchen wirklich, der große Gott kümmere sich um ihre kleinen Lebensentscheidungen? Heute empfindet er, daß sie mehr besitzt als er, der zu fragen verlernt hat: Gott, was willst du, das ich tun soll?

Noch eine andere Erinnerung steigt in Pfarrer Weilbronn auf. Es war an jenem Tag, als Schwester Otti ihm Einblick in ihr Leben gewährte. Damals hatte er für ihr Vertrauen gedankt und ihr anerkennend gesagt, daß sie ein tapferes Mädchen sei. Sie aber hatte ganz schlicht erwidert: „Ich bin nicht tapfer, aber ich habe ein Ziel, und Gott hat mir die Augen für den Sinn meines Lebens geöffnet."

Der Sinn des Lebens! Am Anfang seines Dienstes als Pfarrer hatte auch er gemeint, etwas Ähnliches vor sich zu sehen. Damals hatte er sich vorgenommen, nicht nur ein guter Kanzelredner, sondern auch ein guter Seelsorger zu sein. Ja, das hätte wohl der Sinn seines Lebens werden können. Aber was war daraus geworden?

Pfarrer Weilbronn hält in seinem unruhigen Lauf inne und faßt sich an die Stirn. Was ist nur über ihn gekommen, daß solche Gedankengänge ihn peinigen? Wird er nicht in seiner Gemeinde geachtet, genießt er nicht die Wertschätzung seiner Kollegen? Wie kommt es nur, daß er das Empfinden hat, vor dem Bankrott seines Lebens zu stehen? Greift die Schwermut nun auch noch nach ihm — diese unheilvolle Krankheit unserer Zeit?

Pfarrer Weilbronn nimmt den Hut von der Garderobe und verläßt das Pfarrhaus. Er muß sich ablenken, und wenn er nur einen Spaziergang macht. Dieser Aufruhr in seinem Innern erdrückt ihn fast. Einen kleinen Augenblick kommt ihm der Gedanke, er könne wieder einmal nach der alten Frau Beck sehen, die schon dreißig Jahre gelähmt auf ihrem Lager zubringt. Aber er verwirft diese Regung sofort wieder. Was soll er gerade jetzt bei ihr? Er kann sie weder trösten noch ihr helfen.

Während er auch heute lächelnd nach links und rechts grüßt und als der freundliche, liebenswürdige Pfarrer gilt, lassen ihn seine Gedanken nicht los. Schon einmal ist ihm eine junge Frau in den Weg getreten, bevor Schwester Otti in sein Haus kam. Frau Sternkranz hatte es gewagt, ihm Dinge zu sagen, die ihm, dem Pfarrer, noch niemals jemand gesagt hatte: Räumen wir Gott in unserem Dasein nicht vielfach nur einen sogenannten Herrgottswinkel ein, anstatt ihm den ersten Platz zu gewähren, den er zu beanspruchen hat? Gott ist nicht unser Gepäckträger, den wir herbeiwinken können, um ihm eine Last abzugeben, und den wir wieder wegschikken, wenn die Dunkelheit vorüber ist. — Hatte er es in der Tat nicht ähnlich gemacht, als er mit Gott zu hadern begann? Aber noch etwas anderes hatte diese junge Frau gesagt: Gott kann uns oft nicht geben, was unser Herz wünscht, weil wir unsere Lust nicht an ihm haben. Bei diesen Gedanken war sie von dem Vers aus dem 37. Psalm ausgegangen: „Habe deine Lust an dem Herrn, der wird dir geben, was dein Herz wünscht."

Pfarrer Weilbronn wird plötzlich aus seinem Sinnen aufgeschreckt. Laut wird er angesprochen: „Guten Tag, Bruder Weilbronn!"

„Guten Tag, Herr Dekan!" erwidert er steif, aber mit jenem Lächeln, das er im Gebrauchsfall sofort bei der Hand hat, auch wenn ihm danach gar nicht zu Mute ist.

„Eigentlich bin ich auf dem Weg zu Ihnen", fährt der Dekan fort. „Ich habe heute und morgen hier in Ihrer Nähe zu tun und dachte, es wäre schön, Sie wenigstens kurz im Pfarrhaus begrüßen zu können. Aber ich sehe, daß Sie unterwegs sind. Da ist es heute wohl nicht angebracht?"

Nein, Pfarrer Weilbronn kann den neuen Dekan, zu dem er noch gar kein persönliches Verhältnis hat, nicht brauchen. Er ist einfach nicht in der Verfassung, sich auf den Antrittsbesuch seines neuen Vorgesetzten einzustellen. Dummerweise ist er ihm schon einmal so unverhofft begegnet. Das war vor zwei Wochen, als er mit Schwester Otti und Peter auf dem Bahnsteig stand, um den Jungen in die Heil- und Pflegeanstalt zu bringen. In den Boden hätte er sinken mögen, daß ausgerechnet der Dekan den armen Jungen sehen mußte, der lallend vor ihm stand, während der Speichel aus seinem Mund floß.

„Es wäre mir lieber, Herr Dekan, wenn Sie morgen kommen würden. Ich —", zum Glück fällt ihm die alte Frau Beck ein, „ich bin auf dem Weg — ich hatte gedacht, einen Besuch bei einer gelähmten Frau zu machen."

„Natürlich, das geht vor", sagt der Dekan. „Wenn es Ihnen recht ist, komme ich also morgen um diese Zeit zu Ihnen."

„Gewiß, Herr Dekan."

„Aber bitte, doch nicht so formell! Sagen Sie einfach Bruder zu mir. Wir sind doch Kollegen, und was noch viel schöner ist, Brüder, Brüder im Herrn."

Pfarrer Weilbronn murmelt etwas. Dann geht jeder seines Weges. Nun bleibt dem Pfarrer ja nichts anderes übrig, als den Besuch bei der Kranken zu machen, wenn er nicht die Achtung vor sich selbst verlieren will. Und morgen will also dieser — dieser Bruder Dekan zu ihm kommen. Wenn der wüßte, wie wenig ihm an seiner Bruderschaft liegt!

Und dann sitzt Pfarrer Weilbronn am Bett der gelähmten Frau, die er schon Monate lang nicht besucht hat. Ihre Freude ist groß. Er sieht, daß es mit ihr seit seinem letzten Hiersein merklich schlechter geworden ist.

„Daß Sie zu mir kommen, Herr Pfarrer!" sagt sie und hält dabei lange seine Hand in ihren abgezehrten Fingern. „Ich mußte in letzter Zeit so viel an Sie denken, und —", ihre Stimme wird ein wenig verschämt, als sei es Vermessenheit, so zu sprechen, „ich mußte mehr noch als sonst für Sie beten! Wissen Sie, das ist ja das einzige, was ich noch tun kann. Aber vielleicht ist es mehr, als man weiß."

Das ist dieselbe Richtung, in der der Dekan marschiert, denkt Pfarrer Weilbronn und entzieht sachte seine Hand ihren abgemagerten Fingern. Aber irgendwie greift es ihm doch ans Herz, daß diese Gelähmte seiner gedenkt. Ja, vielleicht hat sie recht. Vielleicht ist es doch mehr, als man denkt.

Und dann ist der nächste Nachmittag da. Er nimmt sich vor, zu seinem Vorgesetzten freundlich zu sein und nicht in seinen überheblichen oder gar abweisenden Ton zu verfallen. Kathi gibt er den Auftrag, den Kaffeetisch im Wohnzimmer zu decken. Als er sieht, daß sie die alten, schon etwas angeschlagenen Tassen aus dem Küchenschrank holt und sie auf die Wachstuchdecke stellen will, wehrt er energisch ab. „Nein, Kathi! Nicht so. Der Herr Dekan kommt zum ersten Mal zu uns."

„Na und?" fragt Kathi brummend zurück. „Ist das für ihn nicht gut genug, womit wir jeden Tag zufrieden sind? Schwester Otti ist ja nicht mehr da."

„Bitte, decke den Tisch so, wie sie ihn gedeckt hätte."

Brummend macht sich die alte Haushälterin an die Arbeit. Diese junge Schwester scheint das letzte Wort zu behalten, selbst wenn sie nicht mehr im Haus ist.

Kurze Zeit später sitzen sich die beiden Männer gegenüber. Es dauert nicht lange, bis der Dekan ganz konkret fragt: „Und wie geht es Ihnen persönlich, Bruder Weilbronn?"

Ist es nun, daß der Damm im Innern des Pfarrers bricht, weil sich zu viel dort angestaut hat, oder ist es die brüderliche Art dieses aufrichtigen Mannes – jedenfalls geschieht es, daß auf einmal der seit Jahren aufgestapelte Jammer des alten Mannes wie eine Sturmflut hervorbricht. Er möchte nicht länger Versteck spielen, nach außen hin etwas anderes scheinen, als er in Wirklichkeit ist. Er ist am Ende seiner Kräfte.

„Ich bin der einsamste und unglücklichste Mensch in meiner Gemeinde", antwortet er, während er seine Arme auf den Tisch stützt und sein Gesicht in den Händen birgt.

Eine Weile ist es zwischen den beiden Männern still. Nur dieser erschütternde Ausspruch schwingt noch im Raum: „Der einsamste und unglücklichste Mensch!"

Schließlich ergreift der Dekan das Wort. Er spricht leise und langsam – wie zu einem Kranken. Ja, ihm sei es klar, sein Bruder sei krank, an der Seele krank.

„Ich habe Ihnen bereits damals auf dem Bahnhof angesehen, daß Sie leiden. Sicher war es nicht nur der Trennungsschmerz, der Sie im Gedanken an den Knaben erfüllte. In Ihnen nagt schon lange ein Leiden, das Sie zu verbergen suchten, weil Sie meinten, damit alleine fertig zu werden. Nun, da es um Sie herum sehr still geworden ist, drängt das Leiden noch stärker hervor. Sie werden damit nicht alleine fertig. Ich kann zwar nicht erwarten, daß Sie mir Ihr Vertrauen schenken – dafür kennen wir uns zu wenig –, aber ich würde Ihnen gerne beistehen. Ich halte Sie für einen Menschen, der sich nicht gerne hinter die Kulissen seines persönlichen Lebens schauen läßt. Ich will Sie auch in keiner Weise drängen, doch das sollen Sie wissen: Ich bin nicht als Ihr Dekan zu Ihnen gekommen", er legt seine Hand auf

Pfarrer Weilbronns Schulter. „Bitte, fassen Sie es nicht als eine überholte Redensart auf: Lassen Sie mich Ihr Bruder sein!"

Auf einmal ist es, als habe Pfarrer Weilbronn auf diesen Augenblick nur gewartet. Er redet, redet. Vor den Augen des Dekans ersteht das Bild seines Elternhauses, die Begegnung mit einem Missionar in jungen Jahren und sein Wunsch, ebenfalls ins Missionsgebiet zu gehen — die Abwehr seiner Mutter, ihn in die Ferne ziehen zu lassen — dann das Theologiestudium — die inneren Kämpfe, als er die Vorlesungen eines sehr begabten, aber liberalen Theologieprofessors hört — seine Bereitschaft, ein guter Pfarrer und Seelsorger zu werden.

Ruhig, ohne ihn auch nur mit einem Wort zu unterbrechen, hört der Dekan zu.

Der Pfarrer erzählt von seiner ersten Gemeinde, von der Freude am Dienst. Er berichtet von der Arzttochter, die seine Frau wurde und nur ein knappes Jahr an seiner Seite blieb. Er erzählt von Annemone, von den schweren Enttäuschungen mit ihr. Er klagt sich an, nicht auf seine Schwester gehört zu haben, die ihn immer wieder gewarnt hatte, seiner Tochter jeden Willen zu erfüllen. Alles breitet Pfarrer Weilbronn vor dem Dekan aus. Er erzählt von dem kranken Kind seiner mißratenen Tochter und verschweigt auch nicht, wie er zu resignieren begann und bitter wurde.

Als er endlich innehält, antwortet der Dekan: „Gut so, Bruder Weilbronn, gut so!"

Er sieht das Erstaunen auf dem Gesicht des Pfarrers und fügt deshalb hinzu: „Dahin muß jeder von uns einmal kommen, daß er nichts mehr von sich selber hält und alles von Gott erwartet. Kennen Sie das Wort von Sören Kierkegaard: ‚Gott macht alles aus nichts, und alles was Gott brauchen will, macht er zuerst zu nichts'?"

„Dies zu erkennen, ist für mich reichlich spät. Bedenken Sie, Herr Dekan, ich bin am Ende meiner Laufbahn."

„Aber nicht am Ende Ihrer Erkenntnisse und auch noch nicht am Ende Ihres Lebens."

„Aber was hat mein Leben nun für einen Sinn gehabt, wenn ich jahrelang im Selbstbetrug lebte, mir und anderen etwas vormachte. Und wie soll Gott mich jetzt noch brauchen wollen?"

„Es muß Ihnen klarwerden, daß er Sie jahrelang durch die Tiefe führte, weil er Sie in der Schule des Leides prägen wollte. Sie haben das nur nicht erkannt."

„Und jetzt ist es zu spät!"

„Nein, Bruder Weilbronn, es ist nicht zu spät. Fritz von Bodelschwingh hat einmal gesagt: Der Weg zu echter Größe führt immer in die Tiefe. Sie mußten erst völlig einsam werden. Gott hat Ihnen einen Menschen nach dem anderen genommen, um Sie erkennen zu lassen, daß Sie innerlich ganz frei sein müssen, um ein brauchbares Gefäß für ihn zu sein. Er kann Ihre quälende Einsamkeit eines Tages beenden, wenn es sein Wille ist."

Pfarrer Weilbronn schüttelt den Kopf: „Das ist nicht möglich. Meine Frau ist tot, ebenso meine Schwester, an der ich auch schuldig geworden bin, weil ich es bedenkenlos hinnahm, daß sie sich für meinen Enkelsohn aufopferte und auf jedes persönliche Glück verzichtete.

Herr Dekan, wenn es wahr ist, daß wir für unser Tun zur Rechenschaft gezogen werden, dann kann ich nicht vor Gott bestehen."

„Zweifeln Sie daran, daß es wahr ist? Dann begreife ich, daß Sie nur noch in großer Unsicherheit die Kanzel besteigen und den Augenblick herbeisehnen, an dem Sie Ihr Amt niederlegen können. Aber haben Sie noch nie etwas von der Gnade gehört?"

Pfarrer Weilbronn winkt mit der Hand ab. „Ach, Herr Dekan, wenn man innerlich so entzwei ist, wie ich es bin, dann ist alles nur noch Theorie. Heute weiß ich, daß ich vor der Wahrheit der Bibel flüchtete, mich nicht als erlösungsbedürftig erkannte oder erkennen wollte."

„Richtig, Sie glaubten, keinen Heiland zu brauchen! Ja, lieber Freund, ganz klein müssen wir werden, ehe Gott wieder neu mit uns anfängt. Es scheint widersinnig zu sein, wenn die Bibel sagt: Wenn du mich demütigst, machst du mich groß! Doch so ist es. Ich gehe jetzt getroster von Ihnen, als ich gekommen bin; denn Sie sind am rechten Punkt angelangt. Sie kennen ja die Stelle in der Apostelgeschichte: ‚...und es bekehrten sich auch viele Priester.' Vergessen Sie nicht das Wort von der Gnade, Bruder Weilbronn. Gnade heißt unverdienter Freispruch. Ist es Ihnen recht, wenn wir noch zusammen beten, bevor ich Sie verlasse?"

Ja, es ist ihm recht. Pfarrer Weilbronn empfindet, hier ist in der Tat ein Bruder, der ihm helfen will. Diese Unterredung hat ihn nicht sofort völlig umgewandelt, aber innere Befreiung wurde ihm geschenkt.

Es ist kalt geworden. Der erste Schnee ist gefallen. Das Wintergeschäft im Hause Stark hat begonnen. Zum ersten Mal seit Bestehen seines Herren-Bekleidungshauses ist Egon Stark nicht dabei. Sein Herz streikt. Schon öfter hat ihm der Arzt gesagt, daß er um der Gesundheit willen einen Gang in seinem Getriebe zurückschalten müsse, sonst gäbe es eines Tages einen Kurzschluß.

„Angina pectoris?" fragt Herr Stark.

„Ja", antwortet der Arzt.

„Kann das — ich meine, hat es Fälle gegeben, wo diese Krankheit zum Tode führte?"

„Aber selbstverständlich, Herr Stark." Der Arzt sieht das Erschrecken auf dem Gesicht seines Patienten und versucht, ihn zu beruhigen. „Das muß natürlich bei Ihnen nicht so sein, und man darf nicht gleich das Schlimmste annehmen. Wenn Sie auf mich hören und sich schonen, können Sie noch lange leben. Ruhe und noch einmal Ruhe und möglichst keine Aufregung!"

„Das ist leicht gesagt, Herr Doktor."

Nun schaltet sich Frau Stark ein. „Also, Egon, jetzt nimm gefälligst Vernunft an. Schließlich bin ich ja auch noch da und kann dem Geschäft vorstehen. Außerdem haben wir langjährige, bewährte Angestellte. Es muß eben eine Zeitlang auch ohne dich gehen."

„Wenn ich tot bin, geht es sowieso ohne mich", erwidert ihr Mann in gereiztem Ton.

„Nun, nun Herr Stark, resignieren Sie doch nicht so schnell", schaltet sich der Arzt ein. „Wenn Sie vernünftig sind und einige Wochen wirklich Zurückhaltung üben . . ."

„Was sagen Sie, einige Wochen?“ begehrt der Patient auf. „Ich dachte, in drei, vier Tagen bin ich wieder soweit.“

„Diese Illusion muß ich Ihnen leider zerstören. Ihr Herz ist in der Tat sehr krank. Aber, wie gesagt, nach drei, vier Wochen sehen wir weiter. Danach schicke ich Sie am besten in ein Herzbad zur Kur.“

„Wie?“ fährt Egon Stark hoch. „Was glauben Sie denn, wie das hier ohne mich weitergehen soll?“

„Papa, du sollst dich doch nicht aufregen!“ ermahnt ihn voller Sorge seine Frau.

„Wie das weitergehen soll?“ wiederholt der Arzt. „Sie haben doch einen erwachsenen Sohn. Der muß dann die Sache hier weiterführen — ich meine, solange Sie Schonung haben“, verbessert er sich rasch, als er sieht, daß seine Worte den Kranken bereits wieder erregen.

„Schöner Sohn!“ höhnt Herr Stark.

„Egon! Bitte!“ besänftigt ihn seine Frau.

„Seit Monaten sitzt der in Paris herum und denkt nicht daran, nach Hause zu kommen, obwohl wir ihn hier so nötig brauchen.“

Frau Stark wirft dem Arzt einen verzweifelten Blick zu und schüttelt energisch den Kopf. Sie ist zwar bemüht, ihren Mann nicht durch Widerspruch zu reizen, aber schließlich kann sie als Mutter nicht schweigen, wenn er die Tatsachen derartig verdreht. Deshalb wendet sie sich an den Arzt.

„Herr Doktor, so ist es nicht. Mein Mann hat Benno selbst nach Paris geschickt. Sie kennen ihn doch, haben ihn von klein auf behandelt. Er ist ja gar nicht der Typ, der sich unbedingt in einer solchen Weltstadt wohlfühlt."

„Ja, ja! Verteidige du nur dein Herzenssöhnchen", höhnt ihr Mann, hört dann aber doch interessiert zu, als seine Frau fortfährt: „Ja, wir hofften beide, daß er in Paris ein Mädchen, in das er sich unverständlicherweise verliebt hat, vergessen möge."

„Sie kommt nämlich aus sehr primitiven Verhältnissen und hat bereits ein Kind."

Erwartungsvoll blicken beide Eltern den Arzt an, als müßte er ihre Entrüstung ohne weiteres teilen.

„Mir sind jedenfalls die lieber, die ihr Kind auf die Welt bringen, als jene, die es zu verhüten wissen. Ich verstehe zwar, daß Sie sich in bezug auf Ihre spätere Schwiegertochter andere Vorstellungen gemacht haben, aber Sie dürfen mir glauben, ich als Arzt kenne die Schicksale vieler junger Menschen. Ich bin auch der Meinung, daß ein Mädchen, das ihrem Kind die Geborgenheit des Familienlebens vorenthält, an diesem schuldig wird. Aber ich würde mich hüten, da zu verallgemeinern. Es gibt unter den unverheirateten Müttern wertvolle Menschen.

Doch von folgenden großspurigen Worten halte ich nichts: ‚Ich habe mir ein Wunschkind angeschafft. Auf den Mann kann ich verzichten!' So ein haushoher Blödsinn! Kürzlich habe ich so etwas in einer Illustrierten gelesen. Die junge Mutter ließ sich mit ihrem Kind in großer Aufmachung fotografieren. Man hat sie interviewt. So ein Quatsch! Wer interviewt jene armen Dinger, die von irgendeinem leichtsinnigen Kerl ins Elend getrieben und dann mit ihrem Kind im Stich gelassen werden? Weil es jedoch eine Filmschauspielerin war, wurde sie noch als Heldin hingestellt. Sie hätte den Mut, alleine für ihr Kind aufzukommen!"

Voller Entrüstung faßt sich der Arzt an den Kopf. „Unsere Zeit wird immer verrückter. Stellen Sie sich vor, bei diesem Interview hat die unverheiratete Mutter gesagt: ‚Mein eigenes Haus besaß ich bereits. Nun wußte ich, was da hineingehört: ein Kind.' Ich aber sage Ihnen: Zu dem Kind gehört nach dem Willen Gottes auch der Vater. Und ist es nicht der natürlichste Wunsch einer Frau, dem Manne ganz zu gehören, dem sie sich körperlich hingibt? Weil das aber im Grunde genommen nur durch die Ehe möglich ist, wird sich ein verantwortlich denkendes Mädchen erst dem Manne schenken, mit dem sie durch die Eheschließung verbunden ist und bei dem sie bleiben will, ihr Leben lang. Ja, so sehe ich die Sache. Aber ich weiß, daß ich ein Doktor vom alten Schlag bin und von vielen jungen Mädchen und Frauen deshalb nicht anerkannt werde."

„Dann verstehen Sie bestimmt, Herr Doktor, daß wir mit der Wahl unseres Sohnes nicht einverstanden waren."

„Halt, halt, Herr Stark! In solchen Fällen muß man von Fall zu Fall urteilen. Wie ich Benno einschätze, wird er sich nicht an ein oberflächliches, leichtfertiges Mädchen hängen. Das würde gar nicht zu ihm passen. Gesetzt der Fall, dieses Mädchen hätte — wie man sagt — Pech gehabt, oder es ist verführt worden, oder es kommt aus Verhältnissen, in denen ihm niemand half, die Dinge recht zu sehen, sie hätte aber sonst gute Neigungen und Veranlagungen, und Ihr Sohn liebte sie — sollte man dann dem Mädchen nicht wünschen, daß es glücklich wird und einen aufrechten Mann findet, der Mutter und Kind in seine Obhut nimmt?"

Frau Stark ringt in komischer Verzweiflung die Hände: „Benno und Vater!"

„Na, hören Sie mal, schließlich könnte er dem Alter nach bereits ein eigenes Kind haben. Sie müssen sich von dem Gedanken frei machen, Frau Stark, daß Ihr Sohn noch ein kleiner Junge ist."

„Siehst du! Siehst du!" triumphierte Herr Stark. „Das ist es ja, was ich dir immer sage!"

„Nun gesteh auch gleich dem Herrn Doktor, daß du Benno nach Paris geschickt hast, damit er sich dort eine Frau sucht und daß du jetzt, genauso wie ich, in größter Sorge bist, er könnte es wahr machen und uns so eine hypermoderne Französin ins Haus bringen, die überhaupt nicht zu uns paßt; denn schließlich, Herr Doktor, kommen ja auch wir, mein Mann und ich, aus einfachen Verhältnissen."

„Was keine Schande ist, Frau Stark."

„Ich will es Ihnen gestehen, Herr Doktor, heimlich habe ich schon gedacht: Lieber soll er dieses Mädchen — Lieselotte heißt sie — heiraten, als uns so eine aufgetakelte, unmögliche Person als Schwiegertochter bringen."

„Trauen Sie Ihrem Benno das zu? Ich hätte keine Sorge um ihn. Er ist doch bisher seinen Weg erfreulich geradlinig gegangen."

„Ja, und nun kommt noch ein Drittes hinzu", fährt Frau Stark fort und wirft ihrem Manne trotz seines kranken Herzens einen empörten Blick zu. „Jetzt hat mein Mann vor einigen Monaten im Pfarrhaus eine junge Schwester kennengelernt, an der hat er geradezu einen Narren gefressen."

„Red nicht solchen Unsinn!" begehrt der Patient auf und trocknet sich den Schweiß von der Stirn. „Mach lieber das Fenster auf. Ich bekomme kaum noch Luft."

„Aber es schneit doch unaufhörlich."

Der Arzt ist bereits zum Fenster getreten und öffnet es. „Ihr Mann braucht immer wieder frische Luftzufuhr."

„Und denken Sie nur, Herr Doktor, nachdem des Pfarrers Enkelsohn in eine Anstalt gebracht worden ist, hat diese Schwester irgendwo in der Nähe von Paris eine Stelle angenommen. Und nun lebt mein Mann in dem Wahn, Benno und sie müßten sich kennenlernen. Stellen Sie sich vor, nun will mein Mann beim Pfarrer die Adresse der Schwester erfragen und dem Jungen schreiben. Das wäre doch die reinste Kuppelei."

„Wieso Kuppelei?" begehrt ihr Mann auf. „Im übrigen soll ich hier wohl erfrieren. Mach das Fenster bitte wieder zu!"

„Was mich am meisten beunruhigt", fährt Frau Stark ungerührt fort, „schon seit längerer Zeit schreibt Benno nicht mehr von dieser Lieselotte. Wir haben den Eindruck, daß er keine Verbindung mehr mit ihr hat. Das bestärkt uns aber in der Vermutung, daß er mit einer Französin ankommt. Was sollen wir nur mit solch einer Schwiegertochter?"

„Gerade darum schreibe ich jetzt an Benno wegen dieser Schwester Otti", sagt ihr Mann mit Nachdruck und greift gleich darauf nach seinem Herz.

„Ich glaube, wir hören für heute mit diesem Thema auf." Der Arzt erhebt sich. „Lieselotte, Schwester Otti, und wenn nun noch ein französischer Name dazu kommt — Antoinette, Nicole, Colette, Ife oder wie sie dort heißen —, da ist's kein Wunder, wenn Sie, Herr Stark, Herzbeschwerden bekommen; denn schließlich sollen Sie ja der Schwiegervater von einer dieser Holden werden. Schluß jetzt damit! Herr Stark, Ruhe, Ruhe und noch einmal Ruhe!"

„Kunststück!" murmelt dieser und wirft seiner Frau einen eindeutigen Blick zu.

Bevor der Arzt geht, verspricht er, in den nächsten Tagen wieder nach Herrn Stark zu sehen. „Sollte etwas Besonderes eintreten, rufen Sie bei mir an, Frau Stark."

Herr Stark ist kein geduldiger Kranker. Es will ihm einfach nicht in den Sinn, daß er von allem ausgeschaltet sein soll. Die Tageszeitung kann er schließlich nicht den ganzen Tag lang lesen. Radio und Fernsehen bieten auch keine Dauerbeschäftigung. Ist seine Frau unten im Geschäft, braucht er gewiß dieses und jenes, das sie ihm bringen soll. Liebe Zeit, die Angestellten müssen doch auch mal ein paar Tage alleine fertig werden! Ist sie oben bei ihm in der Wohnung, heißt es gewiß schon nach kurzer Zeit: „Mama, geh! Schau nach dem Rechten. Sieh, ob sie mit der Kundschaft richtig umgehen! Hoffentlich stimmt die Kasse! Bring mir die Posteingänge herauf. Schau in der Schneiderwerkstätte nach, ob der Anzug für den Herrn Bürgermeister auch bestimmt rechtzeitig fertig wird!"

Und Frau Stark kommt und geht, prüft und kontrolliert. Nicht immer ist es ihr möglich, geduldig zu bleiben. Mehr als einmal wünscht sie Benno herbei, damit sie einiges auf seine Schultern legen kann.

In diesen Tagen nehmen sich die Eltern beide vor, heimlich an ihren Sohn zu schreiben. Sie, um ihn zu beschwören, so bald als möglich nach Hause zu kommen, weil der Vater krank sei und er, Benno, dringend im Geschäft benötigt werde. Er, um ihm die Adresse von Schwester Otti zu senden. Wenigstens den Versuch will er machen, seinem Sohn ein Zusammentreffen mit diesem Mädchen anzubahnen. Er hofft, es ganz diplomatisch anzustellen.

So planen und erwägen die beiden alternden Menschen und ahnen nicht, daß Gott seinen Plan mit ihnen allen hat und längst dabei ist, ihn durchzuführen.

Wenige Tage später klingelt es an der Wohnungstür der Familie Stark. Wer mag das sein? denkt Frau Stark und geht, um zu öffnen. Der Arzt war doch schon hier. Sie ist nicht wenig erstaunt, als Pfarrer Weilbronn eintritt. „Ihr Mann hat bei mir angerufen und um meinen Besuch gebeten“, sagt er nach der Begrüßung. „Es geht ihm scheinbar nicht so gut.“

Frau Stark erschrickt sehr. Steht es schon so schlimm mit Egon, daß er heimlich den Pfarrer ruft? Warum hat er ihr das vorenthalten? Sollte er das Gefühl haben, es gehe mit ihm zu Ende? Sie ist sichtlich beunruhigt und empfindet ernstlich Reue, daß sie ihren Mann heute früh so ungeduldig angefahren hat.

„Bitte, treten Sie näher, Herr Pfarrer!“ sagt sie. „Mein Mann liegt auf der Couch im Wohnzimmer.“

Dieser kann eine gewisse Verlegenheit ihr gegenüber nicht verbergen, als sie den seltenen Besuch hereinführt. Dabei sieht sie ihn mit versteckter Besorgnis an. „O Egon, du wirst mir doch keinen Kummer machen! Was tue ich denn ohne dich?" Sie spricht natürlich diesen Gedanken nicht aus.

„Darf ich Ihnen etwas anbieten, Herr Pfarrer?" fragt sie. „Ein Glas Wein oder vielleicht einen heißen Tee mit Grog, weil es heute draußen so stürmt?"

„Danke, Frau Stark! Nichts von beidem. Es ist sehr liebenswürdig von Ihnen!"

„Und du, Egon — hast du einen Wunsch?"

„Danke, Mama."

„Liegst du bequem so?"

„Doch — wirklich, es ist alles in Ordnung." Er sieht sie erstaunt an. Was hat sie nur? Sie kommt ihm so eigenartig erregt vor und hat einen weichen Zug im Gesicht, den er schon lange nicht mehr an ihr bemerkt hat. Wenn sie ihn jetzt mit dem Pfarrer doch nur allein ließe! Sie braucht nicht zu wissen, warum er ihn hergebeten hat.

„Möchtest du, daß ich hinunter ins Geschäft gehe oder soll ich hierbleiben?" fragt sie in beinahe unterwürfigem Ton.

„Ich möchte gerne mit dem Herrn Pfarrer allein sein", bittet er.

„Gut! Wenn du mich brauchst — das Telefon steht ja neben dir."

Und dann sind die beiden Männer unter sich. Pfarrer Weilbronn zieht sich einen Stuhl in die Nähe der Couch.

„Seit wann sind Sie krank, Herr Stark? Als Sie wegen der Anzüge für Peter bei mir waren, hatte ich nicht den Eindruck, daß Sie sich nicht wohlfühlen."

„Mein Blutdruck ist schon längere Zeit viel zu hoch,

und mit meinem Herzen ist der Arzt auch schon eine Weile nicht mehr zufrieden. Nun hat er mir völlige Ruhe verordnet. Sich dem zu fügen, fällt mir nicht ganz leicht, Herr Pfarrer. Wissen Sie, wenn man so einen Umtrieb im Geschäft gewöhnt und seit Jahren morgens immer der erste und abends der letzte ist ..."

„Ja, das verstehe ich", erwidert der Pfarrer. „Das ist nicht leicht. Es ging mir ähnlich, als mein Peter nicht mehr bei mir war."

„Und Schwester Otti", fällt ihm Herr Stark ins Wort, der möglichst schnell zu deren Adresse kommen möchte.

„Ja, auch sie fehlt mir in ihrer fröhlichen Art. Und wenn man nun so völlig allein oder, wie in ihrem Fall, einfach von Gott beiseite genommen wird, da sieht man manches plötzlich mit anderen Augen an, ist es nicht so?"

Herr Stark nickt, obgleich er bisher nicht unbedingt hätte sagen können, was er nun völlig anders sehe. Und von Gott beiseite genommen sein? Daran hatte er bisher auch nicht gedacht. Hatte der Pfarrer etwa vor, ihm jetzt eine geistliche Ansprache zu halten? Das war eigentlich nicht der Grund, weshalb er ihn zu sich gebeten hatte. Aber vielleicht gehörte das nun einmal zum Besuch eines Pfarrers, und er mußte es über sich ergehen lassen, bevor er ihm sein eigentliches Anliegen kundtat. Hoffentlich kommt inzwischen nicht seine Frau. Es wäre ihm peinlich, wenn sie annehmen würde, er habe den Pfarrer als Beichtvater hergebeten und erwarte geistlichen Zuspruch.

Pfarrer Weilbronn aber macht in letzter Zeit eine merkwürdige Erfahrung. Die Unterredung mit dem

Dekan hat ihm in der Tat für manches die Augen geöffnet. Natürlich hat er auch früher Besuche gemacht, wenn in den letzten Jahren auch seltener. Irgendwie aber hat er nun das Gefühl, nicht mehr viel Zeit zu haben und manches nachholen oder gar gutmachen zu müssen. Darum geht er jetzt, sei es auf der Kanzel oder bei Hausbesuchen, möglichst direkt auf das Zentrum zu, wie auch nun in seinem Gespräch mit Herrn Stark.

„Ja, so ist es mir ergangen. Nachdem mir eins nach dem andern genommen wurde, erlebte ich so etwas wie einen inneren Bankrott."

„Sie, Herr Pfarrer?" fragt der Kranke und blickt ihn dabei zweifelnd an.

„Ja, ich. Und dabei ist mir klargeworden, daß nichts so gefährlich ist, als wenn wir uns in Sicherheit wiegen. Dann zu erkennen, daß unser bisheriges Tun vielfach nur ein Selbstbetrug war, ist nicht leicht!"

Egon Stark richtet sich halb auf, stützt sich auf die Ellenbogen und schüttelt den Kopf. „Also, da komm ich wirklich nicht mehr mit! Was sollen dann wir sagen, wenn Sie als Pfarrer schon solche komischen Ideen haben. Und wenn Sie mich fragen — nein, das könnte ich von mir nun doch nicht behaupten, daß alles, was ich bisher unternommen habe, nichts war." Seine Stimme bekommt einen selbstbewußten Klang. „Ich habe es doch ganz schön weit gebracht in meinem Geschäft! Sie waren damals ja noch nicht hier, als ich ganz klein anfing."

„Das will ich Ihnen keineswegs absprechen, Herr Stark! Was ich meine, ist das: Wenn wir dahin kommen, daß uns eins nach dem andern aus den Händen fällt, das wir so sicher zu besitzen glaubten, dann fallen auch alle Illusionen über unsere eigene Leistung. Unwillkürlich fragen wir uns dann: Ist das alles, was wir vom Leben zu erwarten haben? Wenn wir so weit sind, ist die Stunde Gottes da! Ich könnte mir vorstellen —"

In diesem Augenblick betritt Frau Stark mit angsterfülltem Gesicht das Zimmer. Sie hat ein bißchen an der Tür gelauscht und gerade noch das letzte vernommen: „Ist das alles, was wir vom Leben zu erwarten haben? Wenn wir so weit sind, dann ist die Stunde Gottes da!" Kein Zweifel, hier wird vom Tod gesprochen. Ist es wirklich so weit mit ihrem Mann? Am liebsten möchte sie zu ihm eilen und die Arme um ihn legen. Sie muß sich gewaltig zusammennehmen. Doch dann scheint es ihr, daß ihr Mann keineswegs so aussieht, als gehe es mit ihm zu Ende.

Unwillig über die Störung, blickt er seine Frau nicht gerade freundlich an. Er hat doch noch gar nicht die Adresse von Schwester Otti. Die muß er unbedingt haben, bevor der Pfarrer ihn verläßt.

„Bitte, laß uns jetzt noch eine Weile allein", sagt er daher zu seiner Frau.

„Ich gehe sofort wieder", erwidert Frau Stark. „Ich wollte nur hören, ob du etwas brauchst."

„Nein! Ich brauche nichts. Geh nur hinunter ins Geschäft. Ich bin beruhigter, wenn du dort nach dem Rechten siehst." Kaum hat sie das Zimmer verlassen, als sich Herr Stark an den Pfarrer wendet.

„Und was ich Sie noch fragen wollte. Sagten Sie nicht, daß diese Schwester Otti in der Nähe von Paris sei?"

„Ja, in einem Kinderheim."

„Eben, eben! Das sind doch gewiß arme Kinder, nicht wahr? Andere kommen ja kaum in ein Heim. Waisenkinder oder solche aus Ehescheidungen oder wo die Väter Trinker und die Mütter schlechte Frauenzimmer sind. Ist es nicht so, Herr Pfarrer?"

„Das ist schon möglich", erwidert dieser und fragt sich, was diese neue Gesprächsrichtung wohl zu bedeuten habe.

„Meinen Sie — könnten Sie sich vorstellen, daß Schwester Otti sich freuen würde, wenn ich ihr ein paar Kleidungsstücke für die Kinder schicke? Wir haben ein paar Anzüge für Drei- bis Fünfjährige, die schon einige Jahre daliegen, weil sie nicht mehr modern sind. Aber in solch einem Kinderheim ..."

„Und die wollten Sie Schwester Otti schicken?"

„Ja! Sie war immer so nett, wenn ich ins Pfarrhaus kam."

Pfarrer Weilbronn wird hellhörig. Das wäre ja wunderbar, wenn seine Vermutungen zuträfen. Er beginnt, Schwester Otti in den leuchtendsten Farben zu schildern. „Ein prächtiges Mädchen ist sie, fleißig, gewissenhaft, pünktlich." Er spricht davon, wie ihm ihr frohes Lachen und heiteres Singen fehle und daß ihm jetzt niemand mehr Blumen auf den Schreibtisch stelle. Seit ihrem Weggang sei aus dem Pfarrhaus die Sonne entschwunden.

Herr Stark glaubt, draußen Schritte zu hören. Sollte seine Frau bereits wieder erscheinen? Er weiß, sie treibt nur die Neugierde. Aber er wird es ihr nicht sagen, daß er Benno Schwester Ottis Adresse schicken will. — Von wegen Kuppelei! Eigentlich allerhand, ihm so etwas in die Schuhe schieben zu wollen!

„Herr Pfarrer", beginnt er aufs neue. „Könnten Sie mir wohl die Adresse von Schwester Otti beschaffen?"

„Aber natürlich!" Er zieht einen Notizblock aus der Tasche, trennt sorgfältig ein Blatt heraus und schreibt die Adresse auf. Dann reicht er es herüber.

„So, Herr Stark! Können Sie es lesen? Soeur Otti Brunner, Lamorlaye bei Paris."

„Vielen herzlichen Dank, Herr Pfarrer!" Rasch faltet Herr Stark den Zettel zusammen und läßt ihn in seiner Jacke verschwinden. „Es wäre mir recht, wenn Sie meiner Frau darüber nichts sagen würden. Es ist nicht nötig, daß sie davon etwas weiß."

In diesem Augenblick öffnet sich die Tür und Frau Stark tritt schreckensbleich in den Raum. Ihre Lippen zittern, Tränen stehen in ihren Augen, als sie stammelnd fragt: „Egon, worüber soll der Herr Pfarrer nicht mit mir sprechen?" Sie schluchzt auf. „Was soll ich als deine Frau vorerst nicht wissen?"

„Du hast gelauscht!" fährt ihr Mann sie an.

„Ich kam gerade an der Tür vorbei und vernahm deine letzten Worte. O Egon, du willst es mir verschweigen. Ich weiß, es geht dir mit deinem Herzen viel schlechter. Der Arzt hat es mir sicher nicht gesagt, um mich nicht aufzuregen. Du fühlst, es geht mit dir bergab, und darum hast du den Herrn Pfarrer zu dir bitten lassen."

Die beiden Männer werfen sich einen kurzen Blick zu. In Herrn Starks Augen blitzt ein kleines, spitzbübisches Lächeln auf.

Seine Frau aber fährt fort: „Warum kannst du mit mir nicht offen darüber reden, wo wir in all den Jahren Freud und Leid geteilt haben! Gerade in solchen schweren Zeiten will ich dir doch zur Seite stehen!"

Sie ist näher getreten, setzt sich auf den Rand der Couch und faßt zärtlich nach der Hand ihres Mannes. „Ich habe die ganze Zeit befürchtet, daß es dir schlechter geht und empfunden, daß du mir etwas verschweigst. Aber vielleicht erholst du dich doch noch einmal. Ich will ja alles tun, um dich zu pflegen, wenn du nur mir und unserem Benno", sie schluchzt aufs neue, „noch eine Weile erhalten bleibst."

Frau Stark ist so erregt, daß sie den Wortschwall ihrer leiderfüllten Gefühle nicht mehr dämmen kann und fährt, an den Pfarrer gewandt, fort: „Ich habe es geahnt, Herr Pfarrer, als Sie kamen, daß es schlimm um meinen Mann steht."

Pfarrer Weilbronn hat sich erhoben. Der Abschluß seines Besuches kommt ihm zu gefühlsbetont vor.

Während Frau Stark den Pfarrer hinausbegleitet, fragt sie ihn: „Meinen Sie, ich soll meinem Sohn ein Telegramm schicken, daß er unverzüglich nach Hause kommt, nachdem es seinem Vater jetzt so schlecht geht?"

„Ich glaube, Ihre Sorge ist unbegründet, Frau Stark. Ich fand Ihren Mann verhältnismäßig wohlauf."

„Oh, ich kenne ihn besser!" jammert sie. „Er hätte Sie nie zu sich gebeten, wenn sein Zustand nicht ernst wäre."

„Sie können Ihrem Sohn auf alle Fälle schreiben, daß es gut sei, wenn er bald heimkäme."

„Ja, das will ich tun. Wenn er sich nur noch nicht eine Französin angeschafft hat! Ich werde ihm schreiben, daß er lieber diese Lieselotte mitsamt ihrem Kind heiraten soll, als uns eine Ausländerin ins Haus zu bringen."

„Gut, gut, Frau Stark. Schreiben Sie Ihrem Sohn in diesem Sinn. Vielleicht wird noch alles gut." Damit verabschiedet sich Pfarrer Weilbronn.

Egon Stark ist gerührt über die Fürsorge, mit der seine Frau ihn umgibt. Er sieht ihre bekümmerten Blikke, die prüfend auf ihm ruhen. Unwillkürlich stellt er sich ein wenig kränker, als er sich in Wirklichkeit fühlt.

„Egon, was möchtest du heute abend essen?"

„Du weißt, für die Nacht so wenig wie möglich. Mein Herz verkraftet es sonst nicht."

„Ein Glas Joghurt? Ein kleines Butterbrot?"

„Danke, das genügt!"

Ohne daß er es sich vornimmt, fallen auch seine Antworten sanfter aus als sonst.

Irgendwie genießen beide unbewußt diese friedvolle Atmosphäre, die sie durch gegenseitige Rücksichtnahme schaffen.

In der Nacht liegen beide lange Zeit schlaflos. Herr Stark setzt in Gedanken den Brief auf, den er seinem Sohn nach Paris schreiben will. Dabei ist ihm ein ganz neuer Gedanke gekommen. Er wird die Bekleidungsstücke für das Kinderheim in Lamorlaye nicht etwa an Schwester Otti senden, sondern an Benno und ihn bitten, sie mit seinem Auto dorthin zu bringen und nach der jungen Schwester zu fragen. Er wird erwähnen, daß sie im Pfarrhaus den kranken Enkelsohn von Pfarrer Weilbronn betreut hat und daß er sie dort kennengelernt habe. Nun, auf alle Fälle soll Benno ihr die Sachen bringen, und es müßte seltsam zugehen, wenn auch er nicht von ihr beeindruckt würde.

Frau Stark liegt ebenfalls wach. Ihre Gedanken kreisen besorgt um ihren Mann. Undenkbar, wenn sie hier allein liegen sollte, und er nicht mehr bei ihr wäre. Er atmet heute so leise. Ob das ein schlechtes Zeichen ist? Nie, nie wieder will sie ihn wegen seines Schnarchens schelten! Wenn er doch nur schnarchen würde, dann wüßte sie wenigstens, daß er fest schliefe! Behutsam greift sie mit ihrer Hand hinüber zum anderen Bett und sucht seine Rechte. Er läßt sie ihr.

„Egon, kannst du auch nicht schlafen?"

„Nein!" kommt es halblaut zurück. Wie krank seine Stimme klingt, denkt sie.

„Kann ich etwas für dich tun? Hast du Durst? Liegst du bequem?"

„Danke, Mama! Es ist alles in Ordnung."

Wieder ist es zwischen ihnen eine Weile still. Dann fragt Frau Stark: „Warum kannst du nicht schlafen? Woran denkts du?"

„An Benno", kommt es leise und, wie sie meint, traurig aus den Kissen im andern Bett herüber.

Sie richtet sich erschrocken auf. „Geht es dir schlechter, Liebster? Willst du, daß ich Benno ein Telegramm schicke?"

„Nein! Ja nicht. Du erschreckst ihn nur. Mir geht es wirklich nicht schlechter." Egon Stark empfindet plötzlich, daß er seiner Frau nicht länger ein Täuschungsmanöver vorführen darf. Aber eine andere Erkenntnis ist ihm gekommen.

„Mama?“ fragt er, und sein Ton ist warm und herzlich. „Sag mal, warum reden wir nicht immer in dieser Weise miteinander? Warum schreien wir uns manchmal so an? Muß es bei einem von uns erst ans Sterben gehen, bevor wir wieder liebevoll und zärtlich zueinander sind?“

Sie weint leise vor sich hin. „Du hast recht, Egon. Ach, wie wollte ich manches anders machen, wenn ich dich nur noch eine Zeitlang behalten dürfte!“

„Ich glaube, daß wir überhaupt einiges in unserem Leben verkehrt gemacht haben.“

„Wie meinst du das?“

„Na, im Geschäft und in der Familie und mit unserem Geld und so.“ Nun gibt es für Frau Stark keinen Zweifel mehr. Ihr Mann ist ernstlich krank. Wann hätte er sonst so geredet?

Herr Stark fährt fort: „Der Pfarrer hat sogar gesagt, es sei nötig, daß man zuerst bankrott mache.“

„Bankrott?“ Nun geht Frau Starks Temperament doch wieder mit ihr durch. „Sag einmal, ist der nicht mehr ganz bei Trost? Bankrott, wo wir uns all die Jahre so gequält haben! Da sieht man wieder, daß ein Pfarrer von geschäftlichen Dingen nichts versteht.“

Egon Stark greift mit der Hand nach seinem Kopf. „Leise! Solche starken Geräusche ertrage ich jetzt nicht.“

„Verzeih, Egon!“

„Du hast das falsch verstanden“, fährt dieser fort, „und hast mich nicht ausreden lassen. Von einem Bankrott in uns selbst hat der Pfarrer gesprochen.“

„Das verstehe ich nicht."

„Kann ich mir denken. Aber ich will versuchen, es dir zu erklären. Wir Menschen — so sagte der Pfarrer — seien so selbstsicher. Gott müsse uns oft erst alles aus den Händen nehmen, was wir krampfhaft festhalten, damit wir erkennen — warte mal, wie ging es dann weiter? —, ja, damit wir erkennen, was wichtig und was unwichtig sei und daß wir — ach, Mama, ich weiß es nicht mehr richtig! Schau, mit unserem Geschäft, mit der Buchführung, mit der Bilanz und manchem anderen kenne ich mich aus, aber über Gott und Ewigkeit und alles, was dazu gehört, habe ich nur geringe Kenntnisse. Gewiß, wir haben anständig gelebt, möglichst niemand im Geschäft übers Ohr gehauen. Wir haben unseren Jungen ordentlich erzogen, ihn taufen und konfirmieren lassen, aber irgendwie kommt mir der Gedanke — wenn es wirklich so wäre, wie du meinst, Mama —, wenn es plötzlich mit mir zu Ende ginge, ich fürchte, es reichte nicht aus."

„Hat der Pfarrer dir Vorwürfe gemacht, daß wir so selten zur Kirche gehen?"

„Mit keinem Wort. Nein! Stell dir vor, er hat getan, als wenn auch er in seinem Leben manches falsch gemacht hätte!"

„Der Pfarrer?"

„Ja!"

„Nun bin ich sprachlos. Wenn der schon — was sollen dann wir sagen? O Egon, dies ist bestimmt ein besonderer Tag. Vielleicht hast du recht, vielleicht müssen wir manches ganz anders machen."

„Von einem Neuanfang hat er sogar gesprochen.

Aber, Mama, heute nacht nicht mehr. Es kommt auf einmal — eine so große — Müdigkeit — über —" Er spricht den Satz nicht zu Ende. Tief und fest ist er eingeschlafen. Seine Frau aber flüstert aus dankbarem Herzen vor sich hin: „Er schnarcht! Wie bin ich froh!"

Sie selbst liegt noch lange wach. Gewiß haben sie manches verkehrt gemacht. Der Gedanke läßt sie nicht los. Sie hat sich eigentlich nie Zeit genommen, darüber ernsthaft nachzudenken. Immer gab es nur Arbeit, Arbeit, Arbeit. Gewiß, sie durften sich manchen Erfolges freuen. Mehr als einer hat sie um das gutgehende Geschäft am Markt beneidet. Ihr Mann, einst ein bescheidener Schneidergeselle, ist heute ein angesehener Bürger der Stadt. Sie haben sich auch bemüht, gewisse Lücken in ihrer Bildung auszugleichen. Die Honoratioren der Stadt gehören zu ihrem Kundenkreis. Bei kulturellen Veranstaltungen fehlen Egon und sie nie. Das ist man seinem Geschäft schuldig. Aber jetzt steigt auch in ihr die Frage hoch: Ist das alles? Und was bleibt von alledem?

Ob der Zustand ihres Mannes die Ursache ist, daß sie sich mit solchen Gedanken beschäftigt oder der unerwartete Besuch des Pfarrers? Oder das lange Fernsein Bennos? Oh, er wird doch nicht...! Sie muß ihm morgen schreiben. Er soll wiederkommen. Er soll heiraten, wen er will, nur keine Modepuppe aus Paris. Die paßt nicht in ihr Haus. Und plötzlich erinnert sie sich daran, daß Benno schon einige Male in seinen Briefen von einer Bibelschule geschrieben hat. Sie und ihr Mann haben das gar nicht so wichtig genommen. Merkwürdigerweise war Benno für so etwas schon immer zugänglich. Seit seiner Konfirmation ist er ziemlich regelmäßig in diesen Jugendkreis gegangen. Am Anfang hat er versucht, ihr davon zu berichten. Aber sie hat kaum Zeit gehabt, hinzuhören und dem auch kein Interesse abgewinnen können. Öfter hat sie sich gefragt, woher der Junge wohl diese Neigung hat? In dieser Nacht wird ihr plötzlich klar, daß Benno auf diesem Gebiet mehr weiß und besitzt als sie und ihr Mann. — Was hat Egon gesagt? Neu anfangen? Aber wie?

Leise steht Frau Stark auf. Unter keinen Umständen will sie ihren Mann wecken. Sie schlüpft in ihre pelzbesetzten Pantöffelchen und wirft den hellblauen Morgenrock über. Dann tritt sie ans Fenster, zieht den Vorhang ein wenig zur Seite und blickt auf den hellerleuchteten Marktplatz hinunter. In schweigendem, geheimnisvollem Rhythmus schweben noch immer unzählige weiße Flocken zur Erde. Mit einem fleckenlosen, weißen, glitzernden Tuch sind die Dächer, der Brunnen und der ganze Marktplatz bedeckt. Noch vorgestern war alles grau in grau. Wundersam wirkt dieses Bild auf Frau Stark ein und läßt sie still werden.

Neu anfangen? Ob auch sie nicht manches anders machen würde, wenn sie noch einmal von vorne beginnen könnte?

Der Jugendgottesdienst ist nur mäßig besucht. Und doch kehrt Werner Sternkranz danach froh und dankerfüllt zurück in sein Heim. Natürlich hat er nicht erwarten können, daß die große Kirche mit mehr als siebenhundert Sitzplätzen gefüllt sein würde. Daß aber ungefähr zweihundertundfünfzig junge Männer und

Mädchen gekommen waren, schien ihm eine Bestätigung dafür, daß auch heute noch junge Menschen ansprechbar sind. Am Schluß des Gottesdienstes hatte er zu den verschiedenen Jugendkreisen eingeladen und zur Aussprache aufgefordert.

Einige junge Leute waren zurückgeblieben, von denen man mehreren nicht ansehen konnte, welchem Geschlecht sie angehörten, weil sie lange, bis auf die Schultern hängende Haare hatten und zu Rollkragenpullovern lange Hosen trugen. Sie hatten sich in ziemlich herausfordernder Art vor Werner Sternkranz hingestellt und ihn gefragt: „Wollen Sie uns einmal erklären, worin dieser Gottesdienst sich von den anderen unterschieden haben soll? Es geht bei euch doch immer um das gleiche."

„Wenn ihr meint, daß wir immer nur den einen Namen verkünden, von dem die Bibel sagt, daß es der einzige sei, von dem das Heil kommt, dann mögt ihr recht haben. Wir können nicht etwas anderes verkündigen als Jesus Christus. Doch — wenn ihr aufgemerkt habt, müßt ihr zugeben, daß wir jugendgemäße Lieder gesungen und Sprechchöre aufgesagt haben. Außerdem ist ein junger Student zu Wort gekommen, der in erfreulicher Offenheit sich zu diesem Jesus Christus bekannt hat. Sagt, ist das im Vergleich zu der sonstigen Form der sonntäglichen Gottesdienste nicht doch etwas anderes gewesen? Aber das werdet ihr kaum beurteilen können; denn ich nehme an, daß ihr schon lange keine Kirche aufgesucht habt."

„Darin haben Sie recht. Was sollen wir dort auch suchen?"

„Eure Fragestellung ist falsch. Sie müßte lauten: Wen sollen wir dort suchen? Ich kann euch wiederum nur antworten: Jesus Christus."

„Was sollen wir mit einem, der schon längst tot ist?"

„Darf ich euch mit einem Wort der Bibel antworten? Dort heißt es: ‚Was sucht ihr den Lebendigen bei den Toten? Er ist nicht hier', nämlich da, wo ihr glaubt, eure Lebensgier stillen zu können. Um ihn zu finden, bedarf es ehrlichen Suchens. Ihr seid heute vielleicht in die Kirche gekommen, um eine Sensation zu erleben oder um zu stören, nicht aber, um etwas zu empfangen. Und doch war es letztlich Gott, der euch hierher geführt hat. Er liebt euch, er sucht euch, er will, daß ihr frohe Menschen werdet, Erlöste, die nicht länger Sklaven der Dämonie sind."

„Wie schön Sie diesen Salm dahersagen!" hatte einer der Langhaarigen gehöhnt. „Ich bezweifle, daß Sie selber daran glauben."

Jetzt war Kamilla an die sich auflehenden jungen Leute herangetreten. Ihre Augen hatte sie fragend auf Werner gerichtet: Darf ich? Er nickte ihr verständnisvoll zu. Und nun entnahm sie ihrer Ledertasche eine Anzahl Karten und sagte:

„Ich möchte euch allen eine Erinnerung an diesen Jugendgottesdienst mitgeben. Für jeden habe ich eine Karte mit einem Gedicht von Marie Hüsing. Ihr erlaubt doch, daß ich es euch vorlese?"

Und sie begann:

Es steht in deiner Macht, Gott loszulassen.
Doch hindern kannst du nicht, daß er dich hält.

Es steht in deinem Willen, Gott zu hassen,
und dennoch liebt er dich, du Kind der Welt.

Du kannst dich gegen Christus frei entscheiden.
Auf Golgatha entschied er sich für dich!
Du kannst sein Wort und seine Kirche meiden,
doch immer suchen Wort und Kirche dich!

Du kannst dir selber deine Wege suchen,
doch hindern kannst du nicht, daß Gott regiert.
Du kannst Gott leugnen, seiner Allmacht fluchen,
doch hindern kannst du nicht, daß Gott regiert.

Während Kamilla las, hatte sich der Kreis der Zuhörer vergrößert. Als sie endete und die Karten verteilen wollte, wandten sich drei junge Leute mit geringschätzigen Mienen ab.

„Bemühen Sie sich nicht! Wir haben keine Verwendung dafür."

Andere jedoch drängten sich um Kamilla und streckten die Hände nach den Karten aus.

Ein junges Mädchen war an Werner herangetreten. „Kennen Sie mich noch, Herr Sternkranz? Ich bin Gerlinde Martin und habe an der Jugendfreizeit vor zwei Jahren teilgenommen."

„Richtig!" erinnert sich Werner. „Aber ich hätte Sie nicht mehr erkannt. Sie haben sich sehr verändert. Wie geht es Ihnen? Wo leben Sie?"

„Ich war ein Jahr in England, um meine Sprachkenntnisse zu erweitern und habe dort einen jungen Theologen kennengelernt. Er ist ein gläubiger Christ. In einem halben Jahr gedenken wir zu heiraten. Im übri-

Zentralausschuß für Innere Mission gegr. 1849.
Friedrich von Bodelschwingh (Sohn) † 1946.

2. n. Weihnachten

SA 8.27 SU 16.27 MA 9.36 MU 20.10

Sonntag/Januar **4**

Der Herr wird den Erdkreis richten mit Gerechtigkeit und die Völker regieren, wie es recht ist.
Ps. 9, 8. 9

Voll Dank und jubelnder Freude bekennt Israel in diesem Psalm: Unser Gott ist König und Richter über den ganzen Erdkreis! Kein Volk, kein Machtsystem, das ihm nicht untersteht. Er regiert über alle Regierenden. Kein Gottesfeind entgeht seinem Gericht. Er richtet, wie es recht ist. – Steht dieses Bekenntnis nicht im krassen Gegensatz zu jeder Erfahrung? Wo bleibt denn Gottes Weltregiment? Wo sehen wir denn seine Gerechtigkeit auf Erden? Auch Israel litt unter diesem Widerspruch. Dennoch hält es fest an dem Bekenntnis des Glaubens: Es ist nur ein Herr, und der regiert gerecht! Der Glaube des Neuen Testaments sieht die verborgene Gerechtigkeit Gottes im Kommen Jesu offenbart. Auf Golgatha wurde sie über alle Welt ausgerufen. Bei Christi Wiederkunft wird sie sichtbar über alle Welt aufgerichtet. Bis dahin üben wir uns, unseren Weg unter der Herrschaft Christi zu gehen: in seiner Gemeinde, wo sein Wort regiert; in unserem täglichen Glaubenskampf, wo seine Kraft heute schon wirksam werden will. L-W

Psalm 9 Ev.: Matth. 2, 13 – 23 Ep.: 1. Petr. 4, 12 – 19

Wir loben, preis'n, anbeten Dich; für Deine Ehr wir danken,
daß Du, Gott Vater, ewiglich regierst ohn alles Wanken.
Ganz ungemess'n ist Deine Macht,
fort g'schieht, was Dein Will hat bedacht.
Wohl uns des feinen Herren!

---

4. 1. 76

Gottes Selbstzeugnis Helmut Lamparter

Die Welt, sowohl die Geschichte des einzelnen wie die der ganzen Menschheit, hat einen Herrn, der in letzter Instanz regiert und alles Geschehen bestimmt. Der Zweifler wird fragen: Woher wollt ihr Christen das wissen? Wer beweist mir, daß der Mensch mehr ist als ein Zufallsprodukt der Materie und die Geschichte mehr als ein sinnlos verfilztes Geflecht von Irrtum und Gewalt? Auf diese Frage gibt es nur eine Antwort: daß wir auf Gottes eigenes Wort und Zeugnis von sich selbst verweisen. „Gottes Wort soll die Artikel des Glaubens stellen", sagt Martin Luther. Die Gewißheit, daß die Welt einen Herrn hat, der sie regiert und alles in Händen hält, ist nicht das Resultat unserer geschichtlichen Erfahrung und Beobachtung. Daß der allmächtige Gott der Schöpfer und Lenker, der Gebieter und Erhalter, der Herrscher und Richter ist, nicht nur über Israel, sondern über alle Menschen und Völker, über das Vergangene, Gegenwärtige und Zukünftige, über Himmel und Erde – das ist in der Heiligen Schrift klar und eindeutig bezeugt. Daran ist nur noch um den Preis, daß Gottes Wort der Lüge bezichtigt wird, irgendein Zweifel möglich.

Lied: Allein Gott in der Höh ... GL 20 EKG 131

gen haben Sie uns damals in der Hirlshütte nach einem ernsten Abendgespräch dasselbe Gedicht vorgelesen, das Ihre Frau soeben vorgetragen hat. Ich wurde damals dadurch sehr beeindruckt."

„Wie mich das alles freut!" erwidert Werner. „Gehen Sie doch bitte und begrüßen Sie auch meine Frau. Die wird sich ebenfalls freuen, Sie zu sehen."

Nachdem sich die meisten jungen Leute verlaufen hatten, war ein junger Mann mit einem blonden Mädchen an Werner und Kamilla herangetreten.

„Herr Sternkranz, ich wollte Sie und Ihre Frau doch auch noch begrüßen. Und dies ist Hanny, meine Braut."

„Günther!" Wie aus einem Mund hatten es die beiden Eheleute ausgerufen. „Wie schön, daß du hier warst, und nun dürfen wir auch deine Hanny kennenlernen, von der du uns schon öfter erzählt hast."

Ernste, blaue Augen blickten die beiden an, und ein warmes Lächeln verschönte das Gesicht des jungen Mädchens, als sie sagte: „Günther hat mir so viel Gutes von Ihnen berichtet, daß Sie mir gar nicht mehr fremd sind."

„Und nun sag gleich, was wir noch auf dem Herzen haben", forderte der junge Mann das Mädchen auf.

Dessen Wangen färbten sich, als sie fortfuhr: „Wir würden uns sehr freuen, wenn Sie in drei Wochen zu unserer Verlobung kämen. Sie soll in Brechbühl sein, im Hause der Bauersleute, bei denen Günther tätig ist und wie ein Sohn gehalten wird."

Am ersten Advent findet die Verlobung statt. Michaela ist ganz aufgeregt; denn sie darf dabeisein. Selbst der kleine Matthias wird mitgenommen. Wegen des vielen Schnees fahren sie mit der Bahn, was für das kleine Mädchen ein besonderes Ereignis ist.

Dienstfreie Sonntage sind für Werner eine Seltenheit. Eigentlich hatten er und Kamilla sich auf diesen ersten Advent im Familienkreis gefreut. Doch schien es ihnen unmöglich, Günther und Hanny abzusagen und sie damit zu enttäuschen.

„Ich bewundere die zarte Hanny, daß sie den Mut hat, ihr Leben mit dem Günthers zu verbinden", meint Kamilla.

Nach einer halben Stunde Bahnfahrt sind sie am Ziel angelangt. „Wir müssen noch eine Strecke zu Fuß gehen", sagt Werner, der die alten Bauersleute ja schon aufgesucht hat.

Günther aber hat sich eine Überraschung ausgedacht. Ein uralter Schlitten, der jahrelang schon nicht mehr gebraucht worden ist, stand verstaubt und mit Spinnweben überzogen ganz hinten im Schuppen. Günther hat ihn hervorgeholt, gesäubert, ausgebessert und poliert. Dann hat er das einzige Pferd, das sein Bauer noch besitzt, davorgespannt und ist mit Hanny unter lustigem Schellengeläut zum Bahnhof gefahren. Da stehen sie nun, als der Zug einfährt und strahlen über das ganze Gesicht.

Hanny hat an warme Decken gedacht. Die Kinder werden fest eingehüllt. Werner setzt sich neben Günther auf den Kutschersitz, und dann geht's los.

Michaela jauchzt vor Freude! „Es schellt, und es schneit! Mutti, so was Schönes hab' ich noch nie erlebt!" Der kleine Matthias schaut von Kamillas Schoß mit großen staunenden Augen in die ihn umgebende Winterpracht. Über allen liegt eine spürbare Freude. Günther spricht nicht viel. Er ist glücklich, Werner, der sich seiner so fürsorglich angenommen hatte, in diesen für ihn so bedeutsamen Tag hineinzufahren. Selbst das Pferd scheint sich zu freuen. Es schnaubt und wiehert und trabt munter dahin.

„Es hat gelacht!" ruft Michaela und versucht auch zu wiehern. „Pferdelachen gefällt mir!"

Sie lassen das Kirchdorf, das in sonntäglicher Stille ruht, zurück. Nur in den Ställen ist es bereits lebendig. Frauen mit Milcheimern überqueren die Höfe und blicken dem vorbeifahrenden Schlitten lächelnd nach. Kinder schieben die Vorhänge von den Fenstern, um erstaunt nach der Ursache des munteren Schellengeläuts zu sehen. Eine schwarze Katze flüchtet sich entsetzt über die Straße und verschwindet in einer Scheune.

Es schneit unaufhörlich. Die Fahrt geht nun durch einen Tannenwald, der in seiner winterlichen Pracht märchenhaft anzusehen ist. Am Ausgang des Waldes liegen, etliche hundert Meter voneinder entfernt, drei Höfe. Einer davon gehört dem Märzenbauer. Hier hat Günther seine zweite Heimat gefunden.

Rauch steigt aus dem Schornstein des alten, aber sauber gehaltenen Bauernhauses, das sich hinter dem Tannenwald erhebt. Aus dem Stall dringen wie ein Willkommensgruß die Stimmen der Kühe. Ein großer Bernhardinerhund kommt mit wedelndem Schwanz herzugesprungen und schmiegt sich an Günthers Knie.

„Schon recht, Belly!" sagt dieser und krault ihm schnell den schönen Kopf. „Du kommst nachher an die

Reihe. Jetzt müssen wir erst unsere Gäste in die warme Stube bringen."

Nun öffnet sich auch die alte, eichene Haustür. Der Märzenbauer tritt mit seiner Frau auf den Hof und heißt seine Gäste willkommen.

„Hat alles gut geklappt?" fragt der alte Mann Günther.

Dieser nickt ihm froh zu. „Alles in Ordnung, Meister!"

Wohltuende Wärme umgibt die ins Haus Eintretenden. „Hier riecht es nach Verlobung", stellt Michaela genießerisch fest. Sie meint damit den Duft von Bohnenkaffee, frischgebackenem Kuchen und Festtagsbraten, der das Haus durchzieht und nur noch von dem Duft des frischen Tannengrüns übertroffen wird, das alle Räume schmückt.

Hannys Eltern und Vater und Mutter Schneid begrüßen Familie Sternkranz in sichtlicher Freude. Sie haben mit dem Kaffeetrinken gewartet und gruppieren sich nun um den festlich mit Tannengrün und Kerzen geschmückten Tisch. Es sind schlichte Menschen, die sich hier versammelt haben, um das Fest der jungen Leute zu begehen. Aber sie verbreiten eine wohltuende Atmosphäre echter Harmonie und des Friedens. Günther und Hanny nehmen die Ehrenplätze an der Tafel ein. Immer wieder muß Kamilla die beiden anschauen. Mit Günther ist eine sichtbare Veränderung vor sich gegangen. Und der neue Gesichtsausdruck rührt keineswegs nur vom Glück der Verlobung her.

Im Laufe des Gesprächs, an dem sich alle ohne Scheu und in natürlicher Weise beteiligen, wird immer wieder zum Ausdruck gebracht, welch ein Segen es für Günther war, daß er hierher aufs Land gekommen ist.

„Wissen Sie noch, Herr Sternkranz", erinnert er freimütig, „wie ich mich entrüstet habe, als Sie mir vorschlugen, zu einem Bauern zu gehen? Aber schon nach kurzer Zeit hatte ich das Gefühl, hier am richtigen Platz zu sein. Die Arbeit auf den Feldern, der Umgang mit den Tieren, die Stille hier am Waldesrand — kurz, das ganze ländliche Leben sagte mir sehr zu. Hier konnte ich ein völlig neues Leben beginnen. Die Sucht nach Alkohol und Spielautomaten schwand. Wie fühle ich mich jetzt doch wohl!"

„Und uns", sagt die Märzenbäuerin, „wurde mit Günther noch im Alter ein Sohn geschenkt. Jahrelang haben wir darunter gelitten, daß unsere Ehe kinderlos blieb. Und als wir beide schon das siebzigste Jahr erreicht hatten, erlebten wir die große Freude, noch Vater und Mutter werden zu dürfen." Ihre guten Greisenaugen, denen man das Leid eines langen Lebensweges ansieht, blicken bittend auf Günthers Mutter: „Nicht wahr, Sie nehmen es mir nicht übel, daß ich das sage."

Frau Schneid nickt ihr freundlich zu: „Dies zu erleben, ist für mich und meinen Mann die größte Gebetserhörung."

Auch Hannys Eltern sehen glücklich und zufrieden aus. Der Gedanke, daß hier einmal ihre Tochter als junge Bäuerin schalten und walten wird, erfüllt ihr Herz mit stolzer Freude. Sie kommen ebenfalls aus einfachen Verhältnissen und hätten es sich nie träumen lassen, daß ihre Hanny einmal einen solchen Platz ausfüllen soll. Über mögliche Schwierigkeiten, die sich in der Ehe ergeben können, wenn Günther nicht standhaft bleibt, scheinen sie sich keine Gedanken zu machen. Ihre Tochter ist bisher ihren Weg so unbeirrt gegangen, daß sie ihr zutrauen, auch jetzt die rechte Wahl getroffen zu haben.

Im Lauf des festlichen Tages vertraut Hanny Kamilla an, daß sie Wochen und Monate schwerer, innerer Kämpfe hinter sich habe. Obgleich sie Günther herzlich liebe, sei es ihr nicht leichtgefallen, ihm ihr Jawort zu geben. Schließlich sei ihr aber die ganze Entwicklung hier wie ein sichtbares Zeichen Gottes und eine Antwort erschienen. Und wenn sie beobachte, mit welch großer Freude und Ausdauer Günther sich hier auf dem Bauernhof einsetze, dann habe sie Vertrauen zu ihm, daß er sich bewähren werde. Es sei ihr zwar klar, daß man bei seiner Wesensart mit Schwankungen rechnen müsse. Aber schließlich glaube sie an die umgestaltende Kraft Gottes und wolle mit seiner Hilfe das Wagnis auf sich nehmen.

Kamilla drückt dem jungen Mädchen, dessen Worte von einer erstaunlichen Reife sprechen, bewegt die Hand.

„Es ist zum Staunen, wie Gott noch heute Wunder tut!“ sagt sie. „Als ein solches betrachten mein Mann und ich die Wende in Günthers Leben. Ich möchte Ihnen Mut machen, Hanny; ihr Vertrauen wird nicht enttäuscht werden!“

Indessen hat der Märzenbauer Werner beiseite genommen. „Herr Sternkranz, ich möchte Ihnen jetzt etwas anvertrauen, worüber ich außer mit meiner Frau noch zu niemand gesprochen habe. Meine Frau und ich sind entschlossen, unseren Besitz Günther und seiner Frau zu vermachen, wenn er sich weiter so gut entwickelt. Wir sind kinderlos, unsere Verwandten sind tot, wir haben keine Erben. Günthers Braut macht auf uns einen sehr guten Eindruck. So wird unser Hof einmal in den rechten Händen sein. Und wenn wir alt sind und nicht mehr arbeiten können, dann werden wir an Hanny eine fürsorgliche Tochter und an Günther einen treuen Sohn haben, die uns in unserem Alter nicht allein lassen werden."

Das Fest endet mit einer Andacht, die Werner am Nachmittag beim Schein der Adventskerzen hält. Gemeinsam singen sie: „Macht hoch die Tür, die Tor macht weit . . ."

Lieselotte steht mit beiden Füßen in der Arbeit. Sie freut sich an ihrem Beruf. Vielleicht empfindet sie stärker als manche ihrer Mitschwestern die Notwendigkeit, den ihr anvertrauten Kindern gewissenhafte Fürsorge, vor allem aber Liebe zukommen zu lassen. Auf ihrer Station sind eine ganze Anzahl unehelicher Kinder. Einige Mütter haben keine Möglichkeit, ihr Kind bei sich zu behalten, etliche wollen es auch gar nicht. Ihnen ist ihr Kind eine Last. Sie, Lieselotte, weiß aus eigener Erfahrung, daß nicht in jedem Fall Freude ein Mutterherz erfüllt, wenn sich ein Kind anmeldet. Wie viele Mädchen und Frauen schrecken nicht davor zurück, das in ihnen sich regende Leben wieder auszulöschen. Es erfüllt sie Entsetzen, wenn sie sich vorstellt, daß auch sie einmal zu einer solchen Verzweiflungstat fähig gewesen wäre, wenn Gott ihr nicht Menschen in den Weg gestellt hätte, die ihr halfen, mit ihrem Schicksal fertig zu werden. Wo sie Gelegenheit hat, eine junge Mutter zu ermutigen, tut sie es. Etliche Frauen und Mädchen, die ihre Kinder besuchen, haben Vertrauen zu ihr gefaßt und suchen bei Lieselotte Rat.

„Wie Sie das nur können!" sagt eines Tages bewundernd die leitende Schwester zu ihr. „Sie finden sofort den rechten Ton und behandeln selbst die Verkommenen, als wären sie ihresgleichen."

Da blickt Lieselotte die Oberschwester ernst an. „Ist es nicht auch so, Schwester Antoinette? Ich fühle mich nicht besser als sie. Daß mein Weg eine andere Richtung nahm, habe ich nicht mir selbst zuzuschreiben, sondern nächst Gott den Menschen, die mir Verständnis und Liebe entgegenbrachten."

Die Schwester ist purpurrot geworden. „Entschuldigen Sie bitte!" sagt sie. „So war es natürlich nicht gemeint. Mit keinem Wort wollte ich Ihnen zu nahe treten." Es ist ihr geradezu peinlich, Lilo könne annehmen, sie hätte irgendwie auf ihre Vergangenheit anspielen wollen.

Aber Lieselotte wehrt freundlich ab. „Machen Sie sich keine Sorgen, Schwester Antoinette. Ich habe Sie schon recht verstanden. Sehen Sie, gerade weil ich selbst durch schwere Erlebnisse gehen mußte, habe ich für diese Mädchen ein offenes Herz und möchte ihnen gerne helfen. Mir ist im Laufe der Zeit deutlich geworden, daß man nicht vorsichtig genug sein kann bei der Beurteilung anderer Menschen. Was wissen wir schon vom Nächsten? Wir sehen ja meistens doch nur die Fassade."

Benno genießt die Möglichkeit des Zusammentreffens mit Lilo und nimmt regelmäßig an den Kursen der Bibelschule teil. Eine neue Welt hat sich ihm dort aufgetan. Vor allem ist ihm klargeworden, daß sein bisheriges Leben viel zu wenig nach dem Willen Gottes ausgerichtet war.

Eines Abends sitzt er mit Lilo in deren Wohnzimmer zusammen. Jetzt muß er ihr endlich mitteilen, was ihn schon tagelang bewegt. „Lilo, mir graut's, wenn ich daran denke, daß ich in absehbarer Zeit wieder im Geschäft meines Vaters stehen, Kunden bedienen, Vertreter empfangen und in der Schneiderwerkstätte nach dem Rechten sehen soll, während in Afrika, Indien, China und an vielen anderen Orten Menschen leben, die noch nie etwas von Christus gehört haben. Mich läßt schon längere Zeit der Gedanke nicht mehr los, daß hier eine Aufgabe auf mich warten könnte."

„Du denkst daran, Missionar zu werden?"

„Wenn es so wäre, würdest du bereit sein, mit mir zu kommen?"

„Erst in der Bibelschule hörte ich die Geschichte von Ruth", gibt Lieselotte zur Antwort. „Du weißt doch, was Ruth zu ihrer Schwiegermutter gesagt hat? ‚Wo du hin gehst, da will ich auch hin gehen; wo du bleibst, da bleibe ich auch. Dein Volk ist mein Volk, und dein Gott ist mein Gott. Nur der Tod wird mich und dich scheiden.'"

„Ich danke dir, Lilo! Aber weißt du auch, was das unter Umständen bedeuten könnte? Daß du dich eine Zeitlang von deinem Kind trennen müßtest. Je nachdem, in welchem Klima wir leben würden."

„Von Benitta trennen?" Ganz erschrocken blickt Lieselotte Benno an. „Ich weiß nicht, ob ich das könnte. Meinst du vielleicht, daß sie nicht jedes Klima vertragen würde?"

„Habe ich dich erschreckt, Liebste?" fragt er. „Das wollte ich nicht. Mir war es vor allem wichtig, deine grundsätzliche Einstellung zu diesen Gedankengängen zu hören. Ich selber bin mir noch nicht klar über den Weg, der vor mir liegt. Aber irgendwie meine ich, es müsse noch eine andere Aufgabe auf mich warten, als nur die im Geschäft meines Vaters."

„Glaubst du nicht, daß Gott dir zeigen wird, was er mit dir vorhat?"

„Doch, Lilo, dessen bin ich gewiß!"

„Könntest du nicht mit dem Leiter der Bibelschule darüber sprechen? Er kann dir bestimmt raten, und" — ihre Stimme wird leiser, sie birgt den Kopf an Bennos Arm — „er wird auch wissen, ob wir mein Kind mitnehmen können."

„Unser Kind", verbessert er liebevoll. „Ja, Lilo, das will ich in den nächsten Tagen tun. Ich werde mit Herrn Braun sprechen."

Im Park der Bibelschule, umgeben von uralten Bäumen, liegt das Einfamilienhaus, in dem der Leiter der Bibelschule mit seiner Familie wohnt. Herr Braun hat Benno vom Fenster seines Studierzimmers aus bereits gesehen und geht ihm entgegen. „Willkommen, junger Freund! Treten Sie näher."

Benno sieht sich in dem Arbeitszimmer des Mannes um, dessen Wortverkündigung er so viel zu verdanken hat. Dieser Mann strahlt etwas Positives aus. Hier spürt er eine klare, saubere Atmosphäre. Benno fällt ein Wort ein, zu dem kürzlich in einem biblischen Vortrag gesprochen wurde: Wem ihr euch gebt als Knecht, des Knecht seid ihr! Hier merkt man etwas von einem Menschen, der sein Leben unter die Zucht und Herrschaft Gottes gestellt hat.

„Halten Sie es für möglich", fragt Benno den Bibelschulleiter, „daß ich einen Platz als Missionar ausfüllen könnte, wenn ich hier in der Bibelschule die volle Ausbildung durchmache?"

Der Leiter erwidert ihm nicht sogleich. Er weiß, hier geht es um eine Antwort, die gut überlegt sein will.

„Es ist immer etwas Großes und Besonderes", sagt er schließlich, „wenn ein junger Mensch den Wunsch äußert, sein Leben ganz in den Dienst Gottes zu stellen. Wir selbst haben darüber nicht nur eine große Freude, sondern betrachten es auch als eine Gebetserhörung; denn immer wieder bitten wir Gott um Arbeiter in seinen Weinberg. Wahrscheinlich hätten Sie vor einigen Monaten diese Sprache noch nicht verstanden, vielleicht sogar darüber gelächelt, aber jetzt fühlen Sie sich selbst gerufen. Das ist nämlich die erste Bedingung. Sehen Sie, Herr Stark, ich habe junge Menschen kennengelernt, die wünschten auch irgendwie in die Welt hinaus zu kommen. Die Mission schien ihnen dazu gute Möglichkeiten zu bieten. Im Grunde genommen war es bei solchen jedoch nicht der Missionseifer, der sie trieb, sondern eine gewisse Abenteuerlust, ein Erlebnishunger. Das ist aber nicht die rechte Triebkraft, wenn man Missionar werden möchte. Dazu ist eine innere Berufung nötig. Und darum möchte ich Sie als erstes fragen: Wissen Sie von dem Ruf Gottes, der Sie zu solchem Dienst ausersehen hat? Die Arbeit auf den Missionsstationen ist unter Umständen sehr schwer. Sie erfordert Opferbereitschaft, Verzicht, Härte gegen sich selbst."

Nun ist es Benno, der nicht sofort antwortet. Früher hätte er wahrscheinlich zumindest innerlich aufbegehrt und gedacht: Wie kommt der Mann dazu, hinter meinen ernsten Absichten Abenteuerlust oder auch nur einen gewissen Erlebnishunger zu vermuten? Traut er mir ernste Absichten und Opferbereitschaft nicht zu? Benno spürt jedoch genau, daß der Schulleiter ihm den ganzen Ernst einer so wichtigen Entscheidung und auch die Schwere und Verantwortung des Missionarberufes vor Augen stellen will.

Nach einigen Augenblicken des Nachdenkens erwidert er: „Nein, Herr Braun, von einer bestimmten Berufung glaube ich bisher noch nicht sagen zu können. Aber eine innere Freudigkeit und die Bereitschaft zu solchem Dienst ist bei mir vorhanden, und ich denke, das kann schon einmal der Anfang sein, dem dann der klare Ruf Gottes folgen wird. Jedenfalls möchte ich meine grundsätzliche Bereitschaft für einen solchen Dienst kundtun."

„Das freut mich von ganzem Herzen", sagt Herr Braun. „Das ist ganz gewiß ein guter Anfang. Ich bin überzeugt, daß Gott Ihnen Klarheit schenken wird. Die Hauptsache ist, daß Sie Ihre Entscheidung für Jesus Christus getroffen haben. Wo dann Ihr Aufgabengebiet liegen wird, das werden Sie eines Tages unmißverständlich wissen. Halten Sie sich bereit für den Weg Gottes mit Ihnen."

Herr Braun nimmt sich viel Zeit für Benno. Es ist ihm ein Anliegen, dem jungen Mann in den bei ihm aufgebrochenen Lebensfragen wirklich zu helfen und recht zu raten. Er muß ihn vor allem davon überzeugen, daß einem Missionsdienst, wie Benno ihn sich vorstellt, immer ein klarer Ruf Gottes vorausgeht, der auch heute noch vernehmbar ist, wo Menschen von Gott in den Dienst genommen werden. Benno verabschiedet sich mit herzlichem Dank. „Ich sehe manches klarer, Herr Braun. Jedenfalls soll mein Leben Gott gehören, und ich weiß, daß meine Braut auch darin mit mir eines Sinnes ist."

Einige Tage später erhält Benno Stark zwei Briefe. Er ist nicht wenig erstaunt, als er die Absender liest. Warum schreiben die Eltern ihm getrennt?

Zuerst liest er den Brief seiner Mutter und erschrickt nicht wenig.

Mein Lieber Benno!

Vater ist sehr krank. Er will nicht, daß ich es weiß, und versucht mich dauernd zu täuschen. So rührend ich das von ihm finde — Du weißt ja, Rücksichtnahme war nie seine starke Seite —, so sehr beunruhigt es mich auch. Gerade sein verändertes Wesen scheint mir ein Zeichen dafür zu sein, daß er im Grunde genommen sehr krank ist.

Ich habe heimlich mit dem Arzt gesprochen und ihn gefragt, ob es um Vater so steht, daß ich Dir ein Telegramm senden und Dich um sofortige Heimkehr bitten soll. Er meinte jedoch, es sei nicht nötig. Ich lasse mich aber auch von ihm nicht täuschen.

Was mir ganz besonders zu denken gibt, ist, daß Vater heimlich, ganz ohne mein Wissen, den Pfarrer ins Haus gebeten hat. Benno, stell Dir vor, unser Papa, der sich lange Zeit nicht um die Kirche gekümmert hat, der läßt den Pfarrer zu sich kommen!

Daß ich voller Sorge war, kannst Du Dir denken. Dazu kam, daß er mir nicht erlaubte, an der Unterredung teilzunehmen. Er schickte mich hinaus.

Der Pfarrer war geraume Zeit bei ihm. Und nachher begegnete Vater mir so weich, so sanftmütig und zugänglich, wie ich ihn schon lange nicht mehr erlebt habe. Und was meinst Du — er spricht davon, daß wir manches in unserem Leben falsch gemacht haben und daß er vieles ganz anders entscheiden und durchführen würde, wenn er das Leben noch einmal beginnen dürfte.

Benno, sage selbst, ist das kein sichtbares Zeichen dafür, daß es mit Deinem Vater bergab geht? Wann hätte er je solche Gedanken ausgesprochen?

Ich bin in größter Sorge und bitte Dich: Komm so bald als möglich nach Hause! Was tue ich nur, wenn Deinem Vater plötzlich etwas zustößt? Bitte, Benno, laß mich jetzt nicht allein! — Und dann noch eins: Hoffentlich hast Du Dich nicht heimlich mit einer überspannten Französin verlobt. Es wäre mir entsetzlich. Ich hoffe, Du hast nicht alles ernst genommen, was wir damals so daherredeten, als wir Dich nach Paris schickten.

Ich habe während Deines Fortseins über vieles nachgedacht. Komm und heirate Deine Lieselotte und bringe sie samt dem Kind ins Haus. Was geht uns das blöde Gerede der Leute an? Du wirst schon wissen, was Du zu tun hast. Ich fange an, mich mit dem Gedanken auseinanderzusetzen, daß wir über kurz oder lang ein kleines Kind im Hause haben werden. Du sollst Dich auf mich verlassen können, ich werde eine liebevolle Großmutter sein. Und wenn Du Dich entschließt, diese Liese-lotte zu heiraten, dann soll ihr von unserer Seite aus nie ein Vorwurf über ihre Vergangenheit gemacht werden.

Benno, wenn ich manches Mal des Nachts wach liege und mir durch den Kopf gehen lasse, was wir nun erreicht haben, so scheint es mir, als hätten wir uns im Grunde genommen zu viel um die äußeren Dinge gekümmert. Vielleicht hat Vater recht, wenn er meint, wir hätten vieles verkehrt gemacht. Benno, bitte, komme bald! Ich warte sehr auf Dich und hoffe, daß noch alles recht wird.

Es grüßt Dich herzlich Deine Mama.

Benno bleibt eine Weile nachdenklich sitzen, ehe er den Brief seines Vaters öffnet. Daß dieser ernstlich erkrankt ist, tut ihm aufrichtig leid, und es bedarf keiner weiteren Überlegung, daß er unverzüglich heimkehrt, wenn er zu Hause gebraucht wird. Er kennt jedoch die sehr ängstliche und sich in ihren Gefühlen steigernde Art seiner Mutter zur Genüge, um zu wissen, daß er ihre Äußerungen unter Umständen etwas abschwächen muß. Nun, vielleicht wird der Brief des Vaters ihm Klarheit verschaffen. Er öffnet ihn und liest:

Lieber Benno!

Mama darf nichts von diesem Brief wissen. Ich habe zwar das Gefühl, daß sie Dir ebenfalls heimlich schreibt und könnte mir denken, daß sie Dir einen Schrecken einjagt, indem sie die Behauptung aufstellt, ich sei sterbenskrank. Dem ist aber nicht so. Es stimmt, daß der Arzt mir dringend Ruhe verordnet hat. Mein Herz hat wieder einmal nicht mitgetan. Ich fühle mich jedoch schon wieder viel besser und kann es kaum noch erwarten, bis ich wieder hinunter ins Geschäft darf, wo während meiner Abwesenheit bestimmt alles drunter und drüber geht. Wenn es auf mich ankäme, wäre ich schon längst wieder unten, aber der Arzt will davon nichts wissen und malt mir die Folgen einer Zuwiderhandlung seiner Anordnung in den dunkelsten Farben aus. So werde ich mich wohl fügen müssen. Ob ich allerdings darauf eingehe, mich für einige Wochen zu einer Kur in ein Herzbad schicken zu lassen, weiß ich heute noch nicht.

Einesteils wünschte ich sehr, Du kämst bald nach Hause zurück; andererseits möchte ich Dir Deinen Wunsch erfüllen, noch ein weiteres Jahr in Paris zu bleiben, zumal ich einen Plan habe, bei dessen Ausführung Du mir helfen sollst. In einem meiner letzten Briefe habe ich Dir, soviel ich weiß, schon eine Andeutung gemacht, daß Herr Pfarrer Weilbronn mich bat, für seinen kranken Enkelsohn einige Anzüge anzufertigen. Dieser arme Junge ist jetzt in einer Heil- und Pflegeanstalt und benötigte dafür dringend neue Garderobe. Weil sein Großvater vermeiden wollte, daß er bei uns im Geschäft einen seiner immer wiederkehrenden epileptischen Anfälle bekam, bat er mich, zu ihm ins Pfarrhaus zu kommen. Bei dieser Gelegenheit lernte ich die junge Schwester kennen, die den fallsüchtigen Jungen pflegte und betreute. Benno, es ist mir kaum je ein junges Mädchen begegnet, das mich in seiner Lieblichkeit derartig beeindruckt hat. Du darfst mir glauben, wenn ich jung und noch ledig gewesen wäre, ich hätte nicht gezögert, um sie zu werben. Dies dürfte Mama natürlich nicht lesen, es gäbe — obgleich dazu kein Grund vorhanden wäre — eine gewaltige Eifersuchtszene. Diese Schwester Otti war mir gegenüber zwar sehr zurückhaltend, doch täuschte meine Menschenkenntnis mich nicht. Pfarrer Weilbronn bestätigte mir in späteren Gesprächen, wie fleißig, zielbewußt und liebevoll sie ihre Aufgabe an seinem Enkel erfülle.

Nun ist diese Schwester Otti — Du wirst staunen — ganz in der Nähe von Paris in einem Kinderheim, wo sie schon früher tätig war. Mir ist nun der Gedanke gekommen, ihr eine Freude zu bereiten, indem ich ihr für ihre Kinder eine Sendung mit Kleidungsstücken zukommen lasse. Sie wird an Deine Adresse gesandt werden. Ich bitte Dich nun, in meinem Auftrag Schwester Otti aufzusuchen und ihr diesen meinen Gruß zu bringen. Es würde mich sehr freuen, wenn Schwester Otti Dir ebenfalls so gefallen würde wie mir. Mama hat mir zwar streng untersagt, Dir irgend etwas von ihr zu schreiben. Sie meint, wir hätten es ohnehin falsch gemacht, daß wir Dich nach Paris geschickt haben, und sie wird die Befürchtung nicht los, Du könntest Dir inzwischen eine Pariserin zugelegt haben. Wiederholt hat sie mir vorgeworfen, daß ich Dich aus diesem Grund dorthin geschickt habe. Benno, Du weißt, daß das alles nicht so ernst gemeint war. Ich hoffe ebenso wie Mama, daß Du bisher noch ungebunden bist. Nun tu mir den Gefallen und fahre unverzüglich in das Kinderheim, in dem Schwester Otti als Stationsschwester tätig ist, und grüße sie herzlich von mir.

Eine Neuigkeit habe ich Dir noch mitzuteilen. Stell Dir vor, Pfarrer Weilbronn war nun schon dreimal in unserem Hause, aber glaube nur nicht, daß er uns Vorhaltungen gemacht hätte wegen unseres schlechten Kirchenbesuchs. Er ist sehr taktvoll und zurückhaltend. Aber immer, wenn er bei mir war, habe ich das Gefühl, als hätte er mir eine Predigt gehalten.

Dir kann ich es ja sagen. Wenn man, so wie ich jetzt, gezwungenermaßen tagelang stilliegen muß, abseits vom Getriebe des Geschäftslebens, kommen einem manche Gedanken, für die man sich sonst keine Zeit nimmt. Vielleicht hat Mama recht, wenn sie sagt, wir hätten vieles falsch gemacht. Einem Mann fällt es nicht leicht, das zuzugeben, doch kann ich es Dir am ehesten sagen, weil Du ja immer eine Neigung zum Religiösen hattest. Wenn ich wieder gesund bin, will ich manches anders machen. Ich beginne zu erkennen, daß Geldverdienen, im Geschäftsleben Erfolg zu haben und zu den Ersten des Ortes zu gehören, nicht alles ist.

Bitte, schreibe mir, ob es mit Schwester Otti geklappt hat (ich meine mit der Kleidersendung).

Sei nun von Herzen gegrüßt von Deinem Vater.

Trotz der Nachricht von der Erkrankung seines Vaters muß Benno über den Inhalt beider Briefe lächeln. Gleichzeitig aber ist er von großem Staunen erfüllt. Ist das nicht wunderbar, auf welche Weise Gott eingegriffen hat? Ja, anders kann er diese Wende nicht betrachten, als ein sichtbares Handeln Gottes. Berghoch schienen die unüberwindlichen Schwierigkeiten zu sein. Und nun diese seltsame Fügung!

Benno schämt sich wieder seiner auflehnenden Gedankengänge in den Wochen, in denen er auf Lieselottes Kommen vergeblich wartete und ihr seinem Herzen grollte, ja an ihrer Liebe zu zweifeln begann. Wie sichtbar wird jetzt, daß letztlich nicht sie gehandelt hat, als sie sich entschloß, die Stelle im Pfarrhaus anzunehmen, sondern daß mit ihr gehandelt wurde.

Benno erlebt es so bewußt zum ersten Mal, daß es wahr ist, was in der Bibelschule immer wieder gesagt wurde: Gott nimmt sich des Schicksals seiner Kinder an. Er kann es kaum noch erwarten, am Abend nach Lamorlay zu fahren, um Lieselotte – lächelnd wiederholt er :„Schwester Otti" – von dem Inhalt der beiden Briefe zu berichten. Wie wird sie sich mit ihm wundern und freuen!

Allerdings, die Nachrichten von zu Hause rufen in ihm neue Erwägungen wach, die seine Zukunftspläne sehr in Frage stellen. Hat er nicht geglaubt, von einem besonderen Auftrag Gottes zu wissen? Meinte er nicht, einen Ruf in die Mission zu spüren? Hat er sich nun doch geirrt? Der Gedanke, nun wieder in seinen Beruf zurückkehren und im Herrenbekleidungshaus seines Vaters tätig sein zu müssen, will ihn in diesem Augenblick beelenden. Er weiß aber auch, daß er seinen Vater, der den Ernst seiner Krankheit nicht zugeben will, jetzt nicht im Stich lassen darf.

Es schneit in großen Flocken, als Benno an diesem

Abend mit seinem Wagen von Paris nach Lamorlay fährt. Er muß sich Gewalt antun, die Gedanken auf die Fahrt zu konzentrieren, so sehr bewegen ihn die auf ihn einstürmenden Erwägungen. Muß er seinen Aufenthalt in Paris nun wirklich abbrechen, nachdem er endlich mit Lieselotte vereint ist? Darf er ihr das antun, daß er sie jetzt wieder mit ihrem Kind allein zurückläßt?

Benno muß sich zusammennehmen, um nicht mit den Verkehrsbestimmungen in Konflikt zu geraten, so sehr ist er von all diesen Problemen erfüllt. Vielleicht wird er ruhiger, wenn er mit Lilo über alles gesprochen hat. Wie schön hatten sie sich ihr gemeinsames Weihnachtsfest ausgemalt! Ob er seine Heimkehr bis nach Neujahr aufschieben kann? Oder ist der gesundheitliche Zustand seines Vaters wirklich so ernst, wie die Mutter es ansieht? Über allem seinem Planen ist er unsicher geworden. Was soll er tun?

Und dann sitzt er in Lieselottes warmem Zimmer, das wohltuende Behaglichkeit ausströmt. Benitta hat heute länger aufbleiben dürfen und sitzt nun auf Bennos Knien, patscht ihn mit ihren runden Händchen ins Gesicht und jauchzt immer wieder: „Papa! Papa!"

Lieselotte, die ihre Schwesterntracht mit einem weichen, hellblauen Wollkleid vertauscht hat, freut sich an diesem lieblichen Bild. Durch den ganzen Tag begleitet sie das Warten auf Benno, mit dem sie nun fast jeden Abend verlebt, entweder in ihrer traulichen Wohnung oder bei einer kulturellen Veranstaltung, oder — was ihnen beiden sehr wertvoll ist — in der Bibelschule.

Heute hat sie drei Kerzen am Adventsleuchter angezündet. Nur noch eine Woche trennt sie von Weihnachten. Frohe Erwartung und Freude auf das gemeinsame Erleben des Weihnachtsfestes erfüllt sie. Mit keinem Gedanken ahnt sie etwas von den Entscheidungen, die sie noch heute abend gemeinsam zu treffen haben.

Nachdem sie das Abendbrot eingenommen und noch ein Weilchen mit Benitta gespielt haben, wird das Kind zu Bett gebracht. Nun haben sie Zeit füreinander. Wortlos legt Benno die beiden Briefe in Lieselottes Hände, die erstaunt zu lesen beginnt. Er beobachtet dabei ihr Gesicht und nimmt den Ausdruck des Erschreckens wahr, der sich darauf zeigt.

Auch Lieselotte spricht nicht sogleich. Eine Weile blickt sie sinnend vor sich nieder, dann aber hebt sie ihre Augen zu dem geliebten Mann auf. Wieder muß er staunen über die innere Reife, die aus ihren Worten spricht: „Benno, mir kam heute ein Ausspruch von Sören Kierkegaard in die Hände: ‚Des Christen Leben ist ein Lobgesang zu Gottes Ehre. Gott aber kann nur gelobt werden durch Gehorsam, am besten durch vollkommenen Gehorsam!' Der Inhalt dieser Briefe wirkt in mir ein großes Staunen und Wundern. Noch kann ich es nicht fassen, daß deine Eltern ein offensichtliches Ja zu unserer Verbindung gefunden haben. Ich glaube annehmen zu dürfen, daß dein Vater mich nun nicht mehr abweisen wird, selbst wenn er erfährt, daß diese Schwester Otti identisch ist mit dem Mädchen Lieselotte, das er bisher strikt abgelehnt hat. Andererseits ist mir klar, daß wir nun wieder vor einer Trennung stehen. Wie schwer mir das fällt, brauche ich dir sicher nicht zu sagen. Du mußt unverzüglich nach Hause fahren. Deine Eltern brauchen dich. Hier gilt es für uns beide, Gott zu loben durch die Bereitschaft zum unbedingten Gehorsam, auch wenn wir wiederum Opfer bringen müssen. Ich meine sogar, du solltest schon das Weihnachtsfest bei den Deinen verleben."

Es fällt ihr schwer, weiterzusprechen. Tränen steigen in ihre Augen, aber sie ist tapfer bemüht, sich zu beherrschen. Sie darf es Benno jetzt nicht noch schwerer machen, als er selbst es bereits empfindet.

„Hier hast du Gelegenheit, die Liebe gegenüber deinen Eltern unter Beweis zu stellen."

„Und unsere Liebe?" fragt Benno und legt dabei den Arm um Lieselotte.

„Sie muß bereit sein, zurückzutreten und zu warten", antwortet Lieselotte. „Was nützt uns unser ganzes Bibelstudium, wenn wir nicht gewillt sind, Opfer zu bringen! Erinnerst du dich an jenen Abend, als einer der Lehrer während eines Vortrages sagte: Selbstlose Liebe wandelt sich in Kraft!"

Sie sprechen noch lange über das, was nun ihr Herz und Denken ausfüllt. Und es wird trotz der von ihnen geforderten Umstellung ein schöner und festlicher Abend.

Auf einmal entnimmt Benno seiner Aktentasche ein kleines Kästchen, das er vor Lieselotte auf den Tisch stellt. „Eigentlich war dies für den Heiligen Abend gedacht", sagt er. „Aber ich glaube, wir sollten es nun nicht länger hinausschieben."

Damit entnimmt er dem Kästchen zwei goldene Ringe. So feiern sie in aller Stille ihre Verlobung.

Lieselotte erfährt auch von den Bedenken ihres Verlobten, dem es unmöglich scheint, irgendeine Regung seines Herzens ihr vorzuenthalten. „War es nun doch mein eigener Wunsch und Wille, Missionar zu werden?" fragt er. „Kann Gott mich etwa nicht brauchen in seinem Dienst, so daß ich nun wieder eine Arbeit tun muß, die mich wenig befriedigt? Ich kann dir nicht sagen, Lilo, wie stark der Gedanke von mir Besitz ergriffen hat, daß ich als Missionar in die Ferne ziehen und dort das Evangelium verkündigen darf. Und nun soll das alles nicht mehr möglich sein?"

„Glaubst du, daß Missionsdienst nur in der Ferne nötig ist?" fragt Lieselotte zurück. „Hat unser Volk überhaupt noch das Recht, sich ein christliches Volk zu nennen? Wenn ich persönlich nur daran denke, wie ich in meinem Elternhaus aufgewachsen bin! Kein Mensch hat je mit meinen Geschwistern und mir gebetet. Unsere Eltern fanden es nie für nötig, einen Gottesdienst zu besuchen. Taufe und Konfirmation waren nichts anderes als eine Formsache. Mir ging eine völlig neue Welt auf, als ich in euren Jugendkreis und später in die Freizeit und dann in das Haus von Mutter Burgunda kam. Glaubst du nicht auch, daß wir daheim genügend Möglichkeiten finden würden, Missionsdienst zu tun? Ich kann mir vorstellen, daß Werner Sternkranz sehr glücklich wäre, wenn du ihm in deiner freien Zeit helfen würdest im Jugendkreis, bei der Gefängnismission und anderem mehr."

Eine Weile überdenkt Benno die Worte seiner Braut. „Missionsdienst in der Heimat", wiederholt er. „Der Gedanke tritt ganz neu an mich heran, aber du könntest recht haben, Lilo. Vielleicht hat Gott für uns beide ein solches Aufgabengebiet vorgesehen.

Wenn ich da nur an mein Elternhaus denke. Im Gegensatz zu dem deinen, legten meine Eltern Wert darauf, als Christen zu gelten. Sie zahlten ja auch ihre Kirchensteuer. Bei besonderen Anlässen zeigte sich mein Vater nicht kleinlich. So spendete er eine beträchtliche Summe für den Bau der neuen Kirche. Wenn der evangelische Frauenkreis einen Bazar veranstaltete, suchte er dafür aus den Beständen unseres Geschäftes Verschiedenes heraus. Zweimal im Jahr, zu Weihnachten und am Karfreitag, ging man auch gemeinsam zur Kirche. Aber das war dann auch alles; und man merkte nicht einmal, daß man dabei darbte.

Den Briefen meiner Eltern muß man entnehmen, daß es ihnen plötzlich klargeworden ist, daß das nicht ausreicht. Diese völlig neue Erkenntnis ist ihnen vielleicht durch die Krankheit meines Vaters aufgegangen. Du magst recht haben, Lieselotte, daß ich schon im eigenen Elternhaus vor einer missionarischen Aufgabe stehe. Unter Umständen kann es leichter sein, das Evangelium den Heiden zu bringen, als solchen, die sich Christen nennen und in Wirklichkeit keine sind. Der Gedanke, daß ich vielleicht Werner Sternkranz in seinem großen Aufgabengebiet helfend zur Seite stehen könnte, erfüllt mich mit Freude."

„Wie froh bin ich, Benno, daß wir alles in Ruhe miteinander besprechen können. Zwar fällt mir der Gedanke an eine nochmalige Trennung von dir schwerer, als ich es dir sagen kann. Doch wird die Zeit vergehen, und eines Tages werden wir für immer beieinander bleiben."

„Warum aufs neue Trennung?" fragt Benno erschrocken. „Ich betrachte es eigentlich als selbstverständlich, daß du mit mir nach Hause kommst und wir schnellstens heiraten. Lange genug waren wir getrennt."

Lieselotte blickt ihren Verlobten innig an, schüttelt dann aber doch den Kopf.

„Höchstens, daß ich mir für die Tage zwischen Weihnachten und Neujahr Urlaub erbitte und mit dir fahre. Natürlich nehmen wir die Kleine mit. Danach werde ich noch eine Zeitlang hier arbeiten, bis sich deine Eltern mit dem Gedanken vertraut gemacht haben, uns als Familie in ihr Haus aufzunehmen."

„Dazu wären sie bestimmt schon heute bereit", beteuert Benno. „Du hast doch gelesen, was Mama schreibt: ‚Komm und heirate deine Lieselotte und bringe sie samt dem Kind ins Haus!' Und Vater wünscht nichts sehnlicher, als daß ich Schwester Otti heirate. Somit ist beiden gedient, und es steht meines Erachtens dem nichts mehr im Wege, daß du mit mir kommen und bei uns bleiben kannst."

Lieselotte legt ihre Hand auf seine Rechte. „Liebster, habe noch ein wenig Geduld! Laß deinen Eltern Zeit, sich mit allem auseinanderzusetzen!"

Als sie den Schatten sieht, der über sein Gesicht zieht, greift sie nach einem kleinen Büchlein, auf dessen Titelseite zu lesen ist: „Aussprüche bewährter Christen." Sie blättert einen Augenblick darin, bis sie das findet, was sie gesucht hat. Dann liest sie vor: „Wo Gott Raum gewinnt, da wird das Murren zum Stillesein, das Stillesein zum Danken, das Danken zu einer fröhlichen Hoffnung des Lebens (F. v. Bodelschwingh)."

Benno blickt sie bewundernd an und meint: „Wer

hätte gedacht, daß du einmal mein Lehrmeister werden würdest!"

Lieselotte lehnt den Kopf an seine Schulter und erwidert leise: „Nicht dein Lehrmeister, sondern deine Gehilfin auf dem Wege der Christusnachfolge."

Ein Telegramm aus Paris bringt in das Herrenbekleidungshaus am Markt große Aufregung. Mit zitternden Händen öffnet es Frau Stark. Sie muß sich erst über seinen Inhalt orientieren, ehe sie es ihrem kranken Mann weitergibt.

Egon Stark, der seit einigen Tagen die Erlaubnis hat, aufzustehen, hört aus dem Nebenzimmer einen Aufschrei. Besorgt öffnet er die Tür und ruft: „Was ist dir, Mama? Ist etwas passiert?"

Das Telegramm in der Hand, kommt sie völlig aufgelöst auf ihn zu gelaufen. „Egon! Egon! Nun ist es passiert. Das Unglück ist geschehen. Benno hat sich verlobt und kommt Weihnachten mit seiner Braut zu uns. Oh, was haben wir für eine grenzenlose Dummheit begangen, daß wir ihn nach Paris geschickt haben! Was tun wir jetzt mit einer Französin, die aller Wahrscheinlichkeit nach kein einziges Wort Deutsch sprechen und verstehen kann? Hätten wir es ihm doch erlaubt, seine Lieselotte zu heiraten! Nun ist es geschehen, und wie ich Benno kenne, nicht mehr rückgängig zu machen!"

„Nun hör schon mit deinem Gezeter auf", erregt sich ihr Mann und verfällt in den alten Ton, den er sich eigentlich abgewöhnen wollte.

„Du brütest bereits wieder über ungelegten Eiern. Gib mir doch einmal her!"

Ziemlich unsanft reißt er ihr das Telegramm aus der Hand, so daß sie in einer Mischung von Erstaunen und Ärger sagt: „Es scheint dir wieder besser zu gehen.“

Egon Stark überfliegt das Telegramm und liest halblaut vor: „Habe mich verlobt — komme mit meiner Braut noch vor Weihnachten nach Hause. Benno.“

Nun läßt sich der Vater in einen Sessel fallen. Kein Wort über Schwester Otti! denkt er. Laut fügt er hinzu: „Keine Erklärung über seine Braut. Nicht einmal ihren Namen hat er uns genannt! Oh, welche Torheit von uns, ihn nach Paris zu schicken!“

„Ist es eine Art, so mit seinen Eltern umzugehen?“ jammert Frau Stark. „Das geringste ist doch, daß man das Mädchen, das man zu heiraten gedenkt, erst einmal seinen Eltern vorstellt. Aber wir sind selber schuld daran. Wir haben ihm kein Verständnis entgegengebracht, als er uns bat, diese Lieselotte heiraten zu dürfen. Das haben wir nun davon!“

In trüber Stimmung sitzen die beiden beieinander und grübeln vor sich hin. Es besteht kein Zweifel: Wieder haben sie etwas völlig verkehrt gemacht. Frau Stark beginnt in Gedanken die Räume ihrer Wohnung prüfend zu durchwandern und versucht, diese mit den Augen einer mondänen Französin zu sehen. Bisher ist sie der Meinung gewesen, daß alles — Möbel, Bilder, Gardinen und der Inhalt des Wäsche- und Geschirrschrankes — den Ansprüchen einer wohlsituierten, ja anspruchsvollen Frau genügen würde. Was aber so eine Pariserin dazu sagen wird, das steht noch nicht fest. Ob Benno etwa auf diese wasserstoffblonde Blanche mit ihren Stöckelschuhen verfallen ist? Er hat in einigen

Briefen von ihr erzählt. Frau Stark stößt einen tiefen Seufzer aus. Wieviel lieber wäre ihr ein einfaches deutsches Mädchen, das kochen kann und etwas vom Haushalt versteht. Aber nun nützt alles Jammern und Stöhnen nichts. Benno wird kommen, um ihnen seine Braut zuzuführen, und ihrem Mann und ihr wird nichts anderes übrigbleiben, als gute Miene zum bösen Spiel zu machen. Am besten ist es, sie geht, um für diese Französin das Gastzimmer zu richten. Bennos Zimmer ist stets in Ordnung, so daß er es zu jeder Zeit benutzen kann.

Es ist am Vorabend vor Weihnachten. Benno und Lieselotte fahren im Auto durch verschneite Dörfer, vorüber an dunklen Tannenwäldern, durch kahle Pappelalleen, vorbei an zugefrorenen Seen. Links und rechts neben ihnen breitet sich die unübersehbare Weite französischer Äcker aus. Sie haben Paris hinter sich gelassen. Benno vielleicht für immer, Lieselotte für einige Zeit. Sie ist fest entschlossen, noch mindestens ein halbes Jahr ihren Dienst in Lamorlay zu versehen. Sie hofft, daß Herr und Frau Stark in der Zwischenzeit ein volles Ja zu ihrer Verbindung mit Benno finden werden. Die Tage ihres Aufenthaltes in seinem Elternhaus mögen dazu beitragen, daß alle bisher noch bestehenden Hindernisse beseitigt werden. Kindlich gläubig haben beide jungen Menschen dieses Anliegen vor Gott ausgebreitet. Herr Braun, der Leiter der Bibelschule, hat sie darin bestärkt: „Wenn wir die Interessen Gottes zu den unsrigen machen, macht er die unsrigen zu den seinen, selbst wenn er uns nicht immer gibt, was unser Herz wünscht.“

Auf dem hinteren Sitz des Wagens, in Kissen und Decken eingehüllt, liegt Benitta und schläft, wohlbehütet in der Liebe jener zwei Menschen, die es sich zur Lebensaufgabe gemacht haben, dieses Kind zu einem brauchbaren Menschen zu erziehen.

Benno sitzt am Steuer. Sein Gesicht ist gelöst, und aus seinen Augen leuchtet eine tiefe Freude. Nun werden sie gemeinsam im Haus am Markt mit den Eltern Weihnachten feiern. Lieselotte, ihr Töchterlein, und er, Benno. Er müßte seine Eltern schlecht kennen, wenn er nicht schon heute wüßte, wie die Freude des Kindes unter dem Lichterglanz des Weihnachtsbaumes ihre alten Herzen beglücken wird.

Hin und wieder wirft Lieselotte Benno einen fragenden Blick zu.

„Ein bißchen Angst habe ich doch, wie deine Eltern mich aufnehmen werden."

„Du darfst nicht Angst haben, sondern mußt vertrauen! Hat Gott unsere Wege bis zur Stunde nicht wunderbar geordnet?" Sie nickt ihm zu, und ihr Herz wird von Stunde zu Stunde stiller und zuversichtlicher.

„Sie kommen!"

Frau Stark, die schon lange am Erker ihres Wohnzimmers gestanden und erwartungsvoll auf die Straße geblickt hat, stößt in einer Mischung von freudiger Erregung und banger Erwartung diesen Ruf aus. Benno hat am Morgen des Tages ein Telegramm mit der Nachricht ihrer ungefähren Ankunftszeit gesandt. Seitdem sind seine Eltern in größter Spannung und angstvoller Besorgnis.

Herr Stark hat sich wieder legen müssen, weil die Erregung sein Herz zu sehr mitnimmt. Seine Frau hat Bennos Auto um die Straßenbiegung kommen sehen und wartet nun nicht mehr, bis er aussteigt. Mit dem Ausruf: „Sie kommen!" eilt sie zur Tür, wo sie jedoch voller Hemmungen wieder stehenbleibt.

„Was soll ich denn zu ihr sagen, wenn sie kein Wort Deutsch versteht? Egon, ich bitte dich, raffe dich so weit auf, daß du ihnen mit mir entgegengehen kannst. Es ist schließlich ein denkwürdiger Augenblick, wenn man seiner zukünftigen Schwiegertochter zum ersten Mal gegenübertritt."

„Ich kann nicht", erwidert ihr Mann und sieht vor Aufregung wirklich besorgniserregend bleich aus. „Hätte ich ihn nur nie nach Paris geschickt! Aber nun geh endlich und laß Benno nicht länger warten!"

Frau Stark hat eines ihrer besten Kleider angezogen, um die Französin würdig zu empfangen. Schließlich soll sie von Anfang an wissen, daß man sich auch in Deutschland zu kleiden weiß.

Bereits im Treppenhaus kommen die drei ihr entgegen. Benno trägt ein zierliches, kleines Mädchen auf dem Arm, unter dessen Mützchen eine Fülle blonder Locken hervorquellen. Vertrauensvoll hat die Kleine die Ärmchen um seinen Hals gelegt. Frau Stark bleibt starr vor Verwunderung auf dem Treppenabsatz stehen. Hinter Benno steigt eine gutgekleidete junge Frau, deren blauen Augen fragend auf sie gerichtet sind, die Treppe herauf. Kein Wort vermag Frau Stark zu sprechen.

Endlich bricht Benno das Schweigen, indem er den freien Arm um die Schultern seiner Mutter legt und sie auf die Wangen küßt. Dann wendet er sich Lieselotte zu und sagt in Selbstverständlichkeit: „Mama, hier ist Lieselotte, meine Braut, und dies ist Benitta, unsere kleine Tochter."

Es dauert eine Weile, bis Frau Stark sich gefaßt hat. Endlich sagt sie: „Dann ist es wirklich Lieselotte, deine Lieselotte?" Auf einmal leuchtet es in ihrem Gesicht auf. Sie umarmt die Braut ihres Sohnes: „Willkommen, mein Kind! Nun ist es doch wahr geworden!" Und zu ihrem Sohn gewandt, sagt sie: „Nimm du die Koffer und mir gib die Kleine. Du weißt ja doch nicht, wie man mit so etwas Zierlichem umgeht."

Wenige Augenblicke später steht das Brautpaar Hand in Hand vor Herrn Stark. Der ist genauso fassungslos wie seine Frau. Er starrt Lieselotte an, als könne er es nicht begreifen. Dann aber ist er mit einem Satz von der Couch herunter, viel plötzlicher, als es seinem kranken Herzen zuträglich ist.

„Das ist ja Schwester Otti, unseres Pfarrers — nein! unsere Schwester Otti!"

„Unsere liebe Tochter und unser Enkelkind Benitta", fügt Frau Stark hinzu, die nun mit dem Kind auf dem Arm das Zimmer betritt. „Und morgen feiern wir alle zusammen fröhlich Weihnachten!"

Werner Sternkranz hat sich zum Christfest für seine Familie frei machen können. Der Heilige Abend gehört seiner Frau und den Kindern. Die Veranstaltungen im Gefängnis und mit den Jugendlichen liegen bereits hinter ihm. Am zweiten Weihnachtstag, als sie gerade am Kaffeetisch sitzen und den Kindern zuliebe die Kerzen am Christbaum noch einmal angezündet haben, klingelt es an ihrer Haustür. Ein wenig erschrocken blicken sich Werner und Kamilla an. Soll ihr familiäres Beisammensein wieder einmal gestört werden?

Werner erhebt sich, um die Tür zu öffnen. Gleich darauf vernimmt Kamilla seinen freudigen Ausruf: „Benno, Lieselotte!"

Nun eilt auch sie hinaus. Welch freudige Überraschung! Schnell werden zwei weitere Gedecke aufgelegt und frischer Kaffee aufgebrüht. Kamillas wacher Blick hat sofort die Verlobungsringe entdeckt. Von Herzen gratulieren Werner und Kamilla dem Brautpaar. „Und wo habt ihr eure Tochter?"

„Die haben wir bei Großmama Stark lassen müssen. Sie hat Benitta nicht mehr aus den Händen gegeben. Allzulange dürfen wir das gar nicht dulden, sie würde bestimmt verwöhnt werden."

Und nun sitzen sie beisammen und Benno und Lieselotte müssen berichten. Werner und Kamilla kommen nicht aus dem Staunen. Wie ist doch aus all den verworrenen Wegen ein gangbarer Pfad geworden. Was sich niemand vorzustellen gewagt hatte, das hat Gott auf wunderbare Weise möglich gemacht.

„Wenn du die Führungen dieser zwei in deinem neuen Buch veröffentlichen würdest, müßtest du damit rechnen, daß nicht wenige an der Wirklichkeit eines solchen Geschehens zweifeln würden", sagt Kamilla zu ihrem Mann. „Grenzt es nicht geradezu an das Wunderbare, daß Lieselotte ins hiesige Pfarrhaus kommen und dort ihrem zukünftigen Schwiegervater begegnen mußte? Und hat Benno nicht deshalb den Weg nach Paris einschlagen müssen, weil Gott ihm durch die Bibelschule in Lamorlay neue Erkenntnisse schenken wollte?"

„Er macht keine Fehler!" erwidert Werner schlicht. „Seine Führungen demütigen uns immer wieder."

Im Laufe des Gesprächs berichtet Benno von seinem Wunsch, Missionar zu werden und daß er zuerst schwer enttäuscht gewesen sei, weil durch den Abruf ins Elternhaus seine Pläne durchkreuzt sind. Er verschweigt aber auch nicht, wie Lieselotte ihn ermutigt habe, daran zu glauben, daß es auch hier in der Heimat mancherlei missionarische Möglichkeiten gibt.

„Ich habe ihm gesagt", bestätigt Lilo, „daß Sie, Herr Sternkranz, sicher dankbar sein werden, wenn Sie in Benno einen Mitarbeiter bekommen."

Strahlend richtet Kamilla die Augen auf ihren Mann. „Noch sind es keine zwei Tage her, daß du den Gedanken geäußert hast, wie froh du wärest, wenn Gott dir bei der Arbeit an den jungen Menschen einen Mitarbeiter zur Seite stellen würde."

Benno streckt Werner Sternkranz seine Hand entgegen und sagt: „Lassen Sie mich Ihr Mitarbeiter sein, Werner! Ich glaube nun zu erkennen, warum Gott mich zurückgeführt hat. Auch hier ist Missionsdienst nötig!"

Aus dem Nebenzimmer tritt in diesem Augenblick in sichtlicher Entrüstung Michaela herein.

„Ist nun eigentlich Weihnachten oder nicht?" fragt sie. „Alle Kerzen brennen ab, und wir haben heute noch kein einziges Weihnachtslied zusammen gesungen. Immer werde ich hinausgeschickt, wenn Besuch kommt, und keiner merkt, wie einsam ich bin."

„Doch, mein Kind!" sagt Werner und nimmt seine Tochter zu sich auf den Schoß. „Es ist und bleibt Weihnachten, auch wenn die Lichter niedergebrannt sind. Sei nicht böse, wenn wir dich allein ließen. Das soll nicht mehr so oft vorkommen."

Mitternacht ist nicht mehr fern, als Benno und Lieselotte durch die schneebedeckten stillen Straßen der Stadt zum Marktplatz gehen. Ihr Herz ist übervoll von dem, was sie mit den Freunden durchgesprochen haben. Sie sehen jetzt einen klaren Weg und Auftrag Gottes vor sich. Wie wird Mutter Burgunda sich freuen, wenn sie von alledem erfährt. Gleich morgen wollen sie Pfarrer Weilbronn aufsuchen, um auch ihm zu erzählen, was sich in den vergangenen Wochen und Tagen an Wunderbarem ereignet hat.

Werner Sternkranz und Kamilla sitzen noch nach Mitternacht beisammen. Die Kerzen am Christbaum sind nun beinahe ganz niedergebrannt. Werner aber sagt tiefbewegt: „Und es hat sich doch gelohnt! — ‚Bei dem aber in das gute Land gesät ist, das ist, der das Wort hört und versteht es und dann auch Frucht bringt.' Kamilla, wir haben nichts weiter zu tun, als auch fernerhin das Saatkorn des Wortes Gottes zu säen!"